[redacted]

LAND KÄRNTEN
Kultur

Gedruckt mit freundlicher Unterstützung durch die
Kulturabteilung des Landes Kärnten.

MIX
Papier aus verantwortungsvollen Quellen
FSC® C083411
FSC www.fsc.org

Auflage:
4 3 2 1
2018 2017 2016 2015

HAYMON tb 181

Originalausgabe

www.haymonverlag.at

ISBN 978-3-7099-7804-7

Umschlag- und Buchgestaltung nach Entwürfen von
hœretzeder grafische gestaltung, Scheffau/Tirol
Umschlag: Eisele Grafik · Design, München
Satz: Da-TeX Gerd Blumenstein, Leipzig
Coverfoto: Das Foto des Trachtenjackets wurde uns freundlicherweise zur Verfügung gestellt von: Hirmer GmbH, München.
Autorenfoto: Ingrid Kuehs

Gedruckt auf umweltfreundlichem,
chlor- und säurefrei gebleichtem Papier.

Wilhelm Kuehs

Der letzte Rock hat keine Taschen

Ein Kärnten-Krimi

Wilhelm Kuehs

Der letzte Rock hat keine Taschen

Kapitel 1

1

Ernesto Valenti legte das Buch aufgeschlagen auf seinen Bauch, lehnte sich in der Hängematte zurück und betrachtete durch die Zweige des Apfelbaums den Himmel. Dort oben striegelte der Wind die Federwolken. In den Blättern der Bäume flüsterte er, und die Amsel im Fliederbusch flötete ein Regenlied.

Ernesto versuchte sich zu konzentrieren. Nach einer schlaflosen Nacht dümpelten seine Gedanken vor sich hin. Seit er vor zwei Wochen aus Kroatien geflüchtet war, hatte er kaum ein Auge zugetan. Hier in Kärnten bist du sicher, dachte er sich. Keine Polizisten, die dich verfolgen, keine Leute, die an Straßenecken mit Maschinenpistolen warten, keine Minen.

Zwei Wochen waren vergangen, und es wurde immer schlimmer. Seine Gedanken hafteten weder an den Wolken noch an dem Buch, sie drängten zurück nach Kroatien. Er war dem Bösen entkommen. Wenn es das Böse überhaupt gibt. Selbst als er ihm gegenüberstand, dem, was man als das Böse bezeichnet, zweifelte Ernesto noch.

Das Böse ist ein Konstrukt der Menschen, sagte sich Ernesto jetzt, da er in seiner Hängematte lag. Ein Mantra, dazu bestimmt, die Gedanken zu beruhigen. Doch das gelang Ernesto nicht. Die Bilder drängten sich vor. Sogar die Erinnerung an den Geruch kam zurück. Der Geschmack von Verwesung legte sich auf seine Zunge.

Ernesto Valenti war dem Schrecken entkommen, den Massengräbern von Vukovar, den zerschossenen Häusern und den Toten in den unterirdischen Gängen.

Ernesto war zurück in Kärnten, in Sicherheit. Seit zwei Wochen hatte er das Grundstück nur verlassen, um einzukaufen. Er sprach mit niemandem.

Jetzt nahm er das Buch wieder auf. Er sah auf die Seiten, ohne zu lesen. Die Sätze verschwammen vor seinen Augen, die Buchstaben konnte er nicht entziffern. Zeichen, die einmal etwas bedeutet hatten, einmal wieder etwas bedeuten würden.

Gleich nach seiner Ankunft in Wolfsberg hatte Ernesto Primarius Thorwald Baumgartner angerufen. Der Psychiater riet Ernesto zur Abklärung seiner Beschwerden, wie er es nannte. Er wollte keine Ferndiagnose stellen und lud Ernesto zu sich nach Klagenfurt ein. Sie führten ein langes Gespräch über alte und neue Erinnerungen.

Baumgartner diagnostizierte eine posttraumatische Belastungsstörung. „Ich werde Ihnen etwas verschreiben“, sagte er. „Vor allem aber sollten Sie umgehend mit einer Therapie beginnen. Die Bilder werden nicht von selbst verschwinden.“

Nein, die Bilder würden nicht verschwinden. Um das zu erkennen, brauchte Ernesto keinen Psychiater. Diese Schrecknisse häuften sich auf andere. Seine Erinnerungen erschienen Ernesto wie eine Ruinenlandschaft, in der das Unheil auf ihn lauerte. Er konnte sich nicht entspannen. Selbst hier in der Hängematte spürte er die verkrampften Muskeln. Seine Hände zitterten, wenn er sie nicht fest um das Buch schloss. Es wird vorbeigehen. Das Schlimmste habe ich schon überstanden. Ich bin aus Kroatien entkommen. In meiner Hängematte ...

Ernesto klappte das Buch zu, schlug es wieder auf und sah auf die Titelseite. Das Buch sollte ihn ablenken. Aber er sah das zerbombte Kloster von Vukovar immer noch vor sich. Die Kirche, bis auf die Ziegelwände ausgeschlachtet, und an der Stirnseite ein grob gefügtes Kreuz aus den Dachbalken eines zerschossenen Hauses.

Das Gefühl, dem Unheil ausgeliefert zu sein, spürte Ernesto in Kärnten nicht so deutlich. Trotzdem musste er sich erst daran gewöhnen, dass die Wälder hier nicht vermint waren.

Noch hatte er nur eine vage Vorstellung, wie er weitermachen sollte. In der Kulturredaktion der Kärntner Tagespost würde sich ein Schreibtisch für ihn finden, da war er sich sicher. Čertov, der Kulturchef, vermutete Ernesto, würde ihm zumindest den Posten eines freien Mitarbeiters anbieten. Das musste zum Überleben vorerst reichen. Die Lokalredaktion mit den Unfällen und Verbrechen, den Berichten über Landtagssitzungen und dem täglichen Strom an Wortsondermüll wollte er meiden. Keine Morde mehr. Auch wenn das Böse nicht existiert, das Schlechte greift um sich, wuchert wie ein Pilzrhizom durch die Gesellschaft und gebiert als Fruchtstände Mord, Vergewaltigung und Krieg. Damit wollte Ernesto nichts mehr zu schaffen haben. Eine Theateraufführung, eine Vernissage, ja, das war harmlos genug.

Angesichts des Himmels, der Federwolken und des Windes, angesichts des Grüns des beginnenden Sommers sollten die Umtriebe der Menschen an Bedeutung verlieren. Doch Ernesto empfand die Natur wie etwas Fernes. Als wäre eine Glasscheibe zwischen ihm und der Schönheit der Welt aufgerichtet.

2

Obwohl er seit Tagen nichts getan hatte, außer in der Hängematte zu liegen und ein paar Seiten zu lesen, überrollte ihn die Erschöpfung. Ernesto nickte ein, schreckte bei jedem Geräusch wieder auf, dämmerte durch den Nachmittag und fühlte sich ausgelaugt.

Er ignorierte das Läuten des Mobiltelefons und las zum dritten Mal die erste Seite des Buches. Wenn das so weitergeht, dachte er, brauche ich Jahrhunderte für dieses Buch. Die Tabletten, die ihm der Psychiater verschrieben hatte, nahm er nicht. Zwar hatte er das Rezept eingelöst, die Packungen aber im obersten Fach des Badezimmerschranks verstaut.

Die Nummer auf dem Display kam ihm bekannt vor. Er nahm den Anruf nicht an. Wenn es wichtig war, sollte der Anrufer auf die Mobilbox sprechen. Diese Nachricht konnte Ernesto dann löschen, ohne sie abzuhören.

Das Telefon gab Piepstöne von sich. Der Anrufer hatte aufgelegt. Ein paar Sekunden später läutete es wieder. Jemand hat hier den Sinn von Anrufbeantwortern nicht verstanden. Ernesto sah sich die Nummer genauer an. Ein Journalist von der Kärntner Tagespost, ganz klar. Wenig erstaunlich. Ein Hinweis genügte, und sie wussten, Ernesto war wieder im Land. Ihn dann wegen irgendeiner Geschichte anzurufen, war nur konsequent. Nicht anders hatte es Ernesto früher gemacht.

Ernesto hatte sich vorgenommen, solche Versuche, ihn zu ködern, zu ignorieren. Wenn er so weit war, würde er sich melden. Es war sicher kein Auftrag für ein Vokalkonzert oder eine Ausstellung. Wegen einer solchen Nebensächlichkeit hätte niemand dreimal hintereinander angerufen. Auch den nächsten Anruf ignorierte Ernesto und wurde dafür mit einer SMS belohnt.

Als Ernesto die Nachricht löschen wollte, erschien sie auf dem kleinen Bildschirm: „Toter Mönch in Hüttenberg. Ruf mich zurück! Auer."

Das Mobiltelefon schrillte. Diesmal nahm Ernesto den Anruf an. Ein toter Mönch in Hüttenberg. Das konnte nur ein tibetischer Mönch sein, und das machte Ernesto dann doch neugierig.

„Wo zum Teufel steckst du?", kam es statt einer Begrüßung.

„Dir auch einen wunderschönen guten Tag."

„Du musst unbedingt sofort nach Hüttenberg. Der Fotograf ist schon unterwegs", sagte Auer.

Ernesto zögerte. Er musste gar nichts.

„Ich lege jetzt auf", sagte er langsam.

„Nein, bitte nicht. Ich ..." Den Rest hörte Ernesto nicht mehr.

Typisch Auer, die Welt geht unter, wenn nicht alle nach seiner Pfeife tanzen. Du musst jetzt dahin, und danach fährst du noch dorthin, und bitte, ich hätte den Artikel gerne gestern. Ernesto hatte keine Nerven für die ständige Panik in der Lokalredaktion. Ob man die Geschichte morgen schon hatte oder erst übermorgen oder überhaupt nicht, was machte das für einen Unterschied?

Winfried Auer, der Chef der Lokalredaktion, ließ nicht locker. Ernesto hatte gerade aufgelegt, als das Mobiltelefon schon wieder läutete.

„Was?", schnauzte Ernesto.

„Fährst du jetzt oder nicht?"

„Ich fahre nicht."

„Das war eine rhetorische Frage."

„Ich weiß."

„Also, du rufst mich an, sobald du etwas hast."

„Wird schwierig hier aus der Hängematte. Schick doch irgendeinen von diesen Idioten aus deiner Redaktion. Daran mangelt es nicht, wenn ich mich recht erinnere."

„Die Edlinger ist auf Urlaub, und sonst habe ich niemanden."

„Ob der Mönch tot ist oder nicht, kann sogar der Fotograf feststellen." Ernesto fischte sich eine Zigarette aus der Packung.

„Ein toter tibetischer Mönch in Hüttenberg, weißt du, was das ist?"

„Eine Alliteration", antwortete Ernesto.

„Eine was?"

„Eine Alliteration, ein Stabreim. Wie Mann und Maus oder Hure und Haus. Anfangsreim, um es laienhaft zu sagen."

„Es ist eine Katastrophe, wenn du die Geschichte nicht machst."

„Sei nicht so dramatisch. Du witterst nur eine Geschichte, die dich über die Sauregurkenzeit bringt."

„Jetzt hör mir zu."

„Das mach ich schon drei Minuten lang." Ernesto blies Rauch aus.

„Diese Geschichte wird zu internationalen Verwicklungen führen."

„Ach, ich bitte dich."

„Du weißt noch nicht, wer dieser Mönch war."

„Du wirst es mir gleich mitteilen." Ernesto legte das Buch weg und stand auf. Seit es Mobiltelefone gab, ging er beim Telefonieren auf und ab.

„Dieser Mönch, ein gewisser Dadul Gyal... irgendwas, war der offizielle Vertreter des Dalai Lama in Österreich. So etwas wie sein Botschafter."

„Dann schreib einen Nachruf."

War er eben gestorben, dieser Mönch. Der Dalai Lama würde den nächsten schicken. Ernesto fragte sich seit Jahren, was die Tibeter ausgerechnet in Hüttenberg wollten. Vielleicht fühlten sie sich dort heimisch, weil es genauso trist und abgelegen war wie ihre Heimat. Ein Kuhdorf in den Bergen, dessen Existenzberechtigung mit der Schließung des Bergwerks erloschen war.

Ernesto sah zu den Federwolken hinauf. Ein Bussard zog eine Schleife über dem Waldstück. Der Wind spielte an seinen Schwingen. Früher hätte Ernesto dieses Bild genossen. Jetzt fühlte er nichts. Wie unter einer Glasglocke.

„Du musst nur hinfahren, dich umschauen, und dann rufst du mich an."

„Das Ganze noch einmal von vorne." Ernesto setzte sich auf die Kante des Gartentisches und betrachtete die Ranunkeln, die in Blüte standen. „Ein tibetischer Mönch ist in Hüttenberg gestorben. Er war der Botschafter des Dalai Lama. Wie ist er gestorben?"

„Er ist über den Lingkor gestürzt."

„Über den was?", fragte Ernesto.

„Den tibetischen Gebetspfad."

„Aha", machte Ernesto.

„Genaueres weiß ich nicht. Die Kriminalpolizei ist jedenfalls dort."

„Steinkellner?"

„Wer sonst?"

„Es könnte also ein Mord gewesen sein. Warum hast du das nicht gleich gesagt?"

„Hätte es etwas geholfen?"

„Nein, aber jetzt langweilt mich die Geschichte nicht mehr so. Trotzdem, ich habe hier ein dickes Buch, und ich bin wild entschlossen, dieses Buch jetzt zu lesen." Ernestos Gegenwehr erlahmte. Diese Story war eine Gelegenheit sich abzulenken.

„Du bist der Einzige, der die Geschichte machen kann", insistierte Auer. „Du kennst dich mit diesen

Buddhisten aus, und du kennst auch die Hüttenberggeschichte."

„Sagen wir einmal, ich mach es. Was bekomme ich dafür?"

„Wie meinst du das?"

„Es ist deiner geschätzten Aufmerksamkeit vielleicht entgangen. Aber ich bin arbeitslos."

„Welchen Schreibtisch hättest du gerne? Du kommst heute noch vorbei und unterschreibst."

„Ich hätte gerne einen Schreibtisch in der Kulturredaktion. Beim Fernsehprogramm wird keiner mehr frei sein, nehme ich an."

„Im Fernsehprogramm ist wirklich nichts frei. Da sitzen schon vier Leute, und zwei bei den Leserbriefen. Es sind nicht alle so genial wie du. Aber Kulturredaktion ..."

„Der Čertov geht doch bald in Pension", unterbrach Ernesto ihn.

„Wenn du ihn dazu überredest, gehört der Sessel dir."

„Ich werte das als Zusage."

„Und wenn das nichts wird, kommst du zu mir als Chef vom Dienst."

„Träum weiter", sagte Ernesto und legte auf.

3

Chef vom Dienst, das fehlte Ernesto gerade noch. Damit hätte er mehr Stress am Hals als jemals zuvor. Ein Job, zu dem Ernesto keine Lust hatte, und für den er sich für ungeeignet hielt. Er war unfähig, den Geschehnissen solche Bedeutung beizumessen, wie Auer es tat. Auch wenn ihn die Toten verfolgten, sie und er und der Schmerz waren nur innerhalb der Welt der Menschen wichtig. Dieser Welt wollte er entkommen, und dafür war der Posten des Chefs vom Dienst einer Tageszeitung kein sonderlich geeigneter Ausgangspunkt.

Als er über die Bergstraße von St. Margarethen im Lavanttal über Preims aufs Klippitztörl fuhr, fragte er sich noch einmal, ob das die richtige Entscheidung war. Die Story konnte er schnell erledigen. Aussteigen, ein paar Fragen stellen, einsteigen und Auer anrufen. So hätten es die meisten gemacht. Ernesto gehörte nicht zu den meisten, und deshalb machte er sich keine Illusionen. Ernesto wusste ganz genau, dieser tote Mönch stand am Anfang einer Reihe von Geschichten, die Auer über den Sommer retten würden.

Die Landesregierung ging bald in die Sommerpause. Über das Wetter kann man zwar immer schreiben, aber das Thema reißt weder Leser noch Redakteure vom Hocker. Mit etwas Recherche fand Ernesto auch etwas anderes als diesen toten Mönch. An Skandalen herrschte kein Mangel. Aber ein Toter war besser.

Keine halbe Stunde, und ich verwandle mich in ein zynisches Arschloch. Journalismus ist nichts für zimperliche Leute. Und schon wieder fahre ich an einen Ort, den andere Menschen fluchtartig verlassen.

Die Straße ins Görtschitztal wand sich in engen Kurven durch den Wald. Der Belag war aufgerissen und bröckelte an den Rändern ab. Die Gemeindearbeiter hatten die Schneestangen selbst im Juni noch nicht entfernt. Eine vergessene Gegend.

In der Lausing hielt Ernesto an. Er musste sich sammeln, bevor er sich in den Wahnsinn stürzte. Das Gasthaus hatte geschlossen. In einem Waldweg stand ein Wagen ohne Nummernschild. Im Garten neben dem Gasthaus wucherten Brennnesseln. Die ersten Boten des Untergangs.

Er stieg nicht aus dem Wagen, kurbelte nur die Seitenfenster herunter und verschränkte dann die Hände hinter dem Kopf. Von hier aus waren es noch zehn Kilometer bis nach Hüttenberg. Zehn Kilometer auf einer schmalen Straße, die kaum noch befahren wurde. Die Hauptstraße, falls man das so nennen konnte, führte durch die Einöde der Seetaler Alpen in die Steiermark. Nach Neumarkt, um genau zu sein, eine ebenso trostlose Gegend wie Hüttenberg. Nun ja, vielleicht nicht ganz so schlimm, aber Ernesto war sich da nicht sicher.

Die andere Straße führte in die Heft, eine kleine Ortschaft, in der vor noch nicht einmal 150 Jahren das größte Eisenwerk Europas gestanden hatte. Ernesto erinnerte sich an seinen letzten Besuch. Da gab es nur die Ruinen des Werks, Ruinen, in die man für die Landesausstellung eine pompöse Konstruktion aus Stahl und Glas gesetzt hatte. Das Gebäude stand seit Jahren leer.

Damals war Ernesto weiter in die Berge gefahren. Die Asphaltstraße verwandelte sich zuerst in eine Schotterpiste und dann in einen Feldweg, der irgendwo auf einer Alm aufhörte. Das Ende der Welt.

Ein schönes Ende der Welt, wenn sich seit Ernestos letztem Besuch nichts verändert hatte. Wälder, so weit man sah, und Weiden, ein paar Kühe und der Geruch nach Speik. Keine Menschen, quadratkilometerweit keine Menschen. Dorthin wollte Ernesto fahren, wenn er die Geschichte mit dem Mönch beendet hatte.

Ernesto drehte die CD-Anlage auf. Eingehüllt von Ostbahnkurti und der Chefpartie fuhr er über die Landstraße, querte einige Male die aufgelassene Bahnlinie. Die Schienen waren unter Büschen verschwunden. Bäume wuchsen an den Weichen, und das Holz der Schwellen setzte Pilze an.

Die Menschen des eisernen Zeitalters, sagt Ovid, sind die letzten Menschen vor der Wiederkehr des goldenen Zeitalters. In Hüttenberg hat es immer solche Menschen gegeben. Sie gruben in der Erde und förderten das Erz. Die Kelten waren die ersten. Im dritten Jahrhundert vor unserer Zeitrechnung siedelten sie sich hier an, und sie waren es, die den Römern das Eisen für ihre Schwerter lieferten. Das römische Weltreich rüstete seine Legionen mit Schwertern aus Hüttenberg aus. Dieses Eisen, der einzige Naturstahl der Antike, war den Waffen der Gegner überlegen. Zusammen mit der neuen Taktik römischer Kriegsführung war das norische Eisen die wichtigste Säule der Expansion des römischen Reiches.

Doch schon damals war Hüttenberg ein Kaff, und daran hatte sich nichts geändert. Nur, so gottverlassen eine Landschaft auch scheinen mag, die Menschen in ihr, die Bodenschätze, die Pflanzen können die ganze Welt verändern.

Die Menschen aber hatten Hüttenberg verlassen. Es gab keine Arbeit mehr. Das Bergwerk blieb geschlossen, und der Tourismus kam nicht in Gang. Nur die Alten waren geblieben und ein paar Bauern. Die Jungen wanderten ab, und die wenigen, die sich von ihrem Heimatort nicht losreißen konnten, pendelten jeden Tag hundert Kilometer und mehr zur Arbeit, nach St. Veit, nach Klagenfurt und wieder zurück. Viele blieben die Woche über weg und kehrten nur am Wochenende zurück. Die Hoffnung blieb, und sie manifestierte sich in neuen Häusern, großen Häusern mit schweren Holzbalkonen und Geländewagen in der Einfahrt.

Ernesto glaubte nicht an diese Hoffnung. Seit fast zwei Jahrzehnten laborierte die Politik an Hüttenberg und der Heft herum. Weder das Schaubergwerk noch die Landesausstellung hatten eine Veränderung gebracht. Jetzt versuchte man es mit Esoterik. Tibet, der Dalai Lama, Heinrich Harrer. An jedem anderen Ort der Welt hätte diese Mischung Tausende angelockt. Aber nicht hier, nicht in Hüttenberg.

Kapitel 2

4

Ernesto blieb der Mund offen stehen. Er parkte den Wagen vor dem Heinrich-Harrer-Museum und stieg kopfschüttelnd aus. Mit vor der Brust verschränkten Armen lehnte er sich an den Wagen und betrachtete das Spektakel auf der anderen Straßenseite.

Ein Feuerwehrwagen mit Hebebühne parkte vor dem Eingang zum Gebetspfad. Er verdeckte einen Teil der Fresken an der Außenmauer. In mehreren Abteilungen reihten sich tibetische Götter aneinander. Ernestos Blick hielt sich dort aber nicht auf. Er schweifte zur Stupa. Über dem viereckigen Gebäude wölbte sich ein Zwiebelturm, der in einer langen ausgebleichten Spitze auslief, von der aus Schnüre mit Gebetsfahnen bis zur Felswand gespannt waren. So eine Stupa wird normalerweise als eine Art Kapelle genutzt. Hier aber bildete die Stupa den Eingang zum Gebetspfad.

Ernestos Blick wanderte hinauf zu den Stahltreppen. Mit Ankern in den Fels gebohrt, schlängelten sie sich den gut hundert Meter hohen Hang hinauf, endeten etwa zehn Meter unter dem höchsten Punkt und führten den hoffentlich schwindelfreien Wanderer über eine Wendeltreppe herunter an die Unterseite eines riesigen Gemäldes, das Padmasambhava, den Begründer des tibetischen Buddhismus, darstellte.

Dort schwebte die Hebebühne der Feuerwehr, und Männer in weißen Overalls kraxelten auf der Felswand herum. Hier und da leuchteten gelbe Markierungen aus der Felswand. Die Spurensicherung musste schon seit Stunden im Gang sein.

Ein hochaufgeschossener Mann mit welligem, grauem Haar kam über den Platz auf Ernesto zu. Er trug den Fotoapparat lässig in der Armbeuge und hatte eine dieser unvermeidlichen ärmellosen Jacken an.

„Fritz Hochegger“, stellte er sich vor. „Auer hat gesagt, dass Sie schon unterwegs sind.“

„Ist die Leiche noch irgendwo?“ Ernesto glaubte, sich an Hochegger zu erinnern, aber er hatte ein verdammt schlechtes Personengedächtnis.

„Die Leiche. Ich weiß nicht. Ich glaube, die stehen alle da hinter der Mauer bei dem ... Wie heißt das noch?“

„Gebetspfad“, sagte Ernesto. „Haben Sie Steinkellner schon gesehen?“

„Den Major? Der muss irgendwo sein.“

Ernesto löste sich vom Wagen und ging auf den Feuerwehrwagen zu. Er hatte es hier mit einem Genie zu tun. Wie es aussah, war Hochegger schon länger in Hüttenberg und hatte genau nichts herausgefunden. „Schon andere Aasgeier gesehen?“

„Noch sind wir die einzigen.“ Hochegger grinste.

„Wird nicht lange dauern. Prominente Leiche. Wir werden bald Gesellschaft haben. Also, machen wir schnell. Ich werde mit Steinkellner reden, und Sie, Sie machen, was auch immer Sie nicht lassen können.“ Damit ließ Ernesto den Fotografen stehen und drängte sich durch die wenigen Schaulustigen, die sich im Umkreis des Feuerwehrwagens versammelt hatten.

Ohne nach links oder rechts zu sehen, betrat er die Stupa. Er hatte den Eindruck, den schwachen Geruch von Räucherstäbchen wahrzunehmen. Auf beiden Seiten des finsteren Raumes hockten Bronzestatuen. Buddha Shakyamuni, die Grüne Tara und noch ein paar Figuren aus der tibetischen Mythologie. Über ihm an der Decke prangte ein Mandala.

Ein Beamter in Zivil vertrat ihm den Weg. Ernesto sah ihm in die Augen und verzog das Gesicht zu einer Grimasse.

„Valenti, Kärntner Tagespost. Lassen Sie mich durch."

„Sie haben hier keinen Zutritt", sagte der Beamte.

„Sagen Sie Steinkellner, dass ich hier bin."

„Ich muss Sie bitten, wieder zu gehen. Zivilpersonen haben hier keinen Zutritt."

„Gott im Himmel", sagte Ernesto wie zu sich selbst. „Steinkellner", schrie er dann. „Ich muss mit Ihnen reden."

„Valenti?", kam es aus dem Hintergrund. „Sind Sie das, Valenti?" Major Steinkellner tauchte neben dem Zivilbeamten auf. „Ist schon gut", sagte er. „Ich mache das." Dann wandte er sich Ernesto zu. „Sie hätte ich hier nicht erwartet. Müssen Sie sich nicht noch ein wenig erholen?"

„Was können Sie mir über die Leiche sagen?" Ernesto ignorierte den süffisanten Unterton.

„Ich dachte, die kroatischen Kollegen ..."

„Die Leiche", fiel ihm Ernesto ins Wort.

„Na, ich hab doch nichts gesagt. Also, die Leiche."

„Ich bitte darum."

„Der Tote hieß ..." Steinkellner sah auf seinen Notizzettel.

„Lassen Sie mich das abschreiben." Ernesto nahm ihm den Zettel aus der Hand. „Aha. Dadul Gyaltsen, 56 Jahre alt. Er war der Botschafter des Dalai Lama in Österreich?", sagte er tadelnd. „Ich glaube nicht, dass es so etwas gibt."

„Ich sammle Informationen, und das ist es, was mir der Museumsdirektor gesagt hat. Dieser Mönch war nicht nur ein Mönch, sondern ein Wissenschaftler und Politiker."

„Was die so Wissenschaftler nennen“, murmelte Ernesto.

„Beauftragt, mit der Gemeinde, dem Land und dem Bund dieses Tibet-Projekt voranzutreiben“, fuhr Steinkellner fort.

„Und weil ihn diese Aufgabe überfordert hat, köpfelte er von einem hundert Meter hohen Felsen in den Lingkor.“

„In den was?“

„Tibetischen Gebetspfad“, sagte Ernesto. „Und?“

„Wissen wir noch nicht“, antwortete Steinkellner. „Die Spurensicherung arbeitet noch. Die Leiche kommt in die Gerichtsmedizin in Graz.“

„Todesursache?“, fragte Ernesto.

„Der Doktor sagt Genickbruch. Er kann ausgerutscht sein, oder er ist gesprungen, oder jemand hat ihn gestoßen.“

„Wir wären dann so weit“, mischte sich eine dritte Stimme ein.

Ernesto sah auf. Vor ihm stand ein Mann im weißen Overall. Wolfgang Havlicek, Chef der Spurensicherung. „Meine Leute räumen nur noch zusammen. Habe die Ehre“, verabschiedete er sich.

„Havlicek“, rief Ernesto. „Was war das Ihrer Meinung nach? Ein Mord? Haben Sie schon eine Vermutung?“

Havlicek sah Ernesto an, ohne die Miene zu verziehen. Dann drehte er sich um und ging.

„Und Sie, Steinkellner, sind Sie gesprächiger?“

„Das wäre das erste Mal, dass Havlicek etwas vermutet. Aber wenn Sie mich fragen, dann ist der Mönch von da oben, von seinem Meditationssitz abgestürzt, direkt neben der Wendeltreppe zweimal aufgeschlagen und dann in dem Stahlgestänge hängen geblieben.“ Steinkellner zeigte Ernesto mit dem ausgestreckten Arm, wie er sich die Fallkurve des Mönches vorstellte.

„Meditationssitz?“

„Angeblich ...“ Steinkellner blätterte in seinem Notizbuch. „Angeblich, das sagt jedenfalls der Museumsdirektor, ist er jeden Morgen zum Meditieren da hinaufgestiegen.“

„Okay“, sagte Ernesto. „Wenn er das jeden Tag gemacht hat ...“

„Der Museumsdirektor sagt, er hat ihn immer beobachtet.“

Ernesto kratzte sich mit dem stumpfen Ende des Kugelschreibers an der Stirn und sah zu Boden.

„Mhmm“, machte er dann. „Das heißt jetzt? Was wird die Polizei offiziell verkünden?“

„Was weiß ich?“ Steinkellner hob die Arme. „Wir warten die Ergebnisse ab.“

„Der Museumsdirektor?“, fragte Ernesto.

„Graber“, sagte Steinkellner. „Der ist drüben im Museum und rotiert.“

„Wir sehen uns“, sagte Ernesto. „Ja. Ich glaube, wir werden uns jetzt öfter sehen.“

Ohne auf eine Antwort zu warten, ging Ernesto und machte sich auf den Weg ins Museum. Draußen warf er noch einmal einen Blick auf die Felswand. Oben an der Fundstelle kämpfte ein Feuerwehrmann mit einer Schnur, auf der Gebetsfahnen aufgereiht waren. Daneben konnte Ernesto einen Schriftzug am Felsen erkennen. *Om mani padme hum* stand da in tibetischen Schriftzeichen.

Wörtlich übersetzt heißt das so viel wie: Om Juwel im Lotus hum. Dieses Mantra wiederholen die tibetischen Buddhisten unablässig. Sie rufen damit den

Bodhisattva des universellen Erbarmens an. Avalokiteshvara nennen sie dieses Wesen, das die Erleuchtung erlangt hat und sich aus Mitgefühl immer wieder inkarniert, um alle Wesen aus dem Rad der Wiedergeburt zu befreien. Simpel gesagt, bedeutet *Om mani padme hum* nichts anderes als: Alles in Ordnung, du musst dir keine Sorgen machen. Bla, bla, bla, fügte Ernesto in Gedanken hinzu.

5

Direktor Georg Graber ging gestikulierend einen Gang des Museums entlang, als Ernesto ihn aufspürte. Zuerst war Ernesto irritiert, bis er das Headset bemerkte, mit dem Graber telefonierte. Ein Journalist, so hörte Ernesto mit, verlangte Auskunft über den Tod des Mönchs.

Ernesto sah sich in der Zwischenzeit die Schaukästen an. Tibetische Gebetsmühlen, Schaffelljacken, Fotografien von Yaks und Nomaden, Geschirr aus Silber, Peitschen und Gebetsfahnen. Der Raum war mit Artefakten aus Tibet, Nepal und dem nördlichen Indien vollgestopft. Die Schilder an den Kästen verrieten nur, wer die Gegenstände gesammelt hatte und aus welcher Epoche sie stammten. Auf einer Tafel war ein kurzer Abriss der tibetischen Geschichte zu lesen. Kurz und falsch. Der Verfasser hatte sich um die Kriegszüge des 5. Dalai Lama herumgeschwindelt, und das missfiel Ernesto.

„Ich hätte Sie gerne kurz gesprochen“, sagte Ernesto, als Graber das Telefonat beendet hatte. „Ich bin zwar auch Journalist, aber ich werde versuchen, Sie nicht zu nerven. Ernesto Valenti, Kärntner Tagespost.“

„Das ist alles ganz fürchterlich“, sprudelte es aus Graber heraus. „Dadul war ja nicht irgendein Mönch. Du liebe Güte, der Dalai Lama. Und der Bürgermeister, er ist außer sich. Sie haben ja keine Ahnung.“

„Deshalb bin ich hier. Weil ich keine Ahnung habe und das gern ändern möchte.“

„Dann kommen Sie mit in mein Büro.“

Der Raum befand sich am hinteren Ende des Museums. Auf dem mächtigen Tisch in der Mitte stapelte sich Papier. Einige Laptops standen an der Längsseite, und an den Wänden reihten sich Regale und schmale Vitrinen. Anatomische Präparate, ausgestopfte Vögel und eine Menge Alltagsgegenstände waren hinter den Glasscheiben verstaut. Sie setzten sich an die Stirnseite des Tisches, und Ernesto zückte seinen Notizblock.

„Sie sagten, Dadul, so war doch der Name des Mönchs, war kein gewöhnlicher Mönch. Wie meinten Sie das?“

„Dadul Gyaltsen, Doktor Dadul Gyaltsen, war ein Vertrauter des Dalai Lama und darüber hinaus einer der bedeutendsten Übersetzer des Tibetischen ins Englische. Ein ausgewiesener Kenner tibetischer Theologie und Mythologie. Wahrscheinlich einer der wichtigsten Vertreter der tibetischen Exilregierung in Europa. Es gibt übrigens auch einige seiner Bücher auf Deutsch.“ Graber sah sich im Büro um. „Ich habe hier noch ein paar Exemplare.“ Er ging zu einem Regal und fuhr mit dem Finger über die Buchrücken. „Hier und hier und hier“, sagte er, nahm die Bücher heraus und drückte sie Ernesto in die Hand. „Das sollten Sie lesen.“

„Er war also ein Lama?“, fragte Ernesto.

„Ja, ein Meister und Lehrer. Sein Tod ist ein schwerer Verlust für uns. Er war unsere direkte Verbindung zum Dalai Lama.“

„Ich verstehe“, sagte Ernesto. „Und soweit ich gehört habe, ging er jeden Morgen zu dieser Stelle über dem Gebetspfad, um zu meditieren.“

„Deshalb verstehe ich das ja auch nicht. Er kletterte jeden Morgen, meist noch in der Nacht, dort hinauf, und nie ist ihm etwas passiert.“

„Warum gerade diese Stelle?“

„Ah, das ist kompliziert. Ich weiß nicht, ob Sie das verstehen werden.“

„Versuchen Sie es“, forderte ihn Ernesto auf.

„Sie wissen vielleicht, dass dieser Gebetspfad 1996 errichtet wurde. Die Stelle hat Heinrich Harrer in Rücksprache mit dem Dalai Lama ausgewählt. Wenn Sie sich dafür interessieren, es gibt eine Broschüre dazu. Jedenfalls wurde der Pfad nach geomantischen und anderen spirituellen Gesichtspunkten ausgewählt.“

Ernesto bemühte sich, nicht zusammenzuzucken, als Graber Geomantie und Spiritualität in einem Atemzug erwähnte.

„Diese Felswand stellt ein bestimmtes Kraftfeld dar, und der Ort, an dem Dadul meditierte, ist das Herz dieses Kraftfeldes. Von hier aus spannt sich eine Linie bis hin zu den heiligen Stätten in Tibet. Dadul sagte, wenn er dort oben meditiere, sei er in Kontakt mit den Göttern seiner Heimat.“

„Gut, das wäre also geklärt“, sagte Ernesto schnell, um Graber daran zu hindern, noch mehr von diesem esoterischen Zeugs abzusondern. „So wie sich mir die Sache jetzt darstellt“, fuhr Ernesto fort, „haben wir es mit einem Todesfall aus noch ungeklärter Ursache zu tun. Das ist sicher alles andere als erfreulich, und da es sich um einen tibetischen Mönch handelt, werden Sie noch ein paar anstrengende Tage haben, in denen

Ihnen Journalisten auf die Nerven gehen werden. Aber die große Katastrophe sehe ich nicht."

„Und wenn es Mord war?", platzte Graber heraus.

„Ja, gibt es dafür einen Hinweis?", fragte Ernesto zurück.

„Nein, gibt es nicht. Aber auch so. Dieser Todesfall gefährdet das ganze Projekt."

„Können Sie das näher erklären?"

„Wir versuchen, hier in Hüttenberg ein geistiges Zentrum des tibetischen Buddhismus zu etablieren. Das können wir natürlich nur mit Unterstützung der tibetischen Exilregierung. Dadul Gyaltsen war direkt vom Dalai Lama damit beauftragt und ermächtigt, mit Politikern und Behörden zu verhandeln. Da er auf so unglückliche Art zu Tode gekommen ist, wird es bei der Fortsetzung des Projekts vermutlich Probleme geben."

Ernesto schwieg, er wartete auf eine Erklärung.

„Wie Sie vielleicht wissen, trifft der Dalai Lama seine Entscheidungen nach anderen Kriterien als die meisten Staatsoberhäupter. Er befragt ein Orakel. Meist das berühmte Staatsorakel."

„Ronald Reagan stützte sich auf die Ratschläge seiner Astrologin", sagte Ernesto.

„Das ist wohl kaum vergleichbar", wies ihn Graber zurecht.

Ernesto zog einen Mundwinkel nach unten, sagte aber nichts. Für eine kulturwissenschaftliche Debatte über Okkultismus war später noch Zeit, und später würde er auch entscheiden, ob sich so eine Diskussion mit Graber lohnte.

„Das Staatsorakel verkörpert den Kriegsgott des tibetischen Buddhismus", sagte Graber. „Seinen Anweisungen ist unbedingt Folge zu leisten. Und der Dalai Lama wird sicherlich eben dieses Orakel befragen."

„Und Sie befürchten, das Orakel könnte sich gegen eine Nachbesetzung des Postens aussprechen?“

„Schlimmer noch. Das Staatsorakel könnte den Tibetern vorschreiben, sich aus Hüttenberg zurückzuziehen.“

6

In der halben Stunde, die Ernesto in Grabers Büro verbracht hatte, war die Menschenmenge vor dem Gebetspfad angewachsen. Allerdings gab es nichts zu sehen, außer Feuerwehrmännern, die ihre Ausrüstung verstauten, und Polizisten, die Absperrbänder aufrollten. Die Leiche war abtransportiert worden, dennoch drängten die Leute zum Eingang der Stupa hin.

„Jetzt hat auch der Letzte in diesem Kuhdorf erfahren, was hier los ist“, sagte Ernesto zu sich selbst und steuerte auf die Menschenansammlung zu. Da bemerkte er den großen, dunklen Wagen mit einem Nummernschild der Landesregierung, der vor dem Eingang zum Gebetspfad parkte. Statt zum Gebetspfad ging Ernesto zu seinem Wagen und verstaute die Bücher, die ihm der Museumsdirektor aufgedrängt hatte, im Kofferraum. Er würde auf keinen Fall in die Unterhaltung platzen, die Major Steinkellner mit wem auch immer führte. Während er sich eine Zigarette drehte, überlegte Ernesto, wer das sein konnte. Es erstaunte ihn dann nur milde, als er sah, wie Jörg Tschabuschnig, der Pressesprecher des Landeshauptmanns, beim Eingang des Gebetspfades auftauchte.

Von seinem Standort aus konnte Ernesto nicht hören, was Tschabuschnig zu Steinkellner sagte, er sah nur sein Gefuchtel. Mit erhobenem Zeigefinger versuchte er, Steinkellner etwas klar zu machen. Ernesto machte sich auf den Weg. Er wollte Tschabuschnig stellen, bevor dieser in seinen Wagen stieg und davonfuhr. Aber Ernesto unterschätzte die Geschwindigkeit des Pressesprechers.

„Tschabuschnig", schrie Ernesto über den Platz.

Der Pressesprecher drehte sich um. In diesem Moment hatte Ernesto das Gefühl, dass Tschabuschnig ihn erkannte. Jedenfalls sprang Tschabuschnig in den Wagen und fuhr davon.

Steinkellner sah Ernesto kommen und wartete. Die Wut war ihm deutlich anzusehen.

„Was ist es jetzt?", fragte Ernesto.

„Unfall", sagte Steinkellner leise. Seine Stimme zitterte beinahe unmerklich.

„Sicher? Vor einer Dreiviertelstunde war es noch ungeklärte Ursache."

„Es wird Unfall im Bericht stehen. Der Mönch ist ausgerutscht."

„Aha", machte Ernesto.

Sie standen nebeneinander am Eingang zum Gebetspfad und sahen auf die Menschen hinunter, die sich da versammelt hatten.

„Was machen die Leute überhaupt hier? Es gibt doch nichts mehr zu sehen", sagte Ernesto.

„Sie halten eine Totenwache. Sagt wenigstens die da drüben." Steinkellner war nicht so diskret wie Ernesto und zeigte mit dem Finger auf eine Frau mit hochgesteckten Haaren und einem orangen Umhang. Ernesto gab ein leises Winseln von sich.

„Was haben Sie denn?" Steinkellner drehte sich besorgt zu ihm hin.

„Es geht schon, keine Sorge. Nur die übliche Allergie gegen Esoterik. Und der da in der Trachtenuniform?"

„Keine Ahnung, aber der neben ihm ist der Bürgermeister."

„Aus dem bin ich noch nie schlau geworden", sagte Ernesto und sah sich die Gesichter in der Menge an. Da hinten stand ein großer Mann mit weißen Haaren, die er zu einem Pferdeschwanz zusammengebunden hatte. Ein Alternativer, urteilte Ernesto. Daneben ein paar Hausfrauen in Kittelschürzen, eine sogar mit Lockenwicklern. Auffallend wenig junge Leute. Eigentlich nur diese Frau neben dem Pfarrer. Sehr hübsch. Männer mit unrasierten Gesichtern in Arbeitskleidung. Bauern vermutlich.

Das waren nicht die üblichen Verdächtigen. Diese Leute waren mit wenigen Ausnahmen keine Kandidaten für einen Esoterikkurs. Die drei Bauern da am Rande, die sich gerade gegenseitig Feuer gaben, die konnte sich Ernesto schwer in Meditationshaltung vorstellen. Die meisten waren nicht hier, um dem Toten zu gedenken. Sie waren gekommen, weil in ihrem Dorf endlich einmal etwas passierte und sie nichts davon versäumen wollten.

„Gut", sagte Ernesto und zog seinen Notizblock heraus. „Ich nehme an, Sie haben jetzt eine Geschichte für mich. Wann stieg Dadul Gyaltsen hinauf zu seinem luftigen Meditationsplatz?"

„Schätzungsweise zwischen vier Uhr dreißig und fünf Uhr am Morgen", antwortete Steinkellner.

„Ist er beim Aufstieg verunglückt?"

„Nein, als er gegen sechs Uhr dreißig wieder heruntersteigen wollte. Gesehen hat das niemand."

„Wie soll ich mir das vorstellen?"

„Der Tau macht den Felsen rutschig, und auch in den paar Grasbüscheln da oben sammelt sich der Tau. Da muss er ausgerutscht sein. Er kletterte übrigens ohne Schuhe."

„Das heißt, eine tragische Geschichte“, sagte Ernesto, während er schrieb.

„Überaus tragisch“, bestätigte Steinkellner.

„Dann werde ich das so schreiben.“ Ernesto blätterte um und schrieb etwas, riss den Zettel ab. „Hier, meine Telefonnummer. Nur falls Sie Ihre Meinung über die Todesursache doch noch ändern.“

Kapitel 3

7

Ernesto setzte sich auf den Fahrersitz, die Füße gegen die offene Tür gestemmt und wählte die Nummer des Amtes der Kärntner Landesregierung. Er landete in der Warteschleife. Das Telefon unters Ohr geklemmt, drehte er sich eine Zigarette, zündete sie an und sah sich den Gebetspfad an.

„Amt der Kärntner Landesregierung“, meldete sich eine Frauenstimme. „Was kann ich für Sie tun?“

„Ernesto Valenti, Kärntner Tagespost. Den Pressesprecher des Landeshauptmanns, bitte.“

„Der ist nicht im Haus.“

„Sicher?“

„Er hat sich ausgetragen.“

„Kommt er heute noch einmal?“

„Ich weiß nicht.“

„Könnten Sie mir seine Handynummer geben?“

„Ich weiß nicht, ob ich das darf.“

„Er ist Pressesprecher.“ Ernesto warf die Zigarette auf den Parkplatz. „Ich bin von der Presse. Also wird das schon in Ordnung gehen. Sonst schieben Sie es auf mich.“

„Wie soll das gehen?“

„Sagen Sie, ich war lästig.“

Sie gab ihm die Handynummer. Ernesto wiederholte die Nummer zur Sicherheit. Dann legte er auf und wählte die Nummer des Pressesprechers.

„Tschabuschnig“, sagte Ernesto, als der Pressesprecher den Anruf entgegennahm. „Ich habe Sie in Hüttenberg nicht mehr erwischt. Sie waren so schnell weg, man könnte meinen, Sie wären auf der Flucht.“

„Mit wem spreche ich?“

„Ernesto Valenti, Kärntner Tagespost. Es geht um den toten Mönch in Hüttenberg.“

Schweigen auf der anderen Seite.

„Was sagt denn der LH dazu?“

„Der *Landeshauptmann* drückt sein Bedauern aus.“

„Habe ich mir gedacht. Deshalb sind Sie von Klagenfurt nach Hüttenberg gerast? Um das Bedauern des LHs zu übermitteln?“

„Genau. Dieser Mönch war ein wichtiges Mitglied der tibetischen Delegation.“

„Eigenartig nur, dass Sie das tiefe Mitgefühl unseres geschätzten Landeshauptmanns dem ermittelnden Kriminalbeamten Major Steinkellner übermittelt haben.“

Wieder Schweigen.

„Wissen Sie, Tschabuschnig, im Moment interessiert es mich nur am Rande, was der LH zu sagen hat. Mich interessiert, was Sie zu Steinkellner gesagt haben.“

„Nichts von Bedeutung.“

„Genau. Bevor Sie in Hüttenberg Ihren Kurzauftritt hatten, war die Todesursache noch unklar. Nachdem Sie weg waren, sagte Steinkellner, es war ein Unfall. Ob es da wohl einen Zusammenhang gibt?“

„Sicher nicht. Was wollen Sie mir unterstellen?“

„Ich unterstelle gar nichts. Ich bin nur fair und gebe Ihnen die Chance, etwas dazu zu sagen.“

„Wozu?“

„Stellen Sie sich nicht so an“, sagte Ernesto. „Ich werde genau das schreiben. Nach dem Besuch des Pressesprechers Jörg Tschabuschnig stand für Major Horst Steinkellner die Todesursache fest.“

„Das stimmt so nicht. Das können Sie nicht schreiben.“

„Sie streiten es ab, obwohl Sie dann ja nicht mehr in Hüttenberg waren. Woher wissen Sie, dass Steinkellner das nicht gesagt hat?“

„Was?“

„Dass die Todesursache ein Unfall war.“

„Das weiß ich auch nicht“, gab Tschabuschnig zu.

„Sehen Sie.“

„Ich habe sicher keinen Einfluss auf die Ermittlungen der Kriminalpolizei genommen.“

„Kann ich das zitieren?“

„Zitieren Sie doch, was Sie wollen.“

Ernesto lachte und legte auf.

8

Die Geschichte entwickelte sich ganz hervorragend. Ob der Mönch nun wirklich nur ausgerutscht war oder ob ihn jemand ermordet hatte, spielte da keine Rolle. Auer würde das gefallen. Aber bevor er ihn anrief und ihm die freudige Nachricht mitteilte, wollte Ernesto noch auf einen Sprung ins Dorfgasthaus schauen.

Deshalb ging er die Straße hinauf in Richtung Hauptplatz. Zwanzig Meter hinter dem Harrer-Museum blieb Ernesto wie angewurzelt stehen. Auf einem Hang stand die Miniaturausgabe des Hollywood-Schriftzuges. Daneben wehte eine tibetische Flagge. Und gleich gegenüber bildeten Massen von Gartenzwergen entlang eines Weges zu einer Schrebergartenhütte einen alternativen Lingkor. Dieses Dorf hatte fraglos ein Händchen fürs Bizarre.

Das Gasthaus Zum Goldenen Ochsen hatte schon bessere Zeiten gesehen. Der Sonnenschirm über dem Tisch im Freien alterte hier sicher schon das eine oder andere Jahrzehnt vor sich hin, und über der Eingangstür bröckelte die Stuckverzierung.

Ernesto trat in das Vorhaus. Es roch nach verschüttetem Bier, und irgendwo brummte das Aggregat des Kühlhauses. Er stieß die Tür zum Gastzimmer auf. Keiner der Gäste hob den Kopf. Der Wirt wischte Biergläser aus und schien Ernesto nicht zu bemerken. Ernesto klopfte auf die Theke und bestellte Kaffee, dann setzte er sich zu den Männern am Stammtisch.

„Du bist der Zeitungsschmierer", begrüßte ihn ein Bauer mit unrasiertem Gesicht.

„Und du bist der ...?", entgegnete Ernesto.

„Mostbauer."

„Und? Was sagst du zu dem tragischen Unfall?", fragte Ernesto.

„Ich sag nix."

Die anderen am Tisch grinsten. Der Wirt kam, wischte mit einem dreckigen Fetzen über den Tisch und stellte den Kaffee vor Ernesto hin.

„Der Mostbauer wird nicht beleidigt sein, wenn einer von den Glatzerten abkratzt", sagte der Wirt.

„Du doch auch nicht." Ernesto drehte sich zum Wirt hin. „Ein Toter ist gut fürs Geschäft."

„Für deins vielleicht."

„Ich weiß mir auch was Besseres", sagte Ernesto. „Aber so ist das eben. Hat einer von euch den Mönch gekannt?"

„Ich nicht", sagte der Mostbauer.

„Aber gesehen hast du die Mönche schon einmal", sagte Ernesto.

„Ja, gesehen. Kannst ja nicht anders. Und? Wie is er denn abgekratzt?"

„Nix Genaues weiß man nicht." Ernesto zuckte mit den Schultern.

Der Mostbauer nahm einen kräftigen Zug von seinem Bier.

„Und du?" Ernesto drehte sich zu einem anderen Stammgast, einem Mann um die Dreißig.

„Ich?", fragte der zurück. „Ich red doch mit denen nichts. Was soll ich auch mit denen reden. Aber die Isolde, die musst du fragen."

„Welche Isolde?"

„Die Köchin vom Pfarrer. Die steigt doch mit denen ins Bett. Irgendwas machen die anders, so ein perverses Zeug."

„Na, jetzt hör mir auf", sagte der Mostbauer. „Woher willst du das denn wissen? Ha? Red doch nicht so einen Blödsinn daher."

„Das weiß doch jeder."

„Warst vielleicht dabei?" Der Mostbauer stellte sein Bierglas heftig ab. „Die Isolde, die wird doch nicht ..." Er verwarf die Hand und griff wieder zu seinem Glas.

„Dann erzähl halt du, Mostbauer", mischte sich der Wirt ein.

„Ja, was denn?", wehrte der Mostbauer ab.

„Was war denn mit deiner Alma, ha?"

„Die Alma, das is ja schon fünf Jahre her."

„Jetz erzähl schon", setzte der Wirt nach und stellte eine Reihe Schnapsgläser vor sich auf. Ohne abzusetzen schenkte er ein, kam mit dem Schnaps an den Stammtisch und stellte vor jeden Gast ein Glas. Ernesto schnaufte. Er hatte keine Lust auf den Schnaps, aber wenn er die Geschichte hören wollte, dann musste es sein. Wie in Kroatien, dachte er, aber wenigstens ist es schon Nachmittag. Bei jeder Gelegenheit ein Schnaps, Ernesto hatte vergessen, dass das in Österreich nicht anders war.

„Also, was ist jetzt mit der Alma?", forderte Ernesto den Mostbauer auf.

„Es ist fast an der gleichen Stelle gewesen. Der Mönch ist doch von dort abgestürzt, wo er immer gesessen ist?"

Ernesto nickte.

„Also dann stimmt es", fuhr der Mostbauer fort. „Von dort oben ist die Alma auch abgestürzt."

„Und? Ist ihr was passiert?", fragte Ernesto.

„Bewusstlos war sie. Sie ist da in diesen Pfad gestürzt, hinein in die Seile, und da ist sie hängen geblieben. Wie ich sie gefunden habe, hat sie sich nicht gerührt. Ich hab schon gedacht, sie ist tot. Aber dann hat sie zu schreien angefangen."

„Und wie die geschrien hat", sagte der Wirt. „Bis hier herauf hab ich das gehört."

„Gezappelt hat sie, ganz aufgeregt war sie, und die Feuerwehr hat fast eine Stunde gebraucht", sagte der Mostbauer. „Aber überlebt hat sie es. Ein paar Schürfwunden, sonst nichts."

„Kann ich mit dieser Alma sprechen?", fragte Ernesto.

„Probieren kannst du es ja", sagte der Mostbauer und lachte.

„Was ist daran so witzig?" Ernesto war für einen Moment verwirrt.

„Du wirst dir schwer tun, mit der Alma zu reden", mischte sich der Wirt ein. „Die steht beim Mostbauer im Stall und ist immer noch eine seiner besten Milchkühe."

„Na, dann red ich halt mit der Kuh", versuchte Ernesto die Situation zu retten, aber der Satz ging im Gelächter unter. „Ja, ist ja schon gut", sagte Ernesto und musste selbst lachen. „Sehr lustige Geschichte. Aber deshalb bringt doch niemand diesen Mönch um. Oder, Mostbauer?"

„Na, ich war's nicht", sagte er und lachte immer noch. „Aber da gibt es ein paar. Den Irren aus der Heft zum Beispiel."

„Wen?"

„Er meint den Schulz", sagte der Wirt. „Den müsstest du eigentlich gesehen haben, unten beim Gebetspfad. So ein Großer mit Pferdeschwanz."

„Und weißen Haaren?", fragte Ernesto.

„Genau. Und der Schulz, der Piefke, der hat die Mönche mit der Schrotflinte von seinem Hof gejagt", sagte der Mostbauer. „Vielleicht hat er gedacht, wenn er nicht richtig trifft, schupft er den Mönch halt vom Felsen. Was weiß man denn?"

„Was hat er denn gegen die Mönche?"

Der Mostbauer zuckte mit den Schultern.

„So genau weiß das keiner", meinte der Wirt. „Der ist ja auch ein Zuagraster, hat sich vor zehn Jahren oder so den Hof da oben gekauft und macht jetzt auf Biobauer. Mit uns red't der nicht viel. Und den Mönchen ballert er nach, wenn sie auch nur einen Fuß auf seinen Grund setzen."

„Beim Bürgermeister weiß man wenigstens, warum er den Mönch nicht mögen hat", sagte der Mostbauer.

„Aha", machte Ernesto. „Der Pirolt hat also Dreck am Stecken."

„Auf seinem Stecken hat der keinen Dreck, so wie der immer poliert wird", feixte der Mostbauer.

„Aha, von wem denn?"

„Ich will ja nichts gesagt haben."

„Jetzt geh, so arg wird es schon nicht sein."

„Wie man's nimmt. Die Isolde, die wirst du nicht kennen. Das ist die Köchin vom Pfarrer, aber mit dem hat sie nichts. Der sauft mehr als sonst was. Fürs Budern ist er jedenfalls schon zu alt."

„Und da schaut sich die Pfarrersköchin nach etwas anderem um.“ Ernesto fand die Geschichte nicht sonderlich spannend.

„Die Isolde, die steigt mit so einem grindigen Mandl wie unsereins nicht ins Bett, auf gar keinen Fall.“

„Die sucht sich etwas Besseres.“

„Da kannst einen drauf lassen.“

„Und wer ist der Glückliche?“

„Einer reicht der nicht.“ Der Mostbauer grinste. „Zuerst den Bürgermeister und dann den Mönch und was weiß ich, wen sonst noch. Den Geweihten, den hat sie lieber gehabt als den vom Bürgermeister. Herr, sei mein Stecken und mein Stab, so geht das doch.“

9

Die Tür schwang weit auf, und zwei Männer traten in den Schankraum. Ernesto erkannte einen von ihnen. Es war der Bürgermeister von Hüttenberg, Hans Pirolt. Ernesto taxierte ihn, und dann nahm er dessen Begleiter in Augenschein. Das war der Mann vom Tatort mit der typischen Trachtenuniform des erfolgreichen und traditionsbewussten Kärntners. Jeans, Trachtengilet mit dem berühmten Kärntner Blümchenmuster, dazu ein weißes Hemd mit schmalem Kragen, das Sakko des Kärntneranzugs über die Schulter geworfen. Ernesto mochte den Typen schon jetzt nicht. Seine Erfahrung sagte ihm, hier hatte er es mit einem Kotzbrocken zu tun.

„Darf ich vorstellen“, sagte Pirolt und beugte sich zu Ernesto herunter. „Das ist der Ernst Krametter, unser Amtsleiter. Übrigens organisiert er auch den Reiftanz.“

Ernesto streckte ihm die Hand entgegen, stand aber nicht auf.

„Wir haben uns aber schon lange nicht mehr gesehen." Pirolt legte Ernesto eine Hand auf die Schulter. „Was machst du denn so? Noch immer bei der Zeitung?"

„Hätte ich was Gescheites gelernt, so wie du, wär ich jetzt auch schon Bürgermeister." Ernesto drehte sich so, dass Pirolts Hand von seiner Schulter rutschte. „Und du?"

„Immer noch Bürgermeister", antwortete Pirolt.

„Davon kann man doch nicht leben. Immer noch bei der Bank?"

Pirolt nickte. Ernesto sah ihm an, dass ihm das Thema unangenehm war. Pirolt schaffte es nicht, in der Parteihierarchie aufzusteigen und wenigstens einen Landtagsposten zu ergattern. Es blieb ihm nichts übrig, er musste weiter in der Bank arbeiten. Von einem Bürgermeistergehalt einer 1.500-Einwohner-Gemeinde konnte höchstens ein Bettelmönch leben.

„Sie organisieren den Reiftanz", wandte sich Ernesto an Krametter und stand auf. Er folgte dem Bürgermeister und dem Amtsleiter an die Theke. Selbstverständlich setzte sich der Bürgermeister nicht zu den Bauern an den Stammtisch. Außer im Wahlkampf. „Wann findet dieser Reiftanz denn statt? Wenn ich mich recht erinnere, irgendwann nach Pfingsten, und das auch nicht jedes Jahr."

„Sie haben Glück", sagte Krametter. „Heuer ist es wieder so weit. Am Dreifaltigkeitssonntag."

„Wann ist das?"

„Kommenden Sonntag."

„Das ist aber interessant." Ernesto legte seinen Notizblock auf die Theke. „Das passt doch ausgezeichnet. Wenn ich schon einmal da bin. Wir können das doch mit einem schönen Artikel in der Kärntner Tagespost ankündigen. Was halten Sie davon? Ich hoffe, es ist mir noch niemand zuvorgekommen."

„Das wäre gut", sagte Krametter. „Aber Sie sind doch sicher mit dem Unfall beschäftigt."

„Ach was, die Geschichte habe ich schon. Außer Sie können mir etwas darüber sagen, was absolut sensationell ist."

„Die Zeitungsleute sind nicht glücklich, wenn es nicht ein Skandal ist", sagte Pirolt.

„Ich bin mit einer Brauchtumsveranstaltung hochzufrieden." Ernesto blies den Rauch in seine Richtung. „Aussuchen kann man es sich halt nicht. Aber ich hoffe doch, ich bekomme ein Zitat von dir als Bürgermeister, wie du die Lage jetzt beurteilst, da dieser Mönch", Ernesto sah auf seinem Notizblock nach, „Dadul Gyaltsen, gestorben ist. Welche Auswirkungen wird das auf die Projekte mit den Tibetern haben?"

„Zuerst bedauere ich es zutiefst, dass so ein Unglück geschehen ist", fing Pirolt an.

Ernesto schrieb nicht mit.

„Wir haben Dadul alle sehr geschätzt, und sein Tod ist ein schwerer Verlust für Hüttenberg und ganz Kärnten. Mit Dadul wurde uns eine Stütze der spirituellen Entwicklung dieses Landes genommen."

„Und wie sieht es mit der wirtschaftlichen Entwicklung aus?", fragte Ernesto.

„Daran denke ich jetzt gar nicht", antwortete Pirolt.

„Irgendwie ist das aber schon interessant. Immerhin, dieser Mönch war dem Vernehmen nach die direkte Verbindung zum Dalai Lama, und wenn ich mich nicht täusche, geht es hier um den Bau eines Hotels und eines Seminarzentrums."

„Wir wollen eine tibetische Universität in Hüttenberg gründen", sagte Pirolt.

„Meinetwegen auch das. Aber der Punkt an der Geschichte ist doch, wenn dieser Mönch tot ist, dann wird es bei dem Projekt zumindest Verzögerungen geben. Wenn es nicht ebenso gestorben ist wie der verehrte Dadul Gyaltsen."

„Ich hoffe, es wird keine Verzögerungen geben."

„Direktor Graber hat aber so etwas angedeutet."

„Der Direktor sieht das etwas zu dramatisch", meldete sich Krametter. „Das Projekt hängt nicht alleine an den Tibetern."

„Aber sie sind doch wohl ein unerlässlicher Bestandteil", sagte Ernesto. „Ohne Tibeter kein Tibet-Zentrum."

„So weit wird es nicht kommen", sagte Pirolt.

„Ich sehe schon." Ernesto kritzelte ein paar Wörter in seinen Notizblock. Er blätterte um. „Dann wollen wir uns einmal um den Reiftanz kümmern." Ernesto überlegte kurz, was er über den Reiftanz wusste. So auf die Schnelle fiel ihm nicht viel dazu ein. Es war eine Ewigkeit her, dass er den Reiftanz gesehen hatte, als Kind irgendwann, und danach hatte ihn das nur nebenbei interessiert. Ein Standesbrauch war das, wenn er sich nicht täuschte, noch nicht so wahnsinnig alt, und ja genau, jetzt fiel ihm ein, was ihn immer schon daran irritiert hatte. Der Reiftanz enthielt Elemente von Frühlingsbräuchen, Fruchtbarkeitsrituale, eine Reiftanzbraut zum Beispiel. Aber Fruchtbarkeitsrituale und Bergknappen, das passt nicht zusammen. Die Bergknappen gelten in allen Sagen, in allen Legenden und Mythen als Feinde der Muttergöttin, als Vernichter der Fruchtbarkeit.

„Der Reiftanz, was ist das für ein Brauch?", begann Ernesto und wandte sich dem Amtsleiter zu. „Das hat doch irgendetwas mit dem Frühling zu tun, nicht wahr?"

„Eigentlich nicht. Warum der Reiftanz ausgerechnet am Dreifaltigkeitssonntag gefeiert wird, das habe ich noch nicht herausgefunden“, erklärte Krametter. „Der Reiftanz ist ursprünglich Teil des Laubhüttenfestes gewesen.“

Ernesto notierte sich das und unterstrich das Wort Laubhüttenfest.

„Das wird aber doch im Herbst gefeiert“, sagte Ernesto.

„Nein, das Laubhüttenfest wird kurz nach Pfingsten gefeiert, alle drei bis fünf Jahre.“

„Warum nicht jedes Jahr?“

„Das richtet sich nach dem Mond.“

„Aha“, machte Ernesto. Das war entweder gelogen, oder Krametter hatte keine Ahnung, wovon er sprach. Der Ostertermin richtet sich nach dem Mond und Pfingsten auch. Der Mondstand eine Woche nach Pfingsten ist jedes Jahr derselbe.

„Erzählen Sie mir etwas über den Reiftanz. Gibt es da etwas Besonderes, das ...“

„Alles am Reiftanz ist besonders“, unterbrach ihn Krametter. „Er wird nur mehr hier in Hüttenberg aufgeführt in dieser Form.“

„In welcher Form?“

„Mit blumengeschmückten Reifen und den Figuren. Die Männer haben alle die alte Bergmannsuniform an, und sie versammeln sich am Reiftanzplatz, gleich da vorne. Der Anführer, das ist der Hans Obermoar, und der Schalknarr ist natürlich auch dabei. Dann nehmen sie die geschmückten Reifen und die Bergwerkskapelle spielt die Reiftanzmelodie. Dann führen die Knappen die Tanzfiguren aus. Sehr interessant, wissen Sie. Die Schnecke zum Beispiel.“

„Das sieht sehr schön aus“, mischte sich Pirolt ein. „Dabei gehen die Knappen umeinander herum, und die Reihen ringeln sich dann ein wie eine Schlange.“

Ernesto verstand. Die Knappen bildeten die alte Form des Labyrinths nach, eine dreieinhalbmal gewundene Spirale. Das erstaunte Ernesto, denn die Spirale ist ein Symbol der Weiblichkeit. Die Große Göttin wird manchmal in dieser Form dargestellt. Knappen haben aber traditionell kein gutes Verhältnis zum weiblichen Aspekt der Natur. Ihre Arbeit galt früher als Frevel an der Muttergöttin. Sie bohren im Leib der Mutter herum und stehlen ihre Schätze.

„Wahrscheinlich war der Reiftanz früher ein Schwerttanz", sagte Krametter. „Die Knappen hatten seit dem Mittelalter viele Sonderrechte. Eines davon war, dass sie Schwerter tragen durften wie die Ritter."

„Sie glauben also, der Reiftanz geht so weit zurück?", fragte Ernesto.

„Das kann man nicht mit Sicherheit sagen. Erstmals erwähnt wird er ja erst 1609. Aber ich halte es für möglich. Solche Schwerttänze gab es früher im ganzen deutschen Raum, und das schon seit dem Mittelalter."

Ernesto hörte die Untertöne, reagierte aber nicht darauf.

„Mit der Zeit sind die Bräuche verschwunden. Die meisten Bergwerke wurden aufgelassen. Wir in Knappenberg waren eines der letzten. Jetzt gibt es nur noch das Eisenglimmerbergwerk in Waldenstein", fuhr Krametter fort.

„Gut", sagte Ernesto. „Ich werde mir den Reiftanz heuer sicher nicht entgehen lassen. Jetzt muss ich aber wirklich los. Haben Sie vielleicht eine Handynummer, unter der ich Sie erreichen kann, falls ich noch Fragen habe? Ich muss mich auch erst informieren, ob wir Fotos im Archiv haben."

Kapitel 4

10

In der Tiefgarage stellte sich Ernesto auf den Platz des Kulturchefs. Manche Dinge ändern sich nie, dachte er. Čertov war natürlich schon am Heimweg. Auf der Fahrt von Hüttenberg nach Klagenfurt hatte sich Ernesto die Geschichte zurechtgelegt. Wenn sie morgen mit einer Schlagzeile aufmachten und in dem Artikel ein paar Fragen offen ließen, wäre der Grundstein zu einer soliden Sommerserie gelegt. Keine doppelseitigen Artikel über die Hitzewelle, keine Statistiken über den Speiseeisverbrauch in den Strandbädern, nein, eine schön schreckliche Geschichte über Politik, Esoterik, Geld und Mord. Vielleicht auch Mord. Ernesto war sich da überhaupt nicht sicher. Dadul Gyaltsen konnte genauso gut ausgerutscht und hintenüber in die Stahlseile gestürzt sein. Aber darum ging es eigentlich gar nicht. Wenn sich die Politik so offensichtlich in die Arbeit der Polizei einmischte, dann war da etwas faul.

Niemand beachtete Ernesto, als er die Redaktion betrat. Nicht einmal die Hälfte der Schreibtische war besetzt, und die Leute hatten Wichtigeres zu tun, als Besucher zu begrüßen. Dieses Großraumbüro war die Idee des neuen Chefredakteurs gewesen. Angeblich sollte das die Kommunikation unter den Journalisten fördern. Auf jeden Fall hatte es den Geräuschpegel in der Redaktion erhöht. Einzig die Kulturredaktion hatte sich nicht aus ihrem Kabuff unter dem Dach vertreiben lassen. Dort war es im Sommer zwar heiß und stickig, aber es war ruhig.

Die Glastür zu Auers Büro war nur angelehnt. Ernesto drückte sie weiter auf und trat ein. Auer telefonierte, er zeigte Ernesto, er solle sich setzen.

„Es ist mir egal, wie du das machst", schnauzte Auer ins Telefon. „Wenn der Artikel nicht in einer halben Stunde da ist, fahr ich nach Villach und hack dir die Hände ab." Er schmetterte den Hörer auf die Halterung.

„Die Außenredaktion Villach", sagte Ernesto.

„Ja, und diese Tussi schafft es in drei Tagen nicht, einen Artikel über eine Gemeinderatssitzung zu schreiben. Wir sind eine Tageszeitung, kein Almanach."

„Noch eine Kandidatin fürs Fernsehprogramm."

„Ich kann nicht alle Leute ins Fernsehprogramm stecken." Auer wischte sich über die Stirn. „Was hast du?"

„Die Lösung all deiner Probleme." Ernesto grinste. „Hier darf man sicher auch nicht mehr rauchen."

„Du hast es erfasst. Gehen wir auf die Dachterrasse."

Ernesto folgte Auer aus dem Büro in den Gang, der die Redaktionsräume mit der Anzeigenabteilung verband. Durch ein dunkles Stiegenhaus gelangten sie unters Dach zur Kulturredaktion. Auer öffnete die Tür und ließ Ernesto einen Blick hineinwerfen.

„Da ist natürlich keiner mehr", sagte Auer. „Die Redaktion besteht quasi nur mehr aus Čertov."

„Hat er es endlich geschafft?", fragte Ernesto.

„Er braucht keine freien Mitarbeiter, sagt er. Er ist ohne diese Idioten schneller."

„Und? Hat er recht?"

„Natürlich hat er recht", sagte Auer und öffnete die Luke zum Dach. „Aber ich kann mir das nicht leisten. Wenn ich noch zwei, drei gute Leute hätte, dann könnte man sich etwas überlegen. Im Moment bin ich von der geballten journalistischen Inkompetenz dieses Landes umgeben."

„Danke aber auch.“ Ernesto hielt ihm eine selbst gedrehte Zigarette hin.

„Nicht du. Aber diese Leute treiben mich in den Wahnsinn.“

„Dann hör mir ein paar Minuten zu. Vielleicht geht es dir dann wieder besser.“ Ernesto erzählte ihm, wie er sich die Geschichte vorstellte und was er machen wollte.

„Das klingt gut.“ Auer warf die aufgerauchte Zigarette auf den Boden und trat sie aus. „Wir dürfen uns nur beim LH nicht zu weit aus dem Fenster lehnen.“

„Habe ich nicht vor.“

„Im Grunde sagst du: Der Mönch wurde wahrscheinlich ermordet, aber ...“

„Das weiß ich nicht“, korrigierte Ernesto.

„Aber du schließt es zumindest nicht aus, oder?“

„Was soll man sich denken, wenn der Tschabuschnig die Todesursache festlegt? Ich meine, verarschen kann ich mich auch allein.“

11

Ernesto setzte sich an einen der freien Schreibtische. Er versuchte es mit seinen alten Zugangsdaten. Es funktionierte. Schlampige Systemadministratoren waren auch für etwas gut. Auer hatte ihm eine Hauptgeschichte mit achtzig Zeilen und einem Foto reserviert. Aus dem Fotokorb zog Ernesto ein Hochfoto in den Rahmen. Es zeigte den Gebetspfad und den Feuerwehrwagen. Vorerst ließ Ernesto das Foto stehen. Es gab noch ein paar, die Feuerwehrmänner bei der Arbeit in der Felswand zeigten, und eines mit der Leiche auf einer Trage hinter der Stupa. Warum Fotografen solche

Fotos schießen, war Ernesto ein Rätsel. Keine seriöse Zeitung druckt ein Foto, auf dem eine Leiche zu sehen ist. Ernesto stellte sich die Tastatur auf die Knie und begann zu schreiben.

Mysteriöser Tod in Hüttenberg

Tibetischer Mönch stürzt in den Tod. Hüttenberg trauert um Vertrauten des Dalai Lama. Pressesprecher des Landeshauptmanns interveniert.

Von Ernesto Valenti

Es war ein Unfall", resümierte Major Horst Steinkellner gestern nach der Untersuchung der Unfallstelle am tibetischen Gebetspfad in Hüttenberg. Nach Angaben der Kriminalpolizei stieg der tibetische Mönch Dadul Gyaltsen (56) in den Morgenstunden des 14. Juni über den 1996 errichteten Gebetspfad, verließ den gesicherten Bereich und kletterte zu einem Meditationssitz. Beim Abstieg, etwa zwei Stunden später, verlor Gyaltsen aus noch ungeklärter Ursache den Halt und stürzte etwa 30 Meter tief auf eine Stahltreppe.

Vertrauter des Dalai Lama. Dadul Gyaltsen fungierte als Verbindung zwischen der österreichischen Regierung, dem Land Kärnten und der tibetischen Exilregierung. Seine Aufgabe war es, die Gründung eines tibetischen Zentrums in Europa voranzutreiben. „Diese Einrichtung ist für die Tibeter von großer Bedeutung", erklärt Dr. Georg Graber, Leiter des Heinrich-Harrer-Museums in Hüttenberg. „Aber auch für die wirtschaftliche Entwicklung der Region wären eine tibetische Universität und ein Gesundheitszentrum von großer

Bedeutung", stellt Bgm. Hans Pirolt fest. „Für Hüttenberg und für Kärnten ist der Tod Dadul Gyaltsens ein großer Verlust."

Mysteriöse Intervention. Wie groß dieser Verlust tatsächlich ist, lässt sich vielleicht an einer Episode ablesen, die sich kurz nach dem Abtransport der Leiche zutrug. Jörg Tschabuschnig, Pressesprecher des Landeshauptmanns, fuhr gegen 16 Uhr vor, sprang aus dem Wagen und hatte eine kurze Unterredung mit Major Horst Steinkellner. Danach erklärte Steinkellner den Tod des Mönchs zum Unfall, und weitere Ermittlungen wurden dem Augenschein nach eingestellt.

Auf Nachfrage gab Tschabuschnig an, er habe lediglich das Bedauern des Landeshauptmanns über den schweren Verlust ausdrücken wollen. Warum er das der Kriminalpolizei gegenüber tat und den ebenfalls anwesenden Bürgermeister Hans Pirolt ignorierte, erklärte Tschabuschnig nicht.

Ernesto las den Artikel durch. Als Auftakt fand er die Geschichte nicht schlecht. Tschabuschnig und der Landeshauptmann würden aus der Haut fahren. Ernesto brauchte nur noch das passende Foto. Im Redaktionskorb lag keines, das den Pressesprecher zeigte. Ernesto rief den Fotografen an.

Hochegger hatte ein Foto, auf dem der Pressesprecher gerade durch die Stupa hastete. „Ich habe es nur nicht eingestellt, weil ich dachte, das ist irgendwie unspektakulär", sagte er.

„Aber genau, was ich brauche, und wenn wir gerade dabei sind. Ich brauche Fotos von diesem Amtsleiter, Ernst Krametter heißt der, und vom Reiftanz."

„Muss ich nachschauen. Krametter sagt mir jetzt nichts."

„Morgen reicht mir. Wenn du nichts hast, sag Bescheid, dann fotografiere ich selbst."

„Arbeitest du jetzt wieder fix für uns?", fragte Hochegger.

„So schaut's aus."

Das Foto stand nach fünf Minuten im Fotokorb, einmal quer und einmal hoch. Ernesto zog es in den Rahmen, schrieb noch eine Bildunterschrift und stellte den Artikel auf Fertig. Dann ging er zu Auer ins Büro.

„Lies dir das noch einmal durch", sagte Ernesto.

„Schau dir einmal diesen Scheiß an." Auer gab ihm ein Foto, auf dem der Landeshauptmann mit dem Fanschal des Klagenfurter Fußballclubs zu sehen war, links und rechts standen Leute, die Ernesto nicht kannte. Er sah sich das Foto genau an. Im Hintergrund erkannte er drei breitschultrige Typen in Anzügen.

„Zu wem gehören die Kleiderschränke?", fragte Ernesto.

„Der mit der Glatze rechts ist der neue Sponsor des FC Klagenfurt. Inoffiziell."

„Was heißt inoffiziell?"

„Das glaubst du nie. Erkennst du ihn denn nicht?"

„Ich habe diese Glatze schon irgendwo gesehen. Fällt mir aber nicht ein."

„Offiziell wird der Sportclub von einer Baufirma gesponsert. Feldonia Bau."

„Noch nie gehört", sagte Ernesto.

„Wundert mich das? Nein. Angeblich bauen die vor allem in Rumänien und Bulgarien."

Ernesto verzog das Gesicht.

„Ganz genau", sagte Auer. „Die Betonung liegt auf angeblich. Soweit ich herausfinden konnte, bauen die gar nichts."

„Gar nichts? Und was machen die dann?"

„Prostitution, Menschenhandel, Drogen."

„Und mit solchen Leuten stellt sich der LH auf eine Tribüne? Na, es wundert mich eigentlich nicht." Ernesto legte das Bild zur Seite. „Die waschen ihr Geld mit einer Baufirma? Kannst du das beweisen?"

„Noch nicht", sagte Auer. „Vielleicht eine Geschichte für dich."

„Die laufen uns nicht weg. Wie heißt die Glatze?"

„Boris Godunow."

„Aha, der ist das", sagte Ernesto. „Macht den Kärntner Zuhältern das Leben schwer, wenn ich richtig gehört habe."

„Kein Wunder, wenn man Unterstützung von ganz oben hat." Auer verdrehte die Augen. „Das ist ein unglaublicher Sauhaufen." Er legte das Foto weg. „Aber sonst geht uns ja am Ende noch die Arbeit aus. Übrigens, da hab ich einen Laptop für dich." Auer zeigte auf eine Tasche auf seinem Schreibtisch. „Nichts Großartiges, aber damit bist du mobil. Drahtlose Internetverbindung zu unserem Server. Das Redaktionssystem ist installiert. Datenkarte ist auch schon angeschlossen. Ja, wenn du hier und hier noch unterschreibst." Auer überreichte ihm einen Vertrag.

Ernesto setzte sich und las.

„Vorläufig befristet", erklärte Auer. „Ich dachte, das ist in deinem Sinn. Du willst ja noch mit Čertov reden."

Ernesto sah ihn über das Papier hinweg an.

„Schau nicht so. Das war alles, was ich in der kurzen Zeit machen konnte."

12

Ob Ernesto wollte, was er gerade bekommen hatte, wusste er selbst nicht. Ein Vertrag über drei Monate als Redakteur der Kärntner Tagespost mit der Option auf Fixanstellung nach der Probezeit, das war ein großzügiges Angebot der Geschäftsführung. Sie hätten ihn ebenso gut als freien Mitarbeiter einstufen können. Auer hatte sich ins Zeug gelegt, um diesen Vertrag binnen ein paar Stunden genehmigt zu bekommen.

Ernesto fuhr aus Klagenfurt hinaus und bog von der Völkermarkter Straße auf den Autobahnzubringer. Auf der langen Geraden zwischen Grafenstein und Tainach ging Ernesto vom Gas. Die alte Gewohnheit hatte zugeschlagen. Journalisten sind immer in Eile. Die Tachonadel war gerade dabei, die 160 km/h zu überschreiten, als Ernesto es merkte.

Mit 100 km/h fuhr er weiter, kurbelte das Seitenfenster auf der Beifahrerseite herunter. Er brauchte nicht in Panik zu geraten. Er hatte den Job, er hatte die Geschichte. Aber jetzt, da er sich für heute von Hüttenberg und dem toten Mönch verabschiedet hatte, begann die Angst wieder in seinem Bauch zu rumoren. Er versuchte, nicht an Kroatien zu denken. Gegen die Leichenberge in Vukovar, die Minen auf den Fußballfeldern und die Leute, die sich bei jedem lauten Geräusch aus Gewohnheit zu Boden warfen, war der tote Mönch in Hüttenberg eine Erholung.

Vielleicht war es keine Lösung, aber im Moment schien es Ernesto nicht die schlechteste Strategie. Besser ein toter Mönch als zu Hause in der Hängematte zu liegen und unter den Erinnerungen an das Grauen von Vukovar zusammenzubrechen. Ernesto drehte die Lautstärke höher, legte wieder die Ostbahnkurti-CD ein und überlegte sich, was sein Bücherschrank zum tibetischen Buddhismus hergab. Er rekapitulierte, was er heute gesehen und gehört hatte. Die Zusammenhänge waren zum Greifen nah. Die Tibeter, der Bürgermeister, die Pfarrersköchin und der tote Mönch. Wie Spinnenfäden zogen sich die Verbindungen vom einen zum anderen und verwoben sie alle in eine Erzählung, deren vorläufiger Höhepunkt der tote Dadul Gyaltsen am Fuß des Gebetspfades war.

Kapitel 5

13

Ernesto erwachte vor dem Morgengrauen. Die Uhr auf seinem Mobiltelefon zeigte drei Uhr vierundzwanzig. Er stöhnte und zog sich die Decke über den Kopf. Das half nicht. Jetzt würde er nicht mehr einschlafen, aber er konnte so tun, als ob.

In seinem Traum hatte er den Gebetspfad gesehen. Steinkellner stand am Fuß des Felsens und starrte auf das Gesicht des toten Mönchs. Die Szene wirkte verzerrt. Gebetsfahnen wehten Ernesto ins Gesicht, und irgendwo brüllte jemand in ein Megafon. Das war Tschabuschnig. Er rief, dass es ein Unfall war, nichts als ein Unfall. An mehr konnte sich Ernesto nicht erinnern.

Ernesto stand auf. Ohne Licht zu machen, ging er ins Bad, hielt seinen Kopf ins Waschbecken und trank Wasser. Dann stellte er Kaffee auf, drehte sich eine Zigarette und setzte sich auf den Tisch. Die Beine auf der Sitzfläche des Stuhls, das Kinn in die hohle Hand gestützt, wartete er, dass der Kaffee durch den Filter lief.

Gestern Abend hatte Ernesto nur ein bisschen quergelesen, die meisten Bücher zum tibetischen Buddhismus standen noch im Regal. Besonders viele waren es nicht, aber für den Anfang musste es reichen. Ernesto schenkte sich Kaffee ein. Er machte kein Licht und ging mit der Tasse in der Hand zum Bücherregal und holte ein paar Bände heraus, die ihm weiterhelfen konnten. Sein Rucksack lag gepackt im Wagen. Die Bücher steckte er in eine Umhängetasche.

Die Dämmerung hatte schon begonnen. Milchiges Licht bildete Pfützen auf der Wiese vor dem Haus.

Noch sah Ernesto keine Farben. Kurz überlegte er, ob er etwas vergessen hatte. Taschenlampe, Fotoapparat, Bergschuhe, die Bücher. Das Mobiltelefon war aufgeladen, ein Ladegerät steckte im Zigarettenanzünder des Autos.

Jetzt war ungefähr die Zeit, zu der Dadul Gyaltsen immer über den Felsen geklettert war. Wenn er bei diesem Licht den Weg gefunden hatte, dann konnte er beim Abstieg doch nicht ... Im Winter ja, wenn es eisig ist und stockdunkel, aber doch nicht jetzt, im Juni.

14

Die gelben Absperrbänder leuchteten fahl in der Morgendämmerung. Das große Bild des tibetischen Heiligen Padmasambhava war in den Schatten kaum zu erkennen. Als Ernesto vor dem Heinrich-Harrer-Museum parkte und ausstieg, fröstelte es ihn. Auf der Fahrt nach Hüttenberg hatte er sich Ostbahnkurti und die Chefpartie angehört, und er fühlte sich aufgekratzt. Auf der Ladeleiste des Kofferraums hockend zog er seine Bergschuhe an und kontrollierte die Taschenlampe. Die Kamera steckte er in die Innentasche seiner Wanderweste, dann schlug er den Kofferraum zu und ging auf die Stupa zu.

Am Eingang zum Gebetspfad prangten Fresken. Jetzt hatte Ernesto einen guten Blick auf die Darstellungen tibetischer Gottheiten, aber er konnte nur zwei davon zuordnen. Die anderen hatte er noch nie gesehen. Wenn ich Glück habe, dann muss ich mich darum nicht kümmern, dachte Ernesto. Gesicherte Informationen über solche Details der tibetischen Mythologie sind schwer aufzutreiben. Viele glauben, sie wüssten über den Buddhismus Bescheid. Ein paar Reden des Dalai Lama und vielleicht eine allgemeine Einführung in den Buddhismus, und jeder hält sich für einen Experten.

Ernesto ließ den Strahl der Taschenlampe über die Fresken gleiten. Was er ohne nähere Untersuchung sagen konnte: Die Götter oder Heiligen waren über ihre Reittiere zu identifizieren, und es waren abwechselnd wohlwollende und grimmige Gottheiten dargestellt. Die Schwerter in den Händen der Gottheiten bedeuteten: Leg dich bloß nicht mit mir an, oder ich schlitze dir den Bauch auf. Die Lotosblüten hingegen sagten wohl: Bei mir bist du sicher, ich werde dich beschützen.

Den Bronzestatuen in der Stupa schenkte Ernesto diesmal keine Beachtung. Es gab sicher esoterische Richtlinien, nach denen sie angeordnet waren, aber auch die fielen Ernesto nicht ein. Irgendwann, irgendwo hatte er darüber gelesen. Soweit er sich erinnern konnte, gab es im tibetischen Buddhismus für jede Gottheit ganz genaue Beschreibungen. Vom Gesichtsausdruck über die Handhaltung, die Attribute, bis hin zur Farbe des Gewandes und dem Faltenwurf war alles bis ins Kleinste festgelegt. Das war aber nicht nur für die Maler und Bildhauer wichtig, auch für die Meditationspraxis war das von großer Bedeutung. Die Nonnen und Mönche mussten in der Meditation immer wieder grimmige und wohlwollende Gottheiten visualisieren. Ihre Aufgabe war es, sich diese Gottheiten ganz genau vorzustellen. Bis zur letzten Hautpore mussten die Meditierenden die Gottheit vor ihrem inneren Auge erschaffen, um dann zu dieser Gottheit zu werden.

Ernesto stieg die Stahltreppe auf der linken Seite des Gebetspfades hinauf. Vorbei an Schnüren voller Gebetsfahnen und einer Gebetsmühle aus leeren, angemalten Öltonnen. In eine ebene Felsfläche eingelassen fand er nach etwa zehn Metern Aufstieg ein Relief der Grünen Tara. Beton, dachte Ernesto, wie billig. Daneben stand in roter Farbe ein Spruch in tibetischen Schriftzeichen. Er war so verblasst, dass Ernesto ihn kaum erkennen konnte. *Om mani padme hum*, was auch sonst sollte da stehen.

Keuchend hangelte sich Ernesto die Treppe hinauf. Quer über den Fels waren Schriftzeichen verteilt. Von einer Plattform aus sah er ein Mandala. Er fotografierte es und stieg dann weiter.

Am höchsten Punkt der Treppe beugte sich Ernesto über das Geländer. Der Ausblick war nicht sonderlich beeindruckend. Von hier aus sah Ernesto den Gegenhang und den kleinen Garten hinter der Mauer am Fuß der Steilwand. Das Heinrich-Harrer-Museum mit seiner riesigen Gebetsmühle lag noch im Schatten der Berge. Dennoch verstand Ernesto, warum Dadul Gyaltsen sich diesen Felsen als Meditationsort ausgesucht hatte.

Die Stelle, an der Dadul Gyaltsen die Stahltreppe verlassen hatte und in den Fels gestiegen war, erkannte Ernesto sofort. Ein Tritt, einen halben Meter über dem Stahlgitter, war ausgehöhlt, und am Rand bemerkte Ernesto frisches Steinmehl.

Mit der Taschenlampe leuchtete Ernesto über den Fels. Der Klettersteig führte von hier zuerst quer über den Fels und nach gut fünfzehn Metern senkrecht nach oben. Das Gelände sah auf den ersten Blick nicht sehr schwierig aus. Seil oder Haken brauchte man nicht. Der Mönch war ohne Schuhe geklettert, also musste es Ernesto mit seinen Bergschuhen leicht schaffen.

Der erste Tritt bot guten Halt. Ernesto streckte sich und zog sich an den Griffen hoch. Mit dem rechten Fuß tastete er nach dem nächsten Tritt, fand eine Kante, prüfte sie und belastete dann das Bein. Er war schon über ein Jahr nicht mehr geklettert, aber das hier war keine Herausforderung. Der Mönch musste mindestens zehn Zentimeter kleiner als Ernesto gewesen sein. Die benutzten Griffe lagen eng beieinander, und es gab keine Stelle, an der sich Ernesto abmühen musste. In nicht einmal fünf Minuten hatte er das Querstück hinter sich gebracht. Die letzten Meter zu dem leicht vorragenden Felsen musste sich Ernesto nicht einmal mit den Händen abstützen.

Oben setzte er sich in Meditationshaltung hin. Er war ein wenig außer Atem, aber er hatte nicht den Eindruck gehabt, der Steig sei schwierig. Wer hier abstürzte, musste nachlässig sein. Mit ein paar tiefen Atemzügen brachte sich Ernesto zur Ruhe. Das war wirklich ein guter Platz zum Meditieren.

Beim Aufstieg war noch alles glatt gegangen. Dadul Gyaltsen hatte hier eine Stunde verbracht, hatte meditiert, sich gesammelt. Meditation dient in jedem Fall dazu, sich zu konzentrieren, seine Aufmerksamkeit zu schärfen. Dadul Gyaltsen war also keinesfalls abgelenkt gewesen, als er sich an den Abstieg machte. Er sah jeden Stein, jeden Grashalm ganz genau, und er spürte jede seiner eigenen Bewegungen.

Ernesto erhob sich, streckte sich und lockerte die Beine. Selbst er, der nicht meditiert hatte, fühlte sich durch die zehn Minuten Stille auf dem Felsvorsprung erfrischt. Bedächtig machte er sich an den Rückweg. Er fand auch beim Abstieg keine schwierige Stelle, kein Grasbüschel, auf dem man ausrutschen hätte können. Immer wieder hielt er an und schaute nach unten, um zu sehen, von wo der Mönch abgestürzt war. Er kletterte wieder nach oben und legte sich bäuchlings auf den Felsvorsprung. Schräg unter sich sah er die Absperrbänder.

Dadul Gyaltsen hatte sich an diesem Morgen nicht auf den Rückweg gemacht. Er war nicht beim Abstieg ausgerutscht. Hier auf seinem Meditationsplatz war etwas geschehen.

Wie Ernesto die Tatortermittler und vor allem ihren Chef Wolfgang Havlicek einschätzte, hatten sie jeden Zentimeter abgesucht, hatten sich jeden Grashalm und jeden Stein ganz genau angeschaut. Auf Fingerabdrücke, Stofffasern und was einem Forensiker sonst noch so einfällt untersucht. Die hatten sicher ausgesprochen gründliche Arbeit geleistet. Aber das nützte Ernesto nichts. Wenn es zu diesem Fall überhaupt je einen Bericht der Spurensicherung geben sollte, war er der Letzte, der ihn zu Gesicht bekommen würde.

Ernesto rappelte sich auf und schaltete die Taschenlampe ein. Der Meditationsplatz lag auf dem nackten Fels, aber etwa einen Meter dahinter begann ein Grasstreifen. Nur ein paar Büschel, die sich in den Gesteinsspalten festkrallten. Dann stieg der Fels wieder an und mündete einen weiteren Meter höher in einer Graskante. Da zog sich Ernesto hinauf und stand vor einem Waldstreifen.

Von dieser Seite kam man ohne Kletterei zu dem Felsvorsprung. Ein Angreifer konnte sich anschleichen und Dadul Gyaltsen von hinten überfallen. Hätte Dadul Gyaltsen das hören müssen? Vielleicht. Das Gras war an einigen Stellen niedergetreten. Geknickte Zweige tauchten im Schein der Taschenlampe auf. Das konnte ein Tier gewesen sein oder ein Mensch. Die Spuren waren nicht eindeutig. Keine Fußabdrücke oder Hufspuren, nur niedergedrücktes Gras.

Entlang der Abbruchkante stieg Ernesto höher. Der höchste Punkt befand sich etwa zwei Meter links des großen Bildes. Zwischen dieser Stelle und dem Felsvorsprung war die Kuh abgestürzt. Die Wand war hier am steilsten, und dennoch hatte die Kuh überlebt.

15

„Hast du in Hüttenberg übernachtet?“, fragte ihn der Wirt, als er Ernesto den Kaffee hinstellte.

„Nur früh aufgestanden. Wie heißt es? Wer zuerst kommt ...“

„Aber du hast doch schon über den Mönch geschrieben.“ Der Wirt legte ihm die Zeitung hin. „Mönch stürzt in den Tod“, stand auf der Titelseite der Kärntner Tagespost. Darunter ein Foto des Gebetspfades.

„Ich frage mich, wer etwas gegen diesen Mönch haben hätte können.“

„Der eine oder andere sicher“, sagte der Wirt.

„Das habe ich schon mitbekommen. Aber sehr ergiebig war das bis jetzt nicht.“

„Versuch es einmal bei diesem Verrückten in der Heft. Dem Langhaarigen. Der hat ganz sicher etwas gegen die Mönche, und gegen den Harrer auch. War nicht zu überhören beim letzten Kirchtag, wie er den Bürgermeister und den Direktor beschimpft hat.“

„Hat der Langhaarige auch einen Namen?“

„Thorsten Schulz, der Mostbauer hat dir gestern schon von ihm erzählt. Du findest den Hof ziemlich leicht. Fahr einfach in die Heft hinein und dann weiter, bis du zu einer Kreuzung kommst. Dann links. Den Hof siehst du von der Straße aus.“

„Und diese Pfarrersköchin, was ist mit der?" Ernesto nahm sich ein Brezel aus dem Korb.

„Die Isolde? Das ist blödes Gerede vom Mostbauer. Wenn die mit jemandem etwas hat, dann mit dem Pfarrer, und das kann ich mir auch nicht vorstellen. Kann schon sein, dass sie zu einem der Vorträge gegangen ist. Jeder hat sich das einmal angehört. Passiert ja sonst nichts in diesem Kaff."

„Vorträge?"

„Über Buddhismus und Meditation, oder wie das heißt."

„Welche Rolle spielen die Mönche überhaupt? Versuchen sie, Leute zu bekehren, nehmen sie an den Festen teil, sieht man die überhaupt im Ort?"

„Das kann man nicht so einfach sagen. Manchmal tauchen sie auf, und dann sieht man sie wieder eine Zeitlang nicht. Ich habe noch nie mit ihnen zu tun gehabt. Aber wer will, kann jeden Donnerstag in ihren Tempel gehen."

„Ich bedanke mich", sagte Ernesto, stand auf und schob das Geld und eine Visitenkarte über die Theke. „Wenn sich etwas tut, kannst du mich anrufen."

16

Den Laptop auf den Knien balancierend saß Ernesto in seinem Wagen. Er versuchte, eine Verbindung mit dem Netzwerk der Kärntner Tagespost herzustellen. Das Verbindungssymbol in der Taskleiste blinkte grün, zeigte aber keine Verbindung an. Ernesto hätte Auer gerne eine E-Mail geschrieben, nur so, um das System zu testen. Aber jetzt wählte er seine Nummer am Mobiltelefon.

„Es war Mord", sagte Ernesto, als Auer den Hörer abnahm.

„Was war Mord?“

„Der Mönch Dadul Gyaltsen wurde ermordet.“

„Wie? Von wem?“

„Wie, kann ich dir sagen. Jemand hat ihn von der Felswand gestoßen. Wer das war? Ich habe keine Ahnung.“

„Willst du das schreiben?“ Die Panik in Auers Stimme war deutlich zu hören.

„Du meinst, heute? Nein, auf gar keinen Fall.“

„Die Redaktionskonferenz beginnt in einer halben Stunde, und hier ist die Hölle los“, wechselte Auer das Thema. „Kaum bist du im Haus ...“

„Tschabuschnig, wenn ich richtig rate.“

„Der LH persönlich. Hat den Chefredakteur angerufen und du weißt schon.“

„Und?“

„Was soll er machen. Aufgeregt hat er sich halt und eine Richtigstellung verlangt. Er würde doch niemals die Arbeit der Polizei behindern.“

„Er nicht“, sagte Ernesto. „Das kann er schriftlich haben. Gerne. Dann schreibe ich, Zitat LH: Ich distanziere mich von allen Versuchen, die Arbeit der Kriminalpolizei und so weiter. Gibt es von der Opposition schon etwas?“

„Einen Stapel Presseaussendungen. Für elf ist eine Pressekonferenz des LH angesagt. Und da wirst du antanzen.“

17

Ernesto parkte vor dem Konzerthaus in Klagenfurt, löste ein Parkticket und schlenderte in der Vormittagshitze am Landesmuseum vorbei. Das Lapidarium, die

Sammlung von römischen Grabinschriften neben dem Parkplatz, stank nach Urin. Hier schliefen die Obdachlosen, und die Straßenhuren bedienten hinter den großen Grabmonumenten ihre eiligen Kunden. Schräg gegenüber lag das Amt der Kärntner Landesregierung.

Auf der Wiese vor dem Amtsgebäude parkten Kleinbusse und Lieferwagen mit Antennen und Parabolspiegeln. Die Meute war eingetroffen. Sat1, N24, ORF und ZDF las Ernesto auf den Flanken der Autos.

Beim Eingang musste sich Ernesto ausweisen. Er zeigte seinen längst abgelaufenen Presseausweis und wurde durchgelassen. Die Securitykräfte einer privaten Firma versuchten, das Durcheinander an Kameras und Mikrofonen in den Griff zu bekommen. Einige Tontechniker beschwerten sich schreiend, das Recht der Medien würde hier in Kärnten schon wieder einmal mit Füßen getreten.

Zuerst blieb Ernesto am Rand des Saales stehen. Er hielt nach einem Sitzplatz im hinteren Drittel Ausschau. Die Redakteurin des Standard saß in der vierten Reihe von hinten, sie winkte Ernesto zu.

„Ganz nett“, sagte sie, als Ernesto sich neben sie setzte. „Du bist ein paar Tage hier, und schon so ein Wirbel.“

„Ich bin vollkommen unschuldig“, antwortete Ernesto.

„Aber sicher. Du hast nur berichtet, was du gesehen hast.“

„Genau.“

Tschabuschnig betrat das Podium und klopfte auf das Mikrofon. „Meine Damen und Herren, geschätzte Vertreter der Presse“, begann er. „Ich bitte um Ruhe.“

Das Gemurmel verstummte, vorne raschelte noch einer mit einer Folie, Scheinwerfer wurden eingeschaltet. Dann kam die Abordnung von links auf die Bühne. Der Landeshauptmann setzte sich, hinter ihm Major Steinkellner und der Bürgermeister von Hüttenberg.

„Meine Damen und Herren, aus aktuellem Anlass habe ich Sie hierher gebeten", begann der Landeshauptmann und beugte sich vor, als wolle er gleich in eines der Mikrofone beißen, die vor ihm aufgestellt waren. „Der Tod des Gesandten des Dalai Lama, Dadul Gyaltsen, vergangenen Montag in Hüttenberg war ein Unglücksfall. Die Kriminalpolizei hat ermittelt und keine Verdachtsmomente gefunden, die auf ein Verbrechen schließen lassen. Egal, was manche Zeitungen auch schreiben. Wir lassen uns hier keinen Skandal herbeischreiben.

Meine Aufgabe besteht darin, dem Dalai Lama, der tibetischen Exilregierung und allen in Österreich lebenden Tibetern das Mitgefühl der Kärntner Bevölkerung zuzusichern.

Wir lassen uns die gedeihliche Zusammenarbeit und die Völkerverständigung nicht durch sensationsgierige Berichterstattung zunichtemachen. Natürlich will man die Freundschaft Kärntens mit Tibet von höchster internationaler Ebene aus boykottieren. Ich bitte Sie alle, nicht auf diese Versuche zu reagieren und weiterhin im Sinne der Freundschaft und Völkerverständigung mit uns zusammenzuarbeiten."

Ernesto rollte mit den Augen. Das konnte jetzt noch Stunden so weitergehen, und es war kaum zu erwarten, dass der LH irgendetwas Substanzielles sagen würde.

„Der Fortschritt des gemeinsamen Projektes der tibetischen Exilregierung und des Landes Kärnten ist nicht gefährdet. Wir haben den Dalai Lama diesbezüglich schon kontaktiert, und wir erwarten in absehbarer Zeit eine Antwort", fuhr der LH fort. „Der Zeitplan wird aus heutiger Sicht eingehalten werden, sodass seine Heiligkeit der Dalai Lama im Herbst bei seinem Besuch in Österreich den Spatenstich zu dem neuen Tibet-Zentrum in Hüttenberg vornehmen können wird.

Wie schon öfter gesagt, wird das Museum in der Heft zu einer tibetischen Universität umgebaut. Dort werden neue und alternative Heilmethoden gelehrt und mit der westlichen Schulmedizin verglichen. Ich erhoffe mir dadurch einen Fortschritt in der Medizin und eine Neubewertung des europäischen Gesundheitssystems. Die traditionelle tibetische Medizin birgt die Weisheit von vielen Jahrhunderten, und wir sind entschlossen, diese Weisheit für den Westen nutzbar zu machen. Deshalb gibt es auch einen einstimmigen Regierungsbeschluss, insgesamt 68 Millionen Euro für den Bau und die Einrichtung einer tibetischen Medizinuniversität in Hüttenberg bereitzustellen."

Kapitel 6

18

Die Pressekonferenz des Landeshauptmanns war gerade einmal dreißig Zeilen und ein Querbild wert. Mehr brauchte Ernesto nicht, um den einzigen spannenden Punkt herauszuarbeiten. „Land Kärnten fördert Tibet-Uni mit 68 Millionen Euro“, das war auch schon das Aufregendste an der ganzen Sache. Wobei man daraus etwas machen konnte, wenn man geschickt war. Ernesto schnappte sich sein Mobiltelefon, die Pressemappe und seine Zigaretten und ging aufs Dach. Oben setzte er sich in einen Liegestuhl, blinzelte in die Sonne und sah sich die Pressemappe an.

Die ersten Seiten waren eine Langfassung des Sermons, den der LH von sich gegeben hatte. Darauf folgte eine Darstellung der Kriminalpolizei. Steinkellner verwehrte sich gegen die Unterstellung, er ließe sich von Politikern sagen, was er zu tun habe. In einem Absatz fasste er seinen Bericht für die Presse zusammen. Weder die Spurensicherung noch die Befragung von möglichen Zeugen hätten Anhaltspunkte ergeben, die auf ein Verbrechen hinwiesen.

„Bla, bla, bla“, sagte Ernesto leise vor sich hin. „Möchte wissen, mit wem Steinkellner überhaupt geredet hat. Außer mit dem Pressesprecher natürlich.“

Im hinteren Umschlag der Mappe steckte ein Bericht über die Tibet-Uni. Ein großes, vierfarbiges Prospekt, auf Hochglanzpapier gedruckt. Vom Cover grinsten Heinrich Harrer und der Dalai Lama bei der Eröffnung des Gebetspfades, und auf der ersten Doppelseite fand Ernesto eine Fotomontage, die zeigte, wie die

Tibet-Uni samt Seminarzentrum einmal aussehen sollte. Die geschwungenen Dächer, die Holzfenster und die eher wahllos verteilten Stupas machten auf Ernesto den Eindruck, als hätte sich hier ein Architekt ausgetobt, der für Disneyland ein paar Klassen zu schlecht war.

Auch wenn man dieses gigantische Unding in die Landschaft klatschte und noch ein Hotel, einen Park und ein paar Seminarräume baute, kostete das niemals 68 Millionen Euro. Wobei Ernesto davon ausging, dass es sich bei der Summe um eine eher grobe Schätzung handelte und die tatsächlichen Kosten mindestens das Doppelte, wenn nicht das Dreifache betragen würden. Aber wenn man das Schmiergeld, die Kickback-Zahlungen und den für Kärnten natürlichen Geldschwund dazurechnete, waren 68 Millionen wahrscheinlich knapp kalkuliert.

Über das Lehrangebot der Tibet-Uni erfuhr Ernesto nicht allzu viel. Da gab es eine Fotostrecke mit Mönchen, die ein Mandala aus Sand bastelten. Ein paar Fotos vom Dalai Lama und eine recht dürre Beschreibung. Die traditionelle tibetische Medizin habe eine unglaublich lange Tradition. Schon über eintausend Jahre vor unserer Zeitrechnung erforschten die Schamanen der alten Bön-Religion die Heilkraft der Kräuter des tibetischen Hochlandes. Einflüsse der chinesischen Medizin und des indischen Ayurveda vereinten sich unter der Regie der Lamas zu einer einzigartigen Heilmethode, die bis heute weiterentwickelt wurde.

Welche Diagnosemethoden, welche Therapien die Tibeter einsetzten, stand da nicht, und wie sich diese traditionelle Medizinform zur westlichen Schulmedizin verhielt, darüber schwieg sich die Broschüre ebenfalls aus. Ernesto genügte allerdings der Hinweis auf die traditionelle chinesische Medizin und das Ayurveda, damit sich seine Stirn in Falten legte.

Als er aufblickte, sah er Auer, der an der Brüstung lehnte und sich gerade eine Zigarette anzündete.

„Was schleichst du dich so an?“, sagte Ernesto.

„Ich schleich doch überhaupt nicht. Wenn du so vertieft bist, kann ich doch nichts dafür.“

„Broschüre über das Tibet-Projekt.“ Ernesto blätterte um und ließ seinen Blick über die Seiten wandern. „Gibt es da eigentlich irgendetwas Konkretes? Eine Finanzierung, eine Gesellschaft, irgendetwas außer der heißen Luft, die der LH absondert?“

„Steht da nichts im Impressum?“

„Impressum, du bist gut. Glaubst du, die schreiben so etwas hinein? Ja, doch. Tibet Medical Group. Okay, aber wir müssten doch irgendetwas über dieses Projekt im Archiv haben.“

„Anzunehmen“, sagte Auer. „Tibet Medical Group, nicht dass ich das schon einmal gehört hätte. Aber du kannst ja nachschauen.“

„Wenn es so eine Firma gibt“, überlegte Ernesto laut, „dann müsste die ja bei der Wirtschaftskammer registriert sein.“

„Und du glaubst, das hilft uns weiter?“

„Einen Versuch ist das wert, finde ich“, sagte Ernesto und griff zu seinem Mobiltelefon.

19

Die Dame bei der Wirtschaftskammer meinte, das sei eigentlich überhaupt kein Problem, natürlich könne sie einen Firmenbuchauszug erstellen. So es diese Firma überhaupt gebe. Dazu brauche sie lediglich einen schriftlichen Antrag und eine Rechnungsadresse. Dann würde sie ihm den Auszug in den nächsten Tagen zuschicken.

„Aber ich brauche die Information jetzt", sagte Ernesto.

„Hm, da wüsste ich jetzt nicht, wie wir das machen sollen."

Ernesto hatte sich schon gedacht, dass das schwierig werden würde, und so leicht ließ er sich nicht abwimmeln.

„Wir haben jetzt ein bisschen nach zwei. Ich bin in fünfzehn Minuten bei Ihnen. Dann können Sie mir den Auszug gleich überreichen. Bin schon unterwegs." Ohne auf ihre Antwort zu warten, legte Ernesto auf. Sehr wahrscheinlich gab dieser Firmenbuchauszug wenig her, aber damit konnte Ernesto wenigstens die Existenz der Firma beweisen.

Der Weg zur Wirtschaftskammer führte an der Finanzlandesdirektion vorbei. Die werde ich mir auch noch vornehmen, dachte Ernesto, aber eines nach dem anderen.

Als Ernesto die Wirtschaftskammer betrat, stand die Frau hinter dem Empfangspult auf und kam ihm entgegen.

„Sie sind wirklich gekommen", sagte sie.

„Ich brauche diese Zettel."

„Aber Sie müssen einen schriftlichen Antrag stellen."

„Habe ich hier." Ernesto überreichte ihr einen Brief mit dem Briefkopf der Kärntner Tagespost.

„Aber ich kann Ihnen den Firmenbuchauszug trotzdem nicht gleich mitgeben."

„Sie können nicht, oder Sie wollen nicht?"

„Ich muss doch zuerst Ihren Antrag bearbeiten."

„Gut, ich warte." Ernesto lehnte sich an das Empfangspult.

„Das geht nicht so schnell."

„Wie lange brauchen Sie ungefähr?"

„Mindestens bis morgen. Ich habe Ihnen doch gesagt, so etwas dauert ein paar Tage."

„Und ich habe gesagt, dass ich keine Zeit habe. Also gut, meinetwegen. Wer ist denn für das Firmenbuch zuständig?"

„Der Sachbearbeiter ist nicht da."

„Sie haben nur einen Sachbearbeiter für das Firmenbuch? Das ist Ihr Ernst?"

„Sie können mit dem Abteilungsleiter sprechen."

„Ich bitte darum." Ernesto schnappte sich seinen Antrag, stieg ein paar Treppen hinauf und landete in einem winzigen Büro im dritten Stock. Dort hielt ihn zuerst eine Sekretärin auf, und dann kam der Abteilungsleiter lächelnd durch eine Seitentür. Ernesto folgte ihm in ein bemerkenswert großes Büro mit einem Nussholzschreibtisch und einer Ledercouch.

„Sie wollen also einen Firmenbuchauszug", begann der Abteilungsleiter. „Darf ich fragen, um welche Firma es geht?"

„Das müssen Sie wohl oder übel, weil Sie mir sonst den Auszug nicht geben können. Es handelt sich um die Tibet Medical Group."

Der Abteilungsleiter tippte etwas in seinen Computer. „Und Sie sind sicher, dass eine Firma mit diesem Namen in Kärnten existiert?"

„Bin ich mir nicht", sagte Ernesto. „Ich hoffe, das ist keine Bedingung, um einen Firmenbuchauszug zu bekommen."

„Selbstverständlich nicht. Es ist nur so. Ich bin mir völlig sicher, dass eine Firma dieses Namens in Kärnten nicht registriert ist, also offiziell auch nicht existiert."

„Sie sind sich da sicher?", hakte Ernesto nach.

„Ziemlich. Ich habe gerade nachgesehen. Seit wann soll es diese Firma geben?“

Ernesto schlug die Broschüre auf. „Da steht, die Broschüre wurde vor drei Jahren veröffentlicht, und da ist die Tibet Medical Group als Medieninhaber und Herausgeber im Impressum aufgeführt.“

„Darf ich einmal?“ Der Abteilungsleiter sah sich das Impressum an, blätterte die Broschüre durch. „Also ja, hmm, komisch“, machte er. „Tibet Medical Group. Wenn ich das richtig sehe, dann ist diese Firma für die Errichtung der Tibet-Universität in Hüttenberg zuständig. Dann müsste diese Firma wenigstens einen Sitz in Österreich haben. Also wenn Sie wollen, kümmere ich mich darum, und wenn ich etwas weiß, melde ich mich bei Ihnen.“

20

Vermutlich würde Ernesto nie wieder von diesem Abteilungsleiter hören, und was die Tibet Medical Group anlangte, war er so gescheit wie zuvor. Fast. Wenn es keinen Eintrag im Firmenbuch gab, dann musste die Tibet Medical Group ein Verein sein. Zurück in der Redaktion startete er eine Recherche über die Homepage des Innenministeriums. Das zentrale Vereinsregister spuckte bei den Stichwörtern „Tibet“ und „Hüttenberg“ keinen Eintrag aus, aber als er „Klagenfurt“ als Standort eingab, hatte er einen Treffer. Und was für einen Treffer. Nicht nur Namen und Standort des Vereins, auch der Name des Präsidenten, des Vizepräsidenten, des Schriftführers und des Kassiers waren aufgeführt. Als Präsident des Vereins Tibet Medical Group war Jörg Tschabuschnig eingetragen, der Pressesprecher des Landeshauptmanns.

Als Vizepräsident der Bürgermeister von Hüttenberg Hans Pirolt, als Kassier der Amtsleiter Ernst Krametter und als Schriftführer ein gewisser Tenzing Dondrup. Dem Namen nach wohl einer der tibetischen Mönche.

David Simon, der Chef der Wirtschaftsredaktion, saß Ernesto schräg gegenüber. Er hatte die Füße am Tisch und las in einem Magazin. Ernesto stand auf, und als er näher kam, sah ihn Simon über die Ränder seiner Brille hinweg an.

„Eine Frage", begann Ernesto. „Was für Vorteile hat man eigentlich, wenn man statt, sagen wir, einer GmbH einen Verein gründet?"

David Simon streckte eine Hand nach den Unterlagen aus.

„Die Tibetgeschichte", ächzte er. „Wird aber auch Zeit, dass sich das einmal wer genauer anschaut." Er studierte den Auszug aus dem Vereinsregister und lachte auf. „Das kann ich dir sagen, was für Vorteile die in diesem Fall haben. Also, blöd ist das ja eigentlich nicht. Seit 2001 müssen alle größeren Firmen ihre Jahresbilanzen veröffentlichen. Es gibt zwar unterschiedliche Bestimmungen über den Umfang der Offenlegung für Aktiengesellschaften, Einzelunternehmer, Kommanditgesellschaften und so weiter, aber grundsätzlich muss man die Bilanz ab einer gewissen Summe veröffentlichen. Nicht, dass sich alle daran halten", meinte Simon. „Aber in dem Fall, wenn das Land die Finger im Spiel hat – frage nicht. Mit einem Verein entgeht man dieser Verpflichtung, hat aber sonst keine wesentlichen Nachteile."

„Aber Gewinn darf der Verein ja keinen machen", sagte Ernesto.

„Du glaubst doch nicht im Ernst, dass die Gewinne machen. Die verschleudern das Geld, das sie vom Land bekommen. Das ist eine geniale Konstruktion."

„Korrigiere mich", bohrte Ernesto weiter. „Ein Verein muss einen ideellen Zweck haben."

David Simon nickte.

„Und er darf nicht als Deckmantel für ein gewinnorientiertes Unternehmen dienen."

„Beweis das Gegenteil."

Ernesto verzog das Gesicht.

„Außerdem", der Chef der Wirtschaftsredaktion hob einen Zeigefinger. „Der Gesetzestext ist dermaßen schwammig formuliert, was übrigens sogar das Wirtschaftsministerium kritisiert. Ein Verein verstößt erst dann gegen das Gesetz, wenn sein Streben vorwiegend gewinnorientiert ist."

Ernesto schnaufte. „Danke", sagte er. „Zeit für eine Zigarette."

Oben auf der Dachterrasse lehnte Auer schon wieder oder noch immer an der Brüstung und rauchte. Er grüßte Ernesto mit einem Kopfnicken und sprach weiter in sein Mobiltelefon. Ernesto legte sich wieder in den Stuhl und schloss die Augen. Es war mittlerweile später Nachmittag, und die Redaktionsräume leerten sich allmählich. Hier heroben fläzten noch ein paar Leute in den Sesseln oder hockten mit dem Laptop unter einem der großen Schirme. Vielleicht sollte er auch bald gehen, überlegte Ernesto. Die Finanzgeschichte brachte er heute unter Garantie nicht mehr weiter, und außerdem warteten zu Hause noch eine Menge Bücher über den tibetischen Buddhismus. Irgendetwas war da, dieses Mandala zum Beispiel, das da mitten im Gebetspfad prangte. So etwas hatte er noch nie gesehen, und das machte ihn nervös. Hinter so einem Detail verbirgt sich oft etwas ganz Entscheidendes.

„Bist du mit dem Artikel fertig?", fragte ihn Auer, der sein Telefonat beendet hatte.

„Steht schon fertig im System. Ich dachte mir, ich frage morgen einmal bei der Ärztekammer nach, was die denn dazu meinen, wenn das Land 68 Millionen Euro in eine Tibet-Uni investiert."

Auer hob eine Augenbraue.

„Ich meine ja nur. Einerseits spart man das Gesundheitssystem zurück ins 19. Jahrhundert, und andererseits schiebt man Leuten Geld in den Arsch, deren Erkenntnisstand sich seit 800 Jahren nicht geändert hat. Das kann man doch kritisch sehen."

„Wenn du glaubst, du kriegst aus dem feigen Haufen eine einzige kritische Stellungnahme heraus – träum weiter", sagte Auer. „Du kennst das Sprichwort von der Hand, die einen füttert."

„Aber irgendwer ..."

„Viel Spaß beim Suchen." Auer schüttelte den Kopf. „Die Geschichte wäre zu gut, wirklich."

21

Ernesto hielt es nicht aus. Der Gedanke, bis morgen so gut wie nichts machen zu können, machte ihn wahnsinnig. Heute konnte er niemanden mehr befragen. Die Beamten der Landesdirektion, der Kulturabteilung und des Büros des Landeshauptmanns waren vor einer Dreiviertelstunde nach Hause gegangen. Blieb noch die Ärztekammer. Unter Garantie war dort auch niemand mehr erreichbar, und vermutlich hatte Auer recht. Keiner würde auch nur die leiseste Kritik äußern. Scheiße, verdammte. Aber etwas konnte er heute noch erledigen. Er konnte in die Heft fahren und mit Thorsten Schulz reden.

Die Abzweigung in die Heft sah Ernesto erst, als er schon daran vorbei war. Er setzte auf der Straße zurück und kurbelte am Lenkrad, fuhr über die Gehsteigkante bis knapp an den Wegweiser und reversierte noch einmal. Die Straße war gerade breit genug für einen Wagen und führte einen Bach entlang. Hoffentlich kommt mir niemand entgegen, dachte Ernesto.

Links fraß sich die Straße in einen Hang, rechts wurde sie von einer verrosteten Leitschiene begrenzt. Der Untergrund hatte sich an manchen Stellen gesenkt, und anstatt die Straße neu zu asphaltieren, hatten Straßenarbeiter nur die Risse mit Teer zugeschmiert.

Der Ort lag in einer Senke. Von der Straße aus sah Ernesto zuerst den metallenen Fortsatz, der aus dem alten Fabrikgebäude ragte. Zur Landesausstellung waren der ehemalige Hochofen und die Verwaltungsgebäude revitalisiert worden. Man hatte Gänge aus Stahl, Aluminium und Glas angelegt, Hallen neu verkabelt, mit Beleuchtungssystemen ausgestattet und mit ausrangiertem Bergwerksgerät vollgestopft. Dazu gab es einen zweihundertfünfzigseitigen Katalog. Die Geschichte des Eisenbergbaus in Kärnten seit der Keltenzeit.

Die Landesausstellung *Grubenhunt und Ofensau* hatte ein Vermögen gekostet. Mit dem Ergebnis, dass sich jetzt die toten Blätter des letzten Herbstes vor der Eingangstür auftürmten. Ernesto blieb nicht stehen. Auf dem großen Parkplatz hinter dem Museum sah er nur ein rostiges Militärfahrzeug, dem die Räder fehlten.

22

Hinter der Ortschaft rückte der Wald von beiden Seiten an die Straße. Brombeergestrüpp wucherte in den Kurven in die Fahrbahn, und an einem Schranken endete die Asphaltstraße. Die Reifen raschelten über den

Schotter und flüsterten, als sie den Lehmweg erreichten. Eine Straße für Traktoren und Geländefahrzeuge. Ernesto drosselte die Geschwindigkeit, drehte den CD-Player ab und ließ den Fahrtwind durch die Seitenfenster auf sein Gesicht wehen. Es roch nach Wald im Sommer, trockenen Fichtennadeln im Sonnenlicht, Moos auf Steinen und ganz leicht nach Pilzen.

Am liebsten hätte Ernesto den Wagen abgestellt. Diesen Abend zu Fuß zu durchwandern, an nichts zu denken und jede Bewegung, jedes Geräusch des Waldes wahrzunehmen, das wünschte er sich.

Auf der linken Seite verschwand der Wald und machte dem Blick auf eine Weide Platz. Die Kühe standen im Schatten einer Linde. Nur die Kälber grasten nahe am Straßenrand und beäugten Ernesto.

An einer T-Kreuzung sah Ernesto das Holzschild mit der Aufschrift Schulz. Daneben hing ein goldglänzender Briefkasten an einem Pfosten. Rechts ging es hinauf auf die Almweiden. Ein paar Häuser mochte es in dieser Richtung noch geben. Die Post wurde hier abgeladen, und die Bauern mussten sie selbst holen. In die Einöde werden keine Briefe zugestellt.

Tief ausgefahrene Spuren zwangen Ernesto, den Wagen eng am Straßenrand zu fahren. Auf der Fahrerseite streifte er immer wieder hereinhängende Äste. Lieber ein paar Kratzer als ein abgerissener Auspuff, dachte Ernesto.

Nach einem weiteren Kuhgitter mündete der Feldweg in eine Schotterstraße, die ein Stück bergauf führte. Hinter der Kuppe lag der Hof. Ein langgezogenes Haupthaus mit einer efeubewachsenen Front stand einem ebenso großen Stallgebäude gegenüber. Auf der Tennbrücke werkte ein Mann an der Anhängerkupplung eines Traktors. Ernesto erkannte ihn wieder. Es war der Mann mit den langen weißen Haaren, der unter den Schaulustigen am Gebetspfad gestanden hatte.

23

Der Bernhardiner erhob sich gemächlich, als Ernesto die Autotür öffnete. Er stellte die Ohren auf, schnupperte und trottete auf Ernesto zu. Ernesto wartete, ließ sich beschnuppern und streichelte dem Hund über den Kopf. Derweilen wischte sich Thorsten Schulz die Hände an seinem Overall ab, bevor er Ernesto begrüßte. Schulz hatte einen kräftigen Händedruck, und Ernesto spürte die Schwielen an den Fingern. Aber sonst sah Schulz nicht nach Landwirt aus. Sein Gesicht war gebräunt, aber er hatte nicht die tiefen Falten und die geplatzten Adern, wie man es sich bei einem Bauern erwartete. Sie gingen zum Haus hinunter. Schulz' Schritt war leicht, nicht so behäbig wie bei einem Menschen, der ein Leben lang beständig dahinarbeitet.

„Sie waren nicht immer Bauer", sagte Ernesto.

„Bin es immer noch nicht, wenn es nach den Einheimischen geht", antwortete Schulz mit einem deutlichen norddeutschen Akzent und lächelte. „Für diese Leute bist du nur ein Hüttenberger, wenn du hier geboren bist. Besser noch, deine Eltern und Großeltern kommen auch von hier und haben im Bergwerk gearbeitet. Und ein Bauer bist du, wenn du den Hof geerbt hast. Kaufen zählt nicht."

Sie erreichten das Haupthaus. Als Schulz die Tür öffnete, schwappte ihnen abgestandene Luft entgegen. Ernesto atmete den Geruch nach Milch und Stallmist ein. An der Garderobe standen aufgeschnittene Gummistiefel. Schulz streifte den Overall ab und zog sich die

Schuhe mit einem Stiefelknecht aus. Weiter den Gang hinunter sah Ernesto einen Raum voller Milchkannen.

In der Stube rückte Schulz einen Stuhl zurecht.

„Was möchten Sie trinken? Einen Kaffee? Oder lieber einen Most aus eigener Produktion? Süßmost habe ich auch."

Ernesto entschied sich für den Süßmost und legte seinen Notizblock auf den Tisch.

„So etwas Gutes habe ich schon lange nicht mehr getrunken", sagte Ernesto und stellte das Glas ab.

„Aber leider bin ich nicht deshalb zu Ihnen gekommen."

„Der tote Mönch, schätze ich mal." Schulz setzte sich und stippte eine Zigarette aus der Packung. „Man wird Ihnen gesagt haben, dass ich die Mönche nicht besonders mag."

„Journalisten hören so etwas, ja."

„Und da machen Sie sich die Mühe, mich in der Wildnis aufzuspüren?"

„So schlimm ist es auch wieder nicht. Die Polizei hat beschlossen, die Sache als Unfall anzusehen, und ich ..." Ernesto verzog das Gesicht. „Und ich brauche eine Geschichte. Eine Hintergrundgeschichte. Warum mögen Sie die Tibeter nicht?"

„Die Tibeter als solche sind mir ziemlich gleichgültig."

Ernesto horchte bei dieser Formulierung auf.

„Aber ich habe etwas gegen Lügen. Dieses friedliche Getue geht mir auf die Nerven, und es ist gefährlich. Ich habe mich eine Zeit mit dem Buddhismus beschäftigt, lange genug, um zu sehen, dass es auf dasselbe hinausläuft." Thorsten Schulz verstummte und sah Ernesto in die Augen, als wolle er darin ablesen, ob Ernesto ihm zustimmte, ob er verstand.

„Erzählen Sie mir mehr davon." Ernesto holte seinen Tabakbeutel heraus und begann, sich eine Zigarette zu drehen. Als er das Papier anfeuchtete, kniff er die Augen zusammen.

„Sie haben sicher schon einmal einen Auftritt des Dalai Lama im Fernsehen gesehen."

Ernesto nickte.

„Welchen Eindruck hat er dabei auf Sie gemacht? Er wirkt friedlich, voller Mitgefühl, um das Wohl aller Menschen besorgt. Er sitzt da in seiner gelben Kutte und lächelt."

Diesen Eindruck teilte Ernesto nicht, aber er schwieg. Er wollte wissen, worauf diese Vorbereitung hinauslief.

„Alle finden ihn sympathischer als zum Beispiel den Papst, und alle übersehen, dass er viel höhere Ansprüche stellt als der Papst. Der Papst sieht sich selbst nur als Stellvertreter Gottes. Der Dalai Lama ist ein Gottkönig, die Inkarnation eines Gottes. Was sich daraus ergibt, ist klar. Absoluter Gehorsam. Darauf läuft es hinaus. Der Dalai Lama will die Befreiung Tibets, um wieder in altem Glanz und alter Herrlichkeit regieren zu können. Dass so etwas überhaupt ernsthaft in der UNO debattiert wird, ist schon ein Hohn."

„Was jetzt aber noch nicht gegen die Mönche in Hüttenberg spricht", wandte Ernesto ein.

„Das kann man auch anders sehen", sagte Schulz heftig. „Sie machen Propaganda und wollen so viele Menschen wie möglich von ihrer Form des Buddhismus überzeugen. Mit diesem esoterischen Zeug verkleistern sie den Leuten den Verstand, und dann ziehen sie ihnen nicht nur das Geld aus der Tasche."

„Fordert der Dalai Lama tatsächlich absoluten Gehorsam?", fragte Ernesto.

„Sie können es ja nachlesen. Ich habe irgendwo noch so ein Buch über die tantrische Initiation. Wenn sie wollen, leihe ich Ihnen das."

„Tantrische Initiation? Ich kenn mich zwar ein bisschen aus, aber was meinen Sie damit?" Ernesto war jetzt so gespannt, dass er darauf vergaß, seine Zigarette anzuzünden.

„Es laufen jetzt schon Vorbereitungen auf eine ganz große Geschichte", sagte Schulz. „Sie haben vielleicht davon gehört. Kommendes Jahr soll in Graz eine buddhistische Einweihung stattfinden. Der Dalai Lama wird persönlich da sein und die Zeremonie leiten. Darüber sollten Sie sich informieren. Das Kalachakra-Tantra. Damit sollten Sie sich beschäftigen."

Ernesto sah von seinen Notizen auf. Er kratzte sich mit dem Stift an der Stirn.

„Möglicherweise bringt uns das jetzt ein wenig zu weit von dem toten Mönch weg. Dadul Gyaltsen, so hieß er. Kannten Sie ihn? Ich meine, hatten Sie irgendwann mit ihm zu tun?"

„Nein, nicht direkt. Ich habe die Kerle einmal von meinem Grundstück gejagt, und es ist kein Geheimnis, dass ich nichts mit ihnen zu tun haben will."

„Warum eigentlich nicht?" Ernesto spürte, dass da mehr war als die allgemeine Ablehnung des Buddhismus. Diese Haltung wurzelte nicht in einer intellektuellen Auseinandersetzung, nicht nur jedenfalls. Da war noch etwas anderes.

Schulz stand auf und schenkte sich aus einem Krug Most ein.

„Ich habe auch einmal daran geglaubt", sagte er. „Früher glaubten wir alle, es müsse ein neues Zeitalter geben. Die Menschheit auf eine neue Bewusstseinsebene heben. Meditation, Erleuchtung und eine neue soziale Ordnung. Sie kennen das sicher. Viele dachten, und ich dachte es auch, der Buddhismus sei die einzige Religion, die uns weiterbringen kann. Keine Kirche, keine Kreuzzüge und keine Hexenverfolgung, nichts von alledem. Vor allem aber keine Sünde und kein Sich-an-die-Brust-Schlagen."

So etwas in der Art hatte Ernesto erwartet. Doch es fehlte noch das Mittelstück der Geschichte.

„Wenn ich raten soll", begann Ernesto, „dann ist Ihnen irgendwann aufgegangen, dass diese Revolution, oder was immer das war, nicht funktioniert. Deshalb haben Sie sich von den Idealen Ihrer Jugend abgewandt und etwas anderes gemacht."

„Was für ein Klischee, nicht wahr?" Schulz lachte. „Es kommt aber noch besser. Meine Frau und ich haben uns auf einem Fortbildungsseminar für Manager kennengelernt. Ich arbeitete damals für einen Chemiekonzern in Deutschland. Jemand wie ich und ein Chemiekonzern. So absurd das auch klingen mag, wir glaubten immer noch, unsere Träume nicht wirklich verraten zu haben. Aber irgendwann ... Irgendwann konnte ich da nicht mehr mitmachen."

Mit einem fetten Bankkonto kann man leicht aussteigen, dachte Ernesto, sagte aber nichts. Wie leicht oder wie schwer es für Schulz und seine Frau auch immer gewesen war, sie hatten eine Entscheidung gefällt.

„Ich habe diesen Hof gekauft. Ich müsste ihn nicht bewirtschaften. Ich züchte ein paar vom Aussterben bedrohte Haustierrassen. Eine schwache Gegenwehr gegen all das." Schulz machte eine ausladende Handbewegung.

„Und der Buddhismus", versuchte Ernesto das Gespräch wieder zurück auf die Mönche und Hüttenberg zu lenken. „Vom Buddhismus haben Sie sich auch abgewandt."

„Oh ja, keine Kriege habe ich gesagt, keine Verfolgung. Aber der Buddhismus ist da nicht besser als jede andere Religion. Mit der Gewaltlosigkeit ist es nicht weit her." Schulz stand auf und begann in einem Bücherregal zu suchen.

Ernesto nickte und schrieb weiter in seinem Notizbuch.

„Dieses Image, das der Buddhismus bei uns hat", fuhr Schulz fort, „eigentlich ist das nur eine Marketingstrategie. Diese Free-Tibet-Aktivisten, haben die sich auch nur eine Minute lang überlegt, wie es in Tibet ausgesehen hat, bevor die Chinesen dort einmarschiert sind?"

Ernesto antwortete nicht, sah Schulz aber erwartungsvoll an.

„Sie haben sicher den Film *Sieben Jahre in Tibet* mit Brad Pitt gesehen oder das Buch gelesen. Heinrich Harrer beschreibt da genau, wie es damals zugegangen ist in Lhasa. Fremde kamen nur unter Lebensgefahr überhaupt in die Stadt. Die tibetischen Adeligen, die Lamas, vergnügten sich und feierten Feste, während die gewöhnliche Bevölkerung nicht einmal genug zu essen hatte. Kann man alles bei Harrer nachlesen. Dieben hackte man die Hände ab, und Ehebrecherinnen wurden ausgepeitscht. Was glauben Sie, was passiert, wenn Tibet tatsächlich von den Chinesen befreit wird?"

Schulz zündete sich eine neue Zigarette an. „Der Dalai Lama sagt, er ist für den Weltfrieden. Aber zu seiner Zeit in Tibet segnete er seine Soldaten, bevor sie gegen die Chinesen in den Krieg zogen. Ich fasse es nicht, wie er das schafft. Der Vergleich mit Mahatma

Gandhi und Nelson Mandela ist nie weit entfernt, wenn jemand über den Dalai Lama spricht, und in Wirklichkeit? Was hat er in Wirklichkeit getan?“

Ernesto hatte *Sieben Jahre in Tibet* gelesen, aber das war schon lange her. Während Schulz erzählte, erinnerte er sich. Harrer hatte das Leben in Tibet tatsächlich nicht sehr verlockend beschrieben.

„Und als der Dalai Lama flüchtete, das ist eine interessante Geschichte. Bei diesen Kämpfen starben angeblich 90.000 Tibeter, und der Dalai Lama schlich sich still und leise davon. Ich bin mir nicht sicher, ob es den Tibetern unter den Chinesen nicht sogar besser geht als unter der Herrschaft der Lamas.“

„Wie kommen Sie denn darauf?“

„Schlechter geht es ihnen bestimmt nicht. Jetzt haben sie wenigstens Krankenhäuser und Schulen.“

„Aber wenn man dem Dalai Lama glaubt, ist das doch nur zur Propaganda“, sagte Ernesto.

„Propaganda. Ja freilich. Aber die Krankenhäuser gibt es ja tatsächlich. Vorher konnte eine Blinddarmentzündung den Tod bedeuten, ein gebrochenes Bein machte einen zum Krüppel. Ehrlich, ich scheiß auf diese Propaganda, wenn die Menschen medizinisch versorgt werden. Und die Schulen? Vorher waren die Tibeter Analphabeten, jetzt werden sie vielleicht mit chinesischer Ideologie zugeschüttet. Auch gut, aber wer lesen kann, kann sich vielleicht irgendwann davon befreien.

Außerdem, wenn man immer behauptet, die Chinesen würden einen Völkermord an den ach so friedlichen Tibetern verüben, muss man sich nur ein Zitat des 5. Dalai Lama anschauen. Warten Sie, ich habe es hier irgendwo.“ Schulz kramte auf einer Ablage herum, zog Bücher aus einem Stapel und blätterte ein Heft auf. „Ah, hier hab ich es. ‚In Bezug auf jene Bande von Feinden, die die anvertrauten Pflichten vernachlässigt und beschmutzt haben: Macht es mit den männlichen Linien wie mit den Bäumen, denen die Wurzeln durchtrennt wurden. Macht es mit den weiblichen Linien wie mit den Bächen, die der Winter ausgetrocknet hat. Macht es mit den Kindern und Großkindern wie mit Eiern, die gegen Felsen geschmettert wurden. Kurzum, zerstört jede Spur von ihnen, selbst ihre Namen.'"

„Na, das ist deutlich", sagte Ernesto.

„Sie werden mich für verrückt halten", fuhr Schulz fort. „Aber das ist im Grunde genommen noch gar nichts."

„Wenn es nicht ein Dalai Lama gesagt hätte", meinte Ernesto. „Erinnert mich an die Kreuzzüge. Diese Schlächterei im Namen einer höheren Macht, im Auftrag Gottes ..."

„Ja, und das ist noch nicht vorbei." Schulz kam auf Ernesto zu. Er knallte zwei Bücher auf den Tisch. „Lesen Sie das. Dann wissen Sie, was ich meine. Der Dalai Lama bereitet etwas Unglaubliches vor."

Ernesto erkannte auf einem der Buchumschläge das Mandala vom Gebetspfad. Er sah Schulz fragend an. Mehr an Aufforderung brauchte der nicht. Schulz hatte sich in Rage geredet, fuchtelte herum und ging dabei in der Küche auf und ab.

„Das Kalachakra-Tantra. Ich habe es schon erwähnt. Das ist ein Initiationsritus des tibetischen Buddhismus. Der Dalai Lama meint, es ist der wichtigste Ritus überhaupt. Er veranstaltet dieses Tantra auf der ganzen Welt, immer wieder. Es gehe um den Weltfrieden, sagt er. Je öfter dieses Tantra zelebriert wird, so behauptet er, desto näher kommen wir dem Weltfrieden. Und aus seiner Sicht stimmt das vielleicht sogar." Schulz lachte. „Der Weltfrieden, nicht schlecht, oder? Das ist ein bisschen wie Ficken für die Keuschheit."

Ernesto machte ein betroffenes Gesicht.

„Das klingt übertrieben?" Schulz schüttelte den Kopf. „Dann werde ich Ihnen eine Geschichte erzählen."

Nachdem Siddhartha Gautama unter dem Bodhi-Baum die Erleuchtung erlangt hatte, zog er aus, um die Menschen die vier edlen Wahrheiten und den achtfachen Pfad zu lehren. Er war der Buddha, der Erwachte, und er war davon beseelt, allen Wesen die Erleuchtung zu bringen. Seine Lehre fußte auf vier Erkenntnissen.

Das Leben ist voller Leiden. Egal, wie man es auch betrachtet, der Schmerz und die Angst überwiegen in allen Daseinsformen. Auch wenn man viele Male geboren wird, ob als Mensch, ob als Tier, am Ende bedeutet jede Geburt den Beginn des Leidens.

Die Ursachen dieses Leidens finden wir im Begehren, in unserer Anhaftung an die Welt. Weil wir in Gier und Lust, in Hass und Verzweiflung an die Welt gekettet sind, durchdringt uns das Leiden. Wenn wir diese Anhaftung an die Welt aufgeben, dann erlischt das Leiden.

Wie aber schaffen wir das? Darauf gibt die vierte edle Wahrheit eine Antwort: Durch den achtfachen Pfad.

„Sie kennen das", sagte Schulz. „Rechte Erkenntnis, Gesinnung, Rede und Handlung und so weiter. Aber der Überlieferung nach gibt es noch eine geheime Lehre, ein geheimes Tantra, das Buddha zunächst nur dem König von Shambala offenbarte."

Es gibt zur Offenbarung des Kalachakra-Tantra zwei Überlieferungen. Einmal wird erzählt, Buddha hätte das Tantra zum ersten Mal im Alter von achtzig Jahren gelehrt. Die andere Geschichte erzählt davon, dass Buddha der Überzeugung war, die Menschheit sei noch nicht reif für diese Lehre. Deshalb übermittelte Buddha die Lehre nur dem König von Shambala. Shambala, das reine Land, liegt irgendwo verborgen in Asien. Vielleicht könnte man es in den Schluchten, Tälern und Hochebenen des Himalaya finden. Vielleicht verschwindet Shambala aber auch, wenn sich ihm ein Unwürdiger nähert, oder man kann das Reich des Königs Suchandra nur über bestimmte Wege, magische Durchgänge oder Ähnliches erreichen.

„Wie man das auch immer erklärt", fuhr Thorsten Schulz fort, „dieses Königreich existiert laut tibetischer Tradition heute noch. Irgendwann, wenn es nach den Tibetern geht, in gut vierhundert Jahren, wird der Islam Indien erobert haben und den Buddhismus nach und nach ausrotten. Das Kali-Yuga, das Zeitalter des Niedergangs und der Sünde, hat seinen Höhepunkt erreicht. Dann wird der König von Shambala seine Truppen zusammenrufen. Dieser König wird den Heiligen Krieg entfesseln. Mit seinen Soldaten wird er Shambala verlassen und über Indien herfallen. Er wird den Islam besiegen und die Welt von den Feinden des Buddhismus befreien. Nach diesem letzten großen Krieg wird ein goldenes Zeitalter beginnen."

„Und was genau hat das mit dem Kalachakra-Tantra zu tun?", unterbrach Ernesto die Erzählung.

„Das ist das Perfide daran", sagte Schulz. „Jeder, der an einer Kalachakra-Einweihung teilnimmt, wird als Krieger von Shambala wiedergeboren. Und je öfter diese Kalachakra-Einweihung stattfindet, desto eher wird der große Krieg losbrechen. Man könnte sagen, die Teilnehmer des Kalachakra-Tantra rufen nach dem König von Shambala."

Kapitel 7

24

Ernesto stoppte vor der Tür zur Redaktion. Eine Stunde vor der Konferenz schrien alle durcheinander. Die Tür flog auf, und Ernesto tauchte in einen Schwall aus Stimmen, Telefongeklingel und Türenknallen.

„Scheiße, wo zum Teufel ist dieser beschissene Artikel", brüllte Winfried Auer und knallte seine Kaffeetasse auf den Schreibtisch.

Ernesto schloss die Augen und atmete tief durch. Wenn Auer mit seiner Geduld am Ende war, dann fielen ihm erstaunlich viele Wortkombinationen mit Scheiße ein.

„Muss ich in diesem Scheißladen alles selber machen? Die Presseaussendung. Bringt mir irgendwer diese Scheißpresseaussendung?"

Ernesto nahm die Mappe vom Schreibtisch der Sekretärin und überreichte sie Auer.

„Gehen wir aufs Dach", sagte Ernesto.

„Ich kann nicht. Du siehst doch, was da los ist."

„Wir gehen jetzt aufs Dach. Die schaffen das schon." Ernesto zog Auer am Ärmel aus dem Raum. „Du wirst noch einen Herzinfarkt bekommen."

„Wäre nicht der erste."

„Umso schlimmer. Wenn du so herumflippst, geht es auch nicht schneller."

„Diese Idioten kapieren nicht, dass wir hier eine Tageszeitung machen. Scheiße, verdammte, das ist ja kein Almanach."

„Du sagst das oft genug."

„Sie verhalten sich aber nicht so." Auer stieß die Tür zum Flachdach auf. „Und du hältst mich von der Arbeit ab."

„Tatsächlich?"

„Außerdem." Auer wedelte mit der Mappe. „Wir haben schon wieder eine Presseaussendung des Landeshauptmanns. Er droht mit Klage."

„Und? Beeindruckt dich das?"

„Du machst ihn nervös."

„Gut so", sagte Ernesto.

„Ich hab einen Praktikanten ein bisschen herumsuchen lassen. Die Artikel über Hüttenberg liegen in meinem Büro", sagte Auer. „Viel ist es nicht."

„Was heißt das? Viel ist es nicht. Ist der oder die, wer immer es gemacht hat, blöd oder faul? Es muss einen Berg an Artikeln geben."

„Aber aus einer Zeit, als es noch kein elektronisches Archiv gab."

„Ja", schnappte Ernesto. „Das ist es ja. Eben in diesem nicht elektronischen Archiv, sprich Stapel von Zeitungen, hätte der oder die, wer auch immer, suchen sollen."

„Wie stellst du dir das vor?"

„Soll ich auf diese Frage antworten?"

„Ja bitte."

„Eine Zeitung nach der anderen natürlich. Wie denn sonst? Ich meine, das darf ja nicht wahr sein. Der Untergang des Abendlandes steht bevor, wenn angehende Journalisten zu blöd sind, um eine Geschichte zu recherchieren." Flüche und Verwünschungen murmelnd ging Ernesto zurück ins Großraumbüro.

Ganz gefangen von seiner Geschichte setzte er sich auf ein Sofa und schlug den Ordner auf. Nur für einen Moment, zu kurz, um wirklich einen Gedanken zu fassen, dämmerte ihm, dass er da eben genauso ausgeflippt war wie Auer ein paar Minuten zuvor.

Ernesto sah die Artikel durch. Da stand nichts, was er nicht schon wusste. In den letzten drei Jahren war über das Tibet-Projekt in Hüttenberg so gut wie nichts geschrieben worden. Die Sache schien sich zu einem typisch kärntnerischen Gemurkse auszuwachsen. Wegen der Landesausstellung pumpte das Land jede Menge Geld in das Ausstellungsgebäude in der Heft. Der Ort Hüttenberg wurde saniert. Neue Straßen, die Renovierung des Reiftanzplatzes und des Rathauses. Das kostet. Aber die Landesausstellung und die paar Seminare brachten nicht den gewünschten Besucherstrom, also ließ man die Angelegenheit im Sand verlaufen. Das Ausstellungsgebäude in der Heft stand seit dieser Zeit leer.

Der Millionenverlust der Landesausstellung war kurz Gesprächsstoff gewesen, aber es fand sich kein Artikel darüber, ob dieses Desaster personelle Konsequenzen nach sich gezogen hatte. Damals hatte man umgerechnet etwa vier Millionen Euro Abgang verzeichnet. Das lag einerseits an den Örtlichkeiten und am Thema. Wer fährt schon in die Kärntner Bergwildnis, um sich die Überreste eines Eisenbergwerks anzusehen. Andererseits waren sicher auch die stümperhafte Planung und Durchführung für diese Katastrophe verantwortlich. Soweit sich Ernesto erinnern konnte, wurden die ersten Plakate für die Landesausstellung erst drei Wochen vor der Eröffnung geklebt. Das Pressematerial trudelte ein paar Tage später ein.

Die Kärntner Medien berichteten brav, aber kein deutsches Blatt fand die Ausstellung auch nur eine Notiz wert. Veranstalter von Busreisen konnten die Ausstellung nicht mehr berücksichtigen, sie hatten ihre Planung schon im Herbst davor abgeschlossen.

Das alles war bis zum Überdruss diskutiert worden. Mit mäßigem Erfolg. Die nächste Landesausstellung in Ferlach zwei Jahre später machte 3,2 Millionen Euro Verlust.

Ernesto seufzte und sortierte die Unterlagen. Er seufzte, denn er kannte das Ende dieser Geschichte. Es würde kein richtiges Ende geben, nur das langsame Dahinsiechen einer Idee. Kein Politiker hatte den Mut, die Wahrheit zu sagen. Alle Liebesmüh und alles Geld waren verschwendet. Mit der Schließung des Bergwerks hatte Hüttenberg seine Existenzberechtigung verloren. Alles andere war schlichtweg gelogen. Aber vor der nächsten Wahl würde es heißen: Wir haben neue Ideen, ein neues Projekt. Ihr werdet sehen, wenn ihr uns wählt, dann verwandeln wir eure Gemeinde in ein Paradies. Rhabarber, Rhabarber, Rhabarber.

Gerade wollte er die Unterlagen auf seinem Schreibtisch verstauen und den Weg ins Archiv antreten, als der Chef der Wirtschaftsredaktion auf Ernesto zukam. Auch er hielt einen Packen Papier in der Hand, und sein Lächeln sagte Ernesto, dass er etwas überaus Spannendes gefunden hatte.

„Für dich", sagte David Simon.

Ernesto warf einen Blick auf den Stapel. Das waren Abrechnungen, Anträge und Bilanzen.

„Von deinem Verein Tibet Medical Group. Ich dachte, wenn du dir das schon antust, kannst du Hilfe gebrauchen. Ich habe nur kurz drübergeschaut, und es ist, wie ich es mir gedacht habe. Die schleusen da vor allem Landesgelder durch. Aber es gibt auch noch ein paar andere Sponsoren. Schau es dir an, sehr spannend."

Als Ernesto nach dem Stapel griff, flammte unvermittelt die Erinnerung an den Schrecken, der ihn in

Kroatien überfallen hatte, auf. Mit einem Mal hörte er das Stimmengewirr in der Redaktion überlaut, und als er sich umsah, fragte er sich, was er hier verloren hatte. Ernesto schüttelte sich. Er atmete durch und konzentrierte sich auf die Unterlagen über die Tibet Medical Group.

Die Subventionsunterlagen des Vereins, das war ein guter Ansatz. Ernesto blätterte die Zettel durch. Auf den ersten Blick sahen nicht einmal die Summen besonders verdächtig aus. Natürlich, eine jährliche Subvention des Kulturreferats in der Höhe von 600.000 Euro für einen Verein, der in den fast zehn Jahren seines Bestehens kaum mehr als eine Broschüre zustande gebracht hatte, war schon heftig, aber in Kärnten kam so etwas öfter vor. Als Ernesto umblätterte, blieb ihm aber kurz die Luft weg. Der Verein hatte zusätzlich zu den 600.000 Euro Zuwendungen vom Tourismusreferat, vom Büro des Bürgermeisters der Stadt Klagenfurt und aus einem Fond für Regionalentwicklung erhalten. Zusammen machte das eine Summe von über fünf Millionen Euro im Jahr.

„Was zum Henker machen die mit der Kohle", sagte Ernesto leise vor sich hin. Er blätterte weiter, aber in den Subventionsunterlagen fand er darauf keinen Hinweis. Als Verein durfte die Tibet Medical Group keine Gewinne machen. Die mussten das Geld also irgendwie wieder loswerden, investieren, für Veranstaltungen ausgeben, spenden, was auch immer. Bei fünf Millionen Euro muss die Spur des Geldes so breit wie eine Autobahn sein, dachte Ernesto, und dementsprechend leicht muss diese Spur auch zu verfolgen sein. Vereine hatten die Pflicht, die Verwendung ihrer Subventionen nachzuweisen. Also musste irgendwo in der Landesregierung ein Dokument existieren, das zumindest eine

Ahnung davon vermittelte, wohin jedes Jahr fünf Millionen verschwanden.

Ernesto überlegte, ob er Jörg Tschabuschnig anrufen sollte. Immerhin, als Präsident der Tibet Medical Group sollte er über die Verwendung des Geldes Bescheid wissen. Der Anruf konnte aber auch dazu führen, dass binnen Minuten alle Beamten alarmiert waren und Ernesto keine Auskunft erteilten. Egal, ob er nun ein Recht darauf hatte zu erfahren, was mit dem Steuergeld passierte, oder nicht. Zu gern verschanzten sich Beamte hinter dem Amtsgeheimnis oder gaben vor, der Akt würde gerade bearbeitet, sei irgendwo im Haus unterwegs, bla, bla, bla.

Als er zum Hörer greifen wollte, um die Nummer des Amtes der Kärntner Landesregierung zu wählen, fiel es ihm ein. Er hatte einen Termin, einen wichtigen Termin bei Primarius Baumgartner, und zwar in einer halben Stunde.

25

Das Wartezimmer war leer, und so ging Ernesto weiter zur Anmeldung. Aber auch dort saß niemand. Der Computer war eingeschaltet, eine Handtasche stand auf dem Schreibtisch, aber die Krankenschwester, die hier auch Sekretärin und überhaupt für alles zuständig war, war nirgends zu sehen. Ernesto lehnte sich an das Pult, das den Besucherbereich vom Schreibtisch trennte, und wartete. Zuvor war er nur einmal in der Praxis von Primarius Baumgartner gewesen. Damals hatte er nicht allzu viel von seiner Umgebung mitbekommen. Jetzt aber ließ er seinen Blick über die Wände gleiten, begutachtete die Bilder und die Möbel. Rechts neben dem Schreibtisch hing eine mehrfarbige Radierung. Quadrate mit abgerundeten Ecken und dunkle Striche. Der Aktenschrank, die Ablagen und Regale sahen recht neu aus und stammten sicher nicht aus irgendeinem Möbelhaus. Trotzdem wirkte das alles, nein, nicht billig, aber vorläufig. So als ob man die Möbel nur als Requisiten hierher gestellt hätte.

Primarius Thorwald Baumgartner bat Ernesto in den Behandlungsraum. Mit einer ausladenden Geste bot er ihm einen Stuhl an.

„Wie geht es Ihnen?", begann Baumgartner und sah Ernesto dabei nicht an, tippte etwas in seinen Computer.

Ernesto erzählte ihm von der kleinen Irritation vorhin.

„Ein Flashback", sagte Baumgartner. „Ich fürchte, das wird noch öfter vorkommen. Sie sollten über eine Therapie nachdenken. Da könnten Sie das bearbeiten. Auf jeden Fall aber müssen Sie ihre Medikamente weiternehmen. Wie sieht es mit dem Schlaf aus?"

Gestern Nacht hatte Ernesto kaum geschlafen, aber das hing mit der Aufregung zusammen, in die ihn die Geschichte um den Mönch versetzte. Baumgartner hakte da ein und wollte wissen, ob Ernesto es für eine gute Idee hielt, jetzt schon wieder zu arbeiten.

„Ich weiß nicht", antwortete Ernesto. „Vielleicht ist das wirklich keine besonders gute Idee, aber es lenkt mich ab, und außerdem brauche ich den Job."

„Wenn ich das recht verstehe, dann sind Sie damals gerade vor diesem Job nach Kroatien geflüchtet."

„Das hat ja wunderbar funktioniert", sagte Ernesto. „Ich weiß es nicht, vielleicht wird man immer wieder auf das zurückgeworfen, was man kennt."

Baumgartner sah Ernesto einen Moment an, als wolle er dazu etwas sagen. Dann sah er wieder auf den Bildschirm. „Ich glaube, die Medikation sollten wir im Moment noch nicht verändern. Probieren wir es noch eine Weile so. Haben Sie sonst noch eine Frage oder einen Wunsch?"

„Eigentlich schon. Aber das hat nichts mit mir zu tun, also nicht direkt", sagte Ernesto. „Ich habe Ihnen ja von dem toten Mönch erzählt. Ich frage mich, was eigentlich die Ärztekammer dazu sagt."

„Zu dem toten Mönch?"

„Nein, zu dieser Medizinuni. Bei der Pressekonferenz gestern sagte der Landeshauptmann sinngemäß, das Land würde die traditionelle Medizin aus Tibet fördern, damit die westliche Schulmedizin etwas davon lernen kann, von der Weisheit der Jahrhunderte. Und dafür ist die Kärntner Landesregierung bereit, 68 Millionen Euro auszugeben. Mindestens. Mittlerweile habe ich herausgefunden, dass es viel, viel mehr ist. Allein der Verein Tibet Medical Group hat in den vergangenen zehn Jahren um die 50 Millionen Euro kassiert."

„Wofür bitte? Ich habe von diesem Verein noch nie etwas gehört."

„Der Verein ist angeblich für die Errichtung dieser Tibet-Uni zuständig. Aber für 50 Millionen ist die Ausbeute bescheiden, würde ich einmal sagen. Ich hätte einfach gerne jemanden, der mir sagt, was er von dieser tibetischen Medizin hält und ob es da vielleicht sogar schon eine Zusammenarbeit gibt zwischen den Mönchen und der Schulmedizin."

„Die Ärztekammer wird dazu wahrscheinlich nichts sagen", meinte Baumgartner.

„Das habe ich schon öfter gehört. Warum eigentlich?"

„Irgendwie ist es schwierig, mit jemandem zu verhandeln, der verärgert ist."

„Das verstehe ich jetzt nicht ganz.“

„Überlegen Sie. Medizinische Einrichtungen sind zum Beispiel auf eine sanitätsbehördliche Genehmigung angewiesen. Die wird vom Land erteilt. Oder die Bestellung von Geschäftsführern für die Krankenanstalten und so weiter und so fort. Das Land kann den Ärzten das Leben unglaublich schwer machen.“

„Es muss ja keine offizielle Aussage sein“, meinte Ernesto.

„Ja, aber wenn nicht offiziell, wozu dann überhaupt?“

„Reine Neugier. Wir schreiben ja auch sonst nicht alles, was wir wissen. Ich habe da so ein Gefühl. Wissen Sie nicht jemanden, der sich mit tibetischer Medizin beschäftigt hat?“

„Keine Ahnung, ob sie mit Ihnen redet, aber ich gebe Ihnen die Nummer meiner Frau, Exfrau, um genau zu sein. Sie arbeitet auf der Onkologie im Landeskrankenhaus, und sie hat sich eingehend mit alternativen Methoden beschäftigt. Vielleicht sagt sie ja etwas dazu. Versuchen Sie es.“

26

Auf dem Weg zurück in die Redaktion rief Ernesto in der Kulturabteilung des Landes Kärnten an. Es bestand ja immerhin die Chance, dass ihm jemand verraten würde, was die Tibet Medical Group mit dem vielen Geld zum Wohle der Menschheit so anstellte.

Zuerst hing Ernesto in der Warteschleife und hörte die Kärntner Landeshymne. *Dort, wo Tirol an Salzburg grenzt …* Vor der dritten Strophe hob die Vermittlung ab. Ernesto ließ sich mit dem Büro des Landesrates für Kultur verbinden und landete wieder in der Warteschleife. Vor einem Geschäft mit Wanderausrüstung blieb er stehen.

„Abteilung Kultur“, meldete sich eine männliche Stimme.

„Ernesto Valenti, Kärntner Tagespost.“

„Was kann ich für Sie tun?“

„Ich bräuchte eine Auskunft über einen Verein namens Tibet Medical Group.“

„Sind Sie sicher, dass Sie bei uns richtig sind? Soll ich Sie nicht besser ins Kompetenzzentrum für Gesundheit verbinden?“

Kompetenzzentrum für Gesundheit, dachte Ernesto, dass ich nicht lache. Er betrat das Geschäft und suchte das Regal mit den Bergschuhen.

„Ich bin bei Ihnen schon richtig. Der Verein bekommt Subventionen von Ihrer Abteilung. Und ich möchte gerne wissen, wofür der Verein diese Subventionen verwendet.“

„Ich fürchte, das darf ich Ihnen nicht sagen.“

Ernesto prüfte die Spitze eines Bergschuhs mit dem Daumen. Das Leder war doppelt vernäht und an der Kappe verstärkt. „Das habe ich mir fast gedacht“, sagte Ernesto. „Wer könnte mir denn Auskunft geben?“ Ernesto nahm einen Schuh vom Regal und probierte ihn an. Dabei klemmte er sich das Mobiltelefon unters Ohr. Der Schaft reichte über die Knöchel. Die Lasche war gepolstert und ließ sich mit den Schnürsenkeln fixieren. Ernesto zurrte den Schuh so fest zu, wie er konnte. Dann ging er in die Hocke und prüfte, ob die Schnürung drückte.

„Der Herr Landesrat ist im Moment nicht da, aber ich denke, auch er wird Ihnen nichts sagen.“

„Das befürchte ich auch. Wann kann ich ihn denn wieder erreichen?“

„Heute kommt er sicher nicht mehr ins Büro, aber morgen Vormittag sollte er da sein."

Ernesto hätte die Schuhe gerne gekauft, aber zurzeit konnte er sich ein Paar Bergschuhe um beinahe 300 Euro nicht leisten. Vielleicht nächsten Monat mit dem ersten Gehalt. Ein Tibetverein müsste man sein, dachte Ernesto, um fünf Millionen im Jahr kann man eine ganze Menge Bergschuhe kaufen.

Auf dem Weg nach draußen fiel Ernestos Blick auf die Kleiderabteilung. Ganz vorne auf einem Tisch lagen Trachtengilets. Genau so ein Gilet hatte Ernst Krametter getragen. Ernesto mochte diese Trachtenuniformen nicht, und er fand, das sah auch nicht besser aus, wenn man es auf modern trimmte. Er überlegte, was genau ihn daran störte. Das war nicht nur eine Trachtenuniform. Es war das Erkennungszeichen einer Clique. Zu der gehörten neben dem Landeshauptmann und seinem Pressesprecher eben auch Leute wie Krametter.

27

Zurück in der Redaktion versuchte es Ernesto mit einem Anruf im Büro des Landeshauptmanns.

„Valenti, Kärntner Tagespost", meldete er sich. „Ich bin auf der Suche nach dem Herrn Landeshauptmann."

„Da haben Sie aber Glück", antwortete die Sekretärin. „Ich verbinde."

Schlagergedudel setzte ein. *Oh Kärnten, du bist mein Sonnenschein, oh Kärnten, du bist mein Glück.*

„Ja."

„Guten Tag, Herr Landeshauptmann. Ernesto Valenti, Kärntner Tagespost."

Der LH schwieg.

„Ich bin da auf etwas Interessantes gestoßen, und da dachte ich mir, ich rufe Sie gleich an. Sie müssten mir da weiterhelfen können, und zwar geht es um dieses Tibet-Projekt."

Immer noch keine Antwort.

„Aus meinen Unterlagen geht hervor, das Projekt kostet so an die 68 Millionen Euro. Ist das richtig?"

„Soweit ich unterrichtet bin, ist das die Projektsumme. Das steht doch sicher in dem Prospekt in der Pressemappe."

„Na ausgezeichnet. Und wenn ich mich nicht irre, dann finanzieren Land, Bund und Gemeinde mehr oder weniger die gesamte Summe."

„Das stimmt nicht."

„Aha, und was stimmt dann? Wie viel ist es?"

„Land, Bund und die Gemeinde Hüttenberg bringen 32 Millionen auf."

„Und der Rest?"

„Da wird es eine Gruppe von Investoren geben."

„Wird es geben oder gibt es?", bohrte Ernesto nach.

„Das ist noch nicht offiziell, aber wir verhandeln. Wir sind da auf einem guten Weg", sagte der Landeshauptmann.

„Und wer führt diese Verhandlungen?"

„Da gibt es eine eigene Gruppe von Leuten. Wir haben da einen Verein gegründet, einen Trägerverein, der sich um diese Angelegenheiten kümmert."

„Die Tibet Medical Group", riet Ernesto.

Einen Moment glaubte er, der LH würde auflegen.

„Die Tibet Medical Group", bestätigte der LH. „Die managt das Ganze und ist für die ersten Schritte verantwortlich. Erstellung der Pläne, Anwerben von Investoren und so weiter."

„Und dazu haben Sie Ihren besten Mann ausgesucht. Tschabuschnig."

„Wenn Sie das ohnehin schon wissen, was fragen Sie mich dann? Außerdem ist daran nichts Illegales oder Ehrenrühriges."

„Das habe ich auch nicht behauptet", sagte Ernesto. „Aber ich kenne Sie, und Ihr Ton, wenn ich das schon höre, wie Sie das sagen."

„Diese 68 Millionen, nur damit ich das richtig verstehe, das ist die Gesamtsumme. Da sind auch schon die Kosten der Tibet Medical Group mitgerechnet?"

„Natürlich, selbstverständlich", sagte der LH.

„Das ist eine ganz schöne Summe." Ach, ist das schön, wenn man sie so leicht beim Lügen erwischt, dachte Ernesto. Wenn die schon 50 Millionen für nichts ausgeben, wie viel kostet dann die Tibet-Uni? „Wissen Sie, das ist für die Region sicher ein großer Fortschritt", fuhr Ernesto fort. „Aber bei der Durchsicht der Artikel, die bis jetzt darüber geschrieben wurden, vermisse ich etwas. Und da ich jetzt schon mit der Geschichte zu tun habe, denke ich mir, ich könnte diese Lücke füllen."

„Welche Lücke?"

„Na wissen Sie", setzte Ernesto fort. „Eigentlich mehrere Lücken. Zunächst, wir wissen jetzt, was dieses Projekt kostet. Was für unsere Leser aber sicher auch interessant ist, ist die Frage, wie viele Arbeitsplätze werden durch dieses Projekt geschaffen?"

„Da haben Sie aber die Presseaussendungen nicht gelesen. Dort steht, dass das Hotel und die Universität an die zweihundert Dauerarbeitsplätze schaffen."

„Na gut, kann sein. Aber beim Bau. Wie viele Leute sind da beschäftigt?"

„Da werden sehr viele Arbeitskräfte gebraucht. Immerhin handelt es sich um ein sehr engagiertes Projekt. Vom einfachen Hilfsarbeiter über Maurer, Maler, Tischler bis hin zu Ingenieurbüros."

„Sind das Kärntner Firmen?"

„Wir wollen mit diesem Projekt zur Stärkung der Region beitragen. Der Bau des Hotels und der Universität wird auf Dauer Arbeitsplätze sichern. Sie können sicher sein, dass unsere Anstrengungen eine wesentliche Verbesserung der Arbeitsmarktsituation in Kärnten bringen werden."

„Aber welche Firma, ich meine, das Projekt wird ja bald gebaut. Da muss es ja eine bauausführende Firma geben, einen Generalunternehmer."

„Wie Sie wissen, haben wir uns hier sehr bemüht, einen verlässlichen Partner zu finden. Wir haben uns für eine Firma mit internationaler Erfahrung entschieden, eine Firma, die schon sehr viele solcher Projekte mit großem Erfolg umgesetzt hat. Die Feldonia Bau ist eine international renommierte Firma im Bauwesen."

„Das ist aber keine Kärntner Firma", hakte Ernesto nach.

„Die Feldonia Bau ist eine international sehr angesehene Firma. Ich bin davon überzeugt, dass die Bauarbeiten in höchster Qualität und in der geplanten Zeit ausgeführt werden. Ich kann nur noch einmal betonen, was für ein riesiger Fortschritt dieses Projekt für Kärnten und vor allem für die Region Hüttenberg ist."

„Ja, gut", unterbrach Ernesto. Es war unwahrscheinlich, dass der LH zu diesem Thema noch etwas Konkretes sagen würde. „Was ich Sie eigentlich fragen wollte, ist etwas ganz anderes", setzte Ernesto fort. „Mir ist ehrlich gesagt nicht ganz klar, was an einem Hotel und einer Universität 68 Millionen kostet."

Der LH sagte darauf nichts.

„Ich meine, vielleicht irre ich mich ja.“ Ernesto räusperte sich. „Aber ich denke, das ist eine sehr interessante Frage. 68 Millionen Euro, du meine Güte, das ist eine Menge Schotter.“

„Worauf wollen Sie hinaus?“

„Ich will wissen, wie dieser Betrag zustande kommt.“

„Ich weiß nicht, was Sie daran so aufregt“, sagte der LH.

„Mich regt daran gar nichts auf. Ich frage mich nur, warum ein Hotel und die Adaption eines schon bestehenden Gebäudes so eine Summe verschlingt.“

„Daran ist nichts Ungewöhnliches. Sie müssen doch bedenken, welchen hohen Standard wir erfüllen werden. Das ist ja nicht nur ein Fünfsternehotel, sondern auch ein Wellnessbetrieb mit Hallenbad, Sauna und so weiter. Außerdem muss das Ausstellungsgebäude in der Heft von Grund auf saniert werden. Neue Räume, Vorlesungssäle und die technischen Einrichtungen, da haben wir mit 68 Millionen eine sehr sparsame Variante gewählt.“

Ernesto schrieb mit. „Und diese Summe bezieht sich auf den Bau des Hotels. Ich meine, da sind die Betriebskosten und diverse Infrastrukturmaßnahmen noch nicht mit drinnen?“

„Was erwarten Sie? Dass wir die Sachen geschenkt bekommen? Natürlich werden noch weitere Investitionen nötig sein. Zum Beispiel ist daran gedacht, die Bahnlinie nach Hüttenberg und in die Heft zu revitalisieren.“

„Aha“, machte Ernesto. „Das ist spannend. Und wozu soll das gut sein?“

„Wir müssen da an ein Gesamtkonzept denken. Wenn wir einen Kulturaustausch mit dem tibetischen Buddhismus pflegen, dann müssen wir auch daran denken, dass wir respektvoll mit der Umwelt umgehen. Es macht keinen Sinn, mit dem Auto dorthin zu fahren. Die öffentlichen Verkehrsmittel, vor allem die Bahn, müssen unsere erste Wahl sein, um das Gebiet neu zu erschließen."

„Kulturaustausch?", fragte Ernesto.

„Aber natürlich. Was glauben denn Sie. Ich bin doch immer für die Zusammenarbeit und betone das Gemeinsame, auch über alle kulturellen Grenzen hinweg. Das Tibet-Zentrum ist ein ganz wichtiges Zeichen der Völkerverständigung, ein Ort, an dem wir voneinander lernen können."

Aber sicher doch, hätte Ernesto beinahe gesagt. Man denke nur an den geradezu liebevollen Umgang mit tschetschenischen Flüchtlingen, die man ohne ersichtlichen Grund festnimmt und dann in ein Lager auf der Saualpe bringt. Dort wird an der Völkerverständigung gearbeitet, indem private Sicherheitskräfte die Flüchtlinge jeden Tag mehrmals durchsuchen, sie schikanieren und ihnen ärztliche Hilfe verweigern. Und das große Herz des LH für Verfolgte zeigt sich auch darin, dass er achtjährige Kinder aus Kärnten abschiebt.

Anstatt dem Landeshauptmann das an den Kopf zu werfen, bedankte sich Ernesto für das Gespräch und legte auf.

Kapitel 8

28

„Ernesto!"

Ernesto zuckte zusammen. Er wollte gerade an der Kulturredaktion vorbei auf die Dachterrasse, aber Čertov hatte ihn gesehen.

„Ich dachte, du bist blind", sagte Ernesto.

„Komm her und setz dich nieder", bellte Čertov. Er wartete, bis Ernesto die halbe Strecke zu seinem Schreibtisch zurückgelegt hatte. „Diese Reiftanzgeschichte, die ist ganz großer Mist. Entweder du schreibst das neu, oder du kannst es vergessen."

„Was passt denn daran nicht?" Ernesto setzte sich auf die Schreibtischkante und sah zu Čertov hinunter. Der alte Mann fläzte auf einem alten Drehstuhl, und die Schweißperlen standen ihm auf der Stirn. Er keuchte bei jedem Wort, und seine Brillengläser waren fast einen halben Zentimeter dick.

„Ich bin enttäuscht. Wegen diesem Dreck fährst du nach Hüttenberg? Das hättest du früher im Halbschlaf besser geschrieben. Da steht ja überhaupt nichts drinnen, nur wann und wo. Also bitte noch einmal von vorne. Aber diesmal mit einer Geschichte, oder haben sie dir da unten in Kroatien das Gehirn amputiert?"

Ernesto hob eine Augenbraue.

„Was hättest du denn gerne?"

„Schreib die Geschichte. Herrgottnocheinmal, da kann ich gleich alles selber machen. Ich sag ja immer, wenn ..."

„... man es nicht selber macht", beendete Ernesto den Satz. „Ist ja schon gut. Ich schreib den Artikel neu."

„Aber ein bisschen hurtig, wenn ich bitten darf. Redaktionsschluss war schon, und ich möchte noch in diesem Jahrhundert aus dem Büro kommen.“

Ernesto antwortete nicht darauf. Für diese Panik war er schon zu lange im Geschäft. Zuerst ging er eine rauchen, und dann konnte er die achtzig Zeilen immer noch in den Computer hacken.

Čertov hatte recht. Der Artikel war lahm. Ernesto hatte das nur so hingeschludert, weil er mit dem toten Mönch beschäftigt war. Krametter hatte irgendetwas von einem Schwerttanz gesagt. Das stand nicht in dem Artikel, weil Ernesto dieses Detail einerseits nebensächlich erschienen war, und andererseits konnte man so etwas auf achtzig Zeilen nur schwer erklären. Schwerttänze waren ursprünglich Kriegstänze gewesen, aber mit den Jahrhunderten veränderte sich ihre Bedeutung. In Europa wurden sie immer mehr zu Standestänzen. Jene Berufsgruppen, die das Privileg hatten, Waffen zu tragen, eigneten sich den Schwerttanz an.

Daran könnte man die Geschichte aufhängen. Er musste mehr darüber herausfinden, wie aus dem Schwerttanz der Knappen ein Reiftanz geworden war. So konnte er die Geschichte einer außergewöhnlichen Metamorphose erzählen. Aus einem Tanz, der die Kraft der Vernichtung, die Blutgier und den Furor des Krieges beschwor, wurde ein Tanz der Fruchtbarkeit. Seltsamerweise führten Bergknappen diesen Tanz aus, aber das machte die Angelegenheit umso kurioser. Mit der Geschichte vom toten Mönch konnte sich die Story nicht messen, aber für die Kulturseite war das hervorragend.

Ernesto rief im Heinrich-Harrer-Museum an und ließ sich mit dem Direktor verbinden. Graber war begeistert von Ernestos Vorschlag. Er bereitete schon lange eine wissenschaftliche Arbeit über den Reiftanz vor, und es war sicher gut, wenn er schon jetzt ein Interview dazu gab.

„Ein Fruchtbarkeitsbrauch, der von Bergknappen ausgeführt wird? Das ist doch sehr merkwürdig", begann Graber. „Ich sage Ihnen, das ist überhaupt kein Fruchtbarkeitsbrauch."

„Aber viele Details weisen darauf hin", widersprach Ernesto. „Ist es nicht so, dass es da eine Reiftanzbraut gibt? Das ist doch ein klarer Hinweis auf einen Frühlingsbrauch. Das hat es doch bei uns früher überall gegeben. Der Wettlauf um die Braut, der Tanz. Wer die Braut erringt, wird zum König des Jahres. Dahinter steckt das Muster der Heiligen Hochzeit."

„Ah, sie kennen sich aus", meinte Graber. „Aber in diesem Fall täuschen Sie sich. Sie denken, dieser Reiftanz ist ein Frühlingsbrauch. Die Knappen mit ihren bunten, mit Zweigen geschmückten Reifen sind so etwas wie die Elfen aus Shakespeares Mitsommernachtstraum. Sie drehen sich im Kreis und feiern die Hochzeit der Göttin des Frühlings mit ihrem König."

„So in etwa", sagte Ernesto. „Das wäre doch auch die einfachste Erklärung. In Hüttenberg ist es wie sonst auch überall. Im Frühling werden Frühlingsbräuche abgehalten. Das Muster ist doch deutlich. Natürlich kann man sagen, da hat sich einiges andere eingeschlichen."

„Ich möchte Ihnen eine Geschichte erzählen", sagte Graber. „Vielleicht verstehen Sie dann das Argument besser."

Früher, vor langer Zeit, wurde in Hüttenberg Gold abgebaut. Lange bevor die Kelten ins Land kamen, lange bevor das norische Eisen zu Schwertern geschmiedet wurde, lebte hier in den Bergen ein geheimnisvolles Volk. Große Handwerker waren sie. Die Bergleute werkten tief unter der Erde und brachen aus den Eingeweiden der Berge das Erz. Die Goldadern waren so mächtig, dass man Stollen durch sie hindurch bauen konnte. Neben den Straßen, in den Gärten, überall lagerte man das Gold. Es war so viel, dass man sogar die Kegel und die Kugeln für das Kegelspiel aus dem Gold fertigte.

Die Arbeit war nicht sehr schwer. Für ein paar Stunden am Tag gingen die Knappen in den Berg, und den Rest der Zeit feierten sie. Große Zelte und Hallen hatten sie gebaut, und aus den Brunnen dort flossen Wein und Schnaps. Den ganzen Tag, die ganze Nacht spielte Musik, und es wurde getanzt und getrunken.

Viele Knappen waren vom Kegelspiel besessen. Sie kamen aus dem Schacht. Anstatt sich zu waschen, gossen sie sich einen Kübel voll Wasser über den Kopf, und schon standen sie an der Kegelbahn. Da wurde gewonnen und verloren. Bei jedem Kegelschub johlten die Zuschauer, und wenn die Kugel traf, dann jubelten sie, und wenn sie danebenging, stöhnten sie auf.

Verschwitzt und noch voller Staub kam eines Tages der Obersteiger daher. Gerade vorher hatte er die Grube inspiziert, war durch alle Stollen gegangen und hatte die Erzadern begutachtet. Er war zufrieden. Das Gold stand mächtig im Berg, und es würde noch für Jahrhunderte reichen, ja wenn die Goldadern weiter so in den Berg hineinreichten, dann mussten sich die Hüttenberger nicht einmal in tausend Jahren Sorgen um das Gold machen.

Zufrieden mit der Inspektion stand der Obersteiger eine Zeitlang da und beobachtete das Kegelspiel. Er war ein sehr guter Spieler, und heute, so dachte er, würde er sicher Glück haben. Heute war sein Tag. Vielleicht fühlte er sich so siegessicher, weil er an das viele Gold dachte, das da im Inneren des Berges lag, vielleicht war es auch nur eine Laune, oder aber es war etwas ganz anderes.

Er klatschte in die Hände, trat mit stolzer Brust vor und griff nach einer goldenen Kugel. Die anderen Spieler wichen zurück. Sie wussten, nun kam der Obersteiger, der beste Spieler weit und breit, und er würde ihnen zeigen, wie man die Kegel alle auf einmal umwarf. Doch der erste Wurf ging daneben. Das Publikum stöhnte. Der zweite Wurf fuhr haarscharf an einem Kegel vorbei, und die Kugel krachte gegen die Wand der Kegelbahn, ohne auch nur einen einzigen Kegel umgeworfen zu haben. Beim dritten und vierten Wurf ging es nicht besser, und nun murrte das Publikum, und die ersten spitzen Bemerkungen fielen.

„Wennst bei deiner Alten auch so triffst, wird sie aber keine Freude haben", schrie einer.

„Brauchst a Zielwasser?", kam es von einem anderen.

Der Obersteiger sah in die Runde. Er kannte die Spötter. Die sollten doch selbst einmal zeigen, ob sie es besser konnten. Aber er ließ sich auf kein Wortgefecht ein. Viel besser war es, ihnen zu zeigen, wie man dieses Spiel wirklich spielte, und so nahm er die nächste Kugel, zielte und ließ sie über die Bahn rollen. Doch wieder, kein einziger Kegel fiel um. Es war wie verhext.

Aber anstatt aufzuhören und einen besseren Tag abzuwarten, machte der Obersteiger weiter. Immer wieder und wieder warf er die goldene Kugel gegen die goldenen Kegel, und aus dem Stöhnen des Publikums war ein Lachen geworden, ein höhnisches Lachen. Jedes Mal, wenn die Kugel ihr Ziel verfehlte, ging das Gelächter los. Die Leute kicherten schon, wenn der Obersteiger die goldene Kugel in die Hand nahm, und mittlerweile war der ganze Ort auf der Festwiese versammelt, um die Schmach des Obersteigers mitzuerleben.

Die Wut grub sich in seine Gesichtszüge. Er presste die Lippen zusammen und starrte die Zuschauer an. Noch einmal musste er es versuchen. Er fixierte die neun Kegel und atmete durch. Ruhig, ganz ruhig musst du sein, sagte er sich. Starr stand der Obersteiger da, den Körper angespannt, ganz auf das Ziel konzentriert, und nun lehnte er sich nach vor und schleuderte die Kugel hinaus auf die Bahn.

Für einen Moment hielten alle den Atem an. Die Kugel flog und setzte dann genau auf der Mittellinie der Bahn auf, rollte und rollte und schoss an den Kegeln vorbei.

Die Menge schrie und brüllte vor Lachen. Wie betäubt stand der Obersteiger da und beobachtete die Kugel, wie sie an der hinteren Wand abprallte und dann liegen blieb. Das konnte nicht sein. Das war völlig unmöglich. Er schüttelte den Kopf, und die Wut und die Verzweiflung stiegen in ihm hoch und krampften sich um sein Herz.

Sein Blick huschte über die Zuschauer. Da waren Bergknappen und ihre Mädchen, da waren der Wirt und die Musiker, und dort stand eine Frau. Sie war die Einzige, die nicht lachte, und sie hielt ein kleines Kind im Arm. Ernst und neugierig sah ihn das Kind an. In seinem Blick war kein Spott, und gerade deshalb konnte der Obersteiger seinen Blick nicht von dem Kind abwenden. Mit drei Schritten war er bei der Frau und riss ihr das Kind aus dem Arm. So erschreckt war sie, dass sie sich zuerst gar nicht wehrte. Auch das Kind weinte nicht und strampelte nicht, und als die Frau bemerkte, was der Obersteiger vorhatte, war es zu spät.

Bei der Feuerstelle, nur ein paar Meter von der Kegelbahn entfernt, hielt der Obersteiger an. In einer einzigen Bewegung zog er die Hacke aus dem Hackstock und schlug dem Kind den Kopf ab. Sowie die Hacke die Wirbelsäule des Kindes durchtrennte, verstummte die Menge. Der Körper des Kindes fiel auf die Erde. Der Obersteiger hielt den Kopf an den Haaren. Das Blut zog eine Spur, als er wieder zurück zur Kegelbahn ging.

„Wenn mir die goldene Kugel kein Glück gebracht hat, probiere ich es jetzt mit einer beinernen“, schrie der Obersteiger und schleuderte den Kinderkopf gegen die Kegel.

Außer den Kegeln, die scheppernd zu Boden gingen, war kein Laut zu hören, kein Lachen, kein Murren. Die Menschen konnten sich aus ihrer Erstarrung nicht lösen. Nach einer langen Weile begann weit hinten jemand zu weinen. Stumm zerstreute sich die Menge, und der Obersteiger blieb alleine auf der Kegelbahn zurück.

Der Schock hielt nur kurz an. Das ermordete Kind wurde irgendwo im Wald verscharrt, das Blut weggewaschen, und schon am nächsten Nachmittag tanzten die Ersten wieder, und am Abend hörte man die Kugeln über die Kegelbahn donnern. Auch der Obersteiger war wieder da. Er saß ein bisschen abseits und sah den Spielern über die Schulter hinweg zu. Vom Kegelspiel hatte er fürs Erste genug, aber er wollte dennoch zuschauen.

Weil er so gebannt das Spiel verfolgte, sah er die Frau von gestern zuerst gar nicht. Sie kam in einen dunklen Umhang gehüllt ins Zelt und stellte sich vor der Kegelbahn auf. Erst als sie ihr Kopftuch aufband und ihr Haar über ihre Schultern fiel, erkannte sie der Obersteiger.

Nur für einen Moment spürte er so etwas wie Schuld, dann war da wieder die Wut. Was bildete sich diese Person ein, hierher zu kommen und sich da hinzustellen? Wollte sie allen den Abend verderben? Ihr Kind war tot, ja und? Dagegen konnte man jetzt nichts mehr machen, sollte sie doch in irgendeiner Ecke sitzen und heulen.

„Verschwinde", brüllte der Obersteiger. „Was stehst du da herum und gaffst? Schau, dass du weiterkommst, oder es geht dir wie deinem Kind." Er sprang auf und wollte die Frau packen und sie aus dem Zelt zerren. Doch er hielt mitten im Schritt inne.

Die Frau schlug ihren Umhang zurück und hielt dem Obersteiger eine eiserne Henne entgegen. Die Frau blickte in die Runde. Jeder im Zelt sah sie an. Jeder wartete darauf, was nun passieren würde.

„Erst wenn diese eiserne Henne diese eisernen Eier ausgebrütet hat", die Frau warf dem Obersteiger eine Handvoll eiserner Eier vor die Füße, „werdet ihr in eurem Berg wieder Gold finden."

Damit drehte sich die Frau um und ging davon. Einige lachten, andere schüttelten den Kopf, und der Obersteiger hob die eiserne Henne und die eisernen Eier auf. Er wusste nicht so recht, was er davon halten sollte. Eine eiserne Henne, eiserne Eier und ein Fluch. Ein wenig unruhig machte ihn das schon, und er dachte sich, es kann ja nichts schaden, wenn ich nachschaue. So nahm er die Henne und die Eier und stieg hinunter ins Bergwerk, ging durch die Schächte und Stollen.

Das Gold war verschwunden, nur taubes Gestein überall. Wo gestern noch das Erz geglänzt hatte, sah er nur noch Granit. Nirgends war auch nur das kleinste Stäubchen Gold zu finden, und weil er das nicht glauben konnte, ging der Obersteiger immer weiter und tiefer in den Berg hinein. Er kam zu Stollen, die er noch nie gesehen hatte, stieg über Leitern hinunter in Kavernen und wanderte mit der eisernen Henne unter dem Arm in die Dunkelheit.

„Man könnte es auch als Geschichte eines Opferkults lesen“, sagte Ernesto. „Der alte König opfert den neuen König. Soll es auch in der Antike gegeben haben.“

„In diesem Fall ist es etwas anderes“, sagte Graber. „Aus dem Mord entsteht nichts Positives. Er bringt nur Vernichtung. Und die Geschichte bezieht sich nicht auf die Fruchtbarkeit des Landes. Das ist keine Opfergeschichte. Das ist eine Geschichte von der Unterdrückung alter Fruchtbarkeitskulte. Das Patriarchat siegt über das Matriarchat. Dafür stehen die Knappen.“

„Und deshalb ist der Reiftanz kein Fruchtbarkeitsbrauch“, schloss Ernesto.

„Nie gewesen. Diese Elemente sind erst später dazugekommen. Es war immer ein Tanz der Männer, ein Männlichkeitsritual“, sagte Graber.

Ernesto hatte die Argumentation in Stichworten mitgeschrieben. Bevor er sich verabschiedete, ging er die Punkte noch einmal durch, um sicher zu sein, dass er das alles richtig verstanden hatte. Direktor Graber behauptete also, der Reiftanz habe Elemente von Fruchtbarkeitsbräuchen erst mit der Zeit vereinnahmt. Aus einem Schwerttanz war ein Tanz mit Blumenreifen geworden, und da konnte man sich schon fragen, wer am Ende gesiegt hatte. Hatte da der Fruchtbarkeitskult, der von den kriegerischen Männern seit fast dreitausend Jahren bekämpft, instrumentalisiert und verbogen wurde, nicht doch triumphiert?

29

Ernst Krametter war begeistert, als er von Ernestos Artikel hörte, und begann gleich zu erzählen. Im Grunde stimmte er Direktor Graber vollkommen zu. Er konnte das nur nicht so gut formulieren wie der Direktor, aber er hatte ja schon bei ihrem ersten Gespräch erwähnt, dass der Reiftanz auf einen Schwerttanz zurückging. „Das finde ich wirklich fantastisch“, sagte er. „Vielleicht können Sie noch etwas anderes in Ihrem Artikel unterbringen. Davon hat Direktor Graber wahrscheinlich nichts gesagt.“

„Ich bin gespannt“, sagte Ernesto.

„Der Schwerttanz hat eine tiefere Bedeutung“, begann Krametter. „Er ist nicht nur ein Kriegstanz gewesen, da steckt mehr dahinter.“

„Und zwar?“

„Sie kennen vielleicht die Sage, die davon erzählt, dass genau hier in Hüttenberg ein Eingang zum unterirdischen Reich von Kaiser Barbarossa ist. Hier in der Saualpe bis hinauf zum Zirbitzkogel soll es Gänge und Hallen geben, in denen das große Heer des Kaisers schläft und auf die letzte Schlacht wartet.“

Von dieser Sage hatte Ernesto schon gehört, aber er hatte sie nie mit dem Reiftanz in Verbindung gebracht. Der König im Berg ist eine Geschichte, die im Alpenraum sehr weit verbreitet ist. Kaiser Barbarossa hat mehrere Residenzen. Im Sommer fühlt er sich im Untersberg bei Salzburg recht wohl, da kann er die Salzburger Festspiele besuchen, und wenn ihm das zu fad wird, übersiedelt er in den Kyffhäuser, oder er besucht seinen Kollegen Matthias Corvinus, der in der Petzen einen recht ausgedehnten Schönheitsschlaf hält.

„Erzählen Sie mir mehr darüber“, sagte Ernesto. „Wie hängt Kaiser Barbarossa mit dem Reiftanz zusammen?“

„Es heißt, die Stollen in den Bergen waren schon vor den ersten Menschen da“, sagte Krametter. „Ein altes Volk, vielleicht die Zwerge, schlugen diese Gänge in den Fels. Ein ganzes Königreich entstand da unter der Erde. Und selbst heute noch kreuzen sich angeblich manche Stollen der Menschen mit den alten Stollen der Zwerge.“

Ernesto konnte sich gar nicht dagegen wehren. Er sah es förmlich vor sich. Der Obersteiger, der mit der eisernen Henne ins Bergwerk gegangen war, hatte sich in den Stollen verirrt. Er war deshalb verschollen, weil er eine falsche Abzweigung genommen hatte und in das Stollensystem der Zwerge geraten war.

Krametter erzählte weiter.

Als der Kaiser Barbarossa ins Heilige Land zog, da wusste er schon, dass dieser Krieg zu nichts führen würde. Er verschwand auf wundersame Weise mit seinem ganzen Heer und Hofstaat. Es heißt, er ritt hinaus in die Wüste, und seine Ritter folgten ihm. Man sah noch lange eine Staubfahne über dem Horizont, und dann war alles verschwunden.

Der Kriegszug gegen den Islam war nur ein Vorwand. Barbarossa hatte Größeres vor. Er wollte die Welt von allem Krieg und Leid erlösen, und dazu musste er die Kräfte aller sammeln, die auf der Seite der Gerechtigkeit und des Friedens standen. Viele Jahrhunderte würde es dauern, bis sein Heer groß genug sein würde, und so lange musste er warten.

Barbarossa wusste vom Reich der Zwerge, von ihren Höhlen und Gängen, ihren Sälen tief unter der Erde. Wo kann man die Zeit besser abwarten als dort, verborgen vor den Blicken der Menschen? Dort unten lebt

Barbarossa mit seinem Heer und wartet auf die apokalyptische Schlacht, in der das Böse von der Erde getilgt werden wird.

„Es heißt, der Krieg wird nur so lange dauern, wie man braucht, um drei Laib Brot zu essen", sagte Krametter. „Er wird so grausam sein, dass in den Bächen und Flüssen mehr Blut als Wasser fließen wird. Nur eine kleine Schar wird diesen letzten Krieg überleben, und unter Barbarossas Herrschaft werden sie das tausendjährige Reich des Friedens errichten."

„Oh ja, ich kenne diese Art von Geschichten", sagte Ernesto. „Aber ich frage mich immer noch, was das mit dem Reiftanz zu tun hat."

„Das ist doch ganz klar."

„Erklären Sie es mir trotzdem."

„Der Reiftanz erinnert daran, dass Barbarossa gerade hier bei uns auf seinen großen Tag wartet, und was noch viel wichtiger ist: Wir rufen ihn zu uns. Jeder Reiftanz ist der Versuch, den alten Kaiser aufzuwecken, damit er endlich aus dem Berg kommt und der Kampf beginnen kann. Ich lese Ihnen einen Text vor, der genau darüber berichtet." Krametter räusperte sich. „Es wird ein großer Krieg über die Welt kommen. Alle Völker werden sich erheben. Der Bruder wird den Bruder erschlagen und der Sohn den Vater. Der Kampf wird so lange toben, bis nur mehr zwei Parteien übrig sind. Auf der einen Seite die Gottgläubigen und Frommen, auf der anderen Seite die Heiden und Barbaren. Die Heiden werden in diesem letzten Kampf die Oberhand gewinnen. Sie werden das Heer der Christen zurückdrängen in die Berge und fast alle töten. Am Ende werden nur die Knappen von Hüttenberg übrig bleiben. Sie sind die tapfersten Krieger der Christen. Sie verteidigen die letzte Stellung und rufen mit ihrem Schwerttanz den König.

Das ist der Tag, an dem Friedrich Barbarossa mit seinem Heer aus dem Berg kommt und die Heiden auf immer und ewig vernichtet. Dann wird das tausendjährige Reich der Apokalypse gegründet, und Barbarossa wird über eine christliche Welt herrschen."

Ernesto hatte die Überschrift schon während des Telefonats in die Vorlage getippt. Jetzt ging er noch einmal seine Notizen durch und schrieb.

Königsrufen in Hüttenberg

Am Sonntag findet der traditionelle Reiftanz in Hüttenberg statt. Museumsdirektor Georg Graber enthüllt neue Hintergrundinformationen.
Von Ernesto Valenti

„Der Reiftanz in Hüttenberg ist aus dem Schwerttanz der Knappen entstanden", erklärt Dr. Georg Graber, Direktor des Heinrich-Harrer-Museums in Hüttenberg. Der Volkskundler Graber hat sich eingehend mit dem Reiftanz und seiner Geschichte auseinandergesetzt und dabei verblüffende Zusammenhänge zutage gefördert.

Schwerttanz. „Im Mittelalter hatten die Bergknappen viele Privilegien. Sie durften Waffen tragen. Sie galten als wehrfähig und mussten im Kriegsfall als Soldaten dienen, wenn sie nicht aus wirtschaftlichen Gründen vom Kriegsdienst ausgenommen waren." Graber fand heraus, dass die Schwerttänze der Knappen im Mittelalter vor allem ein Aufnahmeritual waren.

Frühlingsbrauch. Heute wird der Reiftanz von Ernst Krametter organisiert. Er ist auch für die Proben und die Kostüme zuständig. „Der Reiftanz ist ein alter Frühlingsbrauch“, sagt er, „darin sieht man noch die Feier des Maikönigs und seiner Braut.“ Dieser traditionellen Auffassung begegnet Graber und ergänzt sie. Er sieht in der Vermengung von Knappenbräuchen und Fruchtbarkeitsriten einen Widerspruch. „Knappen gelten nie als Träger des Wachstums und der Fruchtbarkeit“, erklärt er. Elemente der Maifeiern seien erst später in den Brauch des Reiftanzes hineingetragen worden.

Königsrufen. „Die Bedeutung des Reiftanzes wird heute weithin verkannt“, geht Krametter gegen die Interpretation seiner Kollegen an. „Der Reiftanz steht im Zusammenhang mit der Sage vom König im Berg. Am Ende der Zeit wird dieser König aus dem Berg kommen, die apokalyptische Schlacht schlagen und das große christliche Reich errichten.“ So verknüpft Krametter Brauchtum und Sagenstoff und kommt zu einer neuen Deutung eines Kärntner Brauches. Ob man ihm in dieser Frage folgt oder nicht, wer sich selbst ein Bild machen will, ist dafür am kommenden Sonntag ab 9 Uhr in Hüttenberg am richtigen Platz. Dort kann jeder die 24 Reiftänzer bewundern, wenn sie ihre komplizierten Figuren aufführen.

Kapitel 9

30

Als das Licht des frühen Morgens über die Wand des Schlafzimmers wanderte und Ernestos Gesicht fand, drehte er sich um und schlief weiter. Auch das Geschrei der Vögel weckte ihn nicht. Erst die Hitze, die durch das offene Fenster in den Raum kroch, ließ Ernesto langsam aus den Tiefen des Schlafes heraufgleiten in den neuen Tag.

Ernesto lag auf dem Rücken und starrte an die Decke. Der Name Feldonia Bau kam ihm bekannt vor, er wusste nur noch nicht, wo er schon einmal auf diese Firma gestoßen war. Das war sein erster Gedanke an diesem Morgen, und er versuchte nicht, ihn festzuhalten. Er wälzte sich aus dem Bett und sah auf die Uhr. Sieben Uhr und drei Minuten, noch viel zu früh, um bei der Wirtschaftskammer anzurufen.

Über der Koralpe standen Wolken wie Rauch über einem Vulkan. Der Himmel wölbte sich in ein tiefes Blau, und der Wind wehte warm in die Küche. Ernesto konnte mit dem Laptop von überall auf das Redaktionssystem zugreifen, also musste er gar nicht nach Klagenfurt fahren. Wenn es etwas zu schreiben gab, konnte er das auch von hier aus erledigen.

Mit einer Kaffeetasse in der Hand setzte sich Ernesto auf den Balkon und sah den Wolken zu. Er überlegte. Diesen Thorsten Schulz und Isolde Kopeinig, die Pfarrersköchin, durfte er nicht aus den Augen verlieren. Vor allem Thorsten Schulz hatte ganz sicher einen Grund, Dadul Gyaltsen vom Leben zum Tod zu befördern. Jemand, der den tibetischen Mönchen mit der Schrotflinte hinterherlief, nur weil sie sein Grundstück betraten, dem glaubte Ernesto die Geschichte von der intellektuellen Kränkung nicht. Da steckte viel mehr dahinter.

Er sah auf die Uhr. Zeit, um mit seinen Telefonaten zu beginnen. Zuerst wollte er die Ärztekammer anrufen, das hatte er sich schon gestern vorgenommen. Die Wirtschaftskammer und die Frage nach der Feldonia Bau mussten warten.

Ernesto suchte die Nummer im Internet und rief an. Auer hatte gemeint, niemand würde mit ihm über die Tibet-Uni reden, und Primarius Baumgartner war offensichtlich derselben Meinung. Wenn tatsächlich niemand redete, war das auch eine Information. Vielleicht keine, aus der man unmittelbar eine große Geschichte machen konnte, aber eben doch ein interessantes Detail. Aber das wollte Ernesto selbst herausfinden.

Er ließ sich mit der Pressestelle verbinden, und dort stieß er auf einen äußerst auskunftsfreudigen Redakteur. Die Ärztezeitung plane gerade eine Artikelserie über tibetische Medizin, und eine Zusammenarbeit zwischen der Ärztekammer und den tibetischen Mönchen in Hüttenberg laufe schon seit einigen Jahren. Die Kooperation funktioniere hervorragend und sei sogar Teil des offiziellen Fortbildungsprogramms der Ärztekammer. Jeder Arzt, der das zweiwöchige Seminar zur Einführung in die traditionelle tibetische Medizin in Hüttenberg besuche, bekomme fünfzehn Fortbildungspunkte gutgeschrieben. Wenn die Tibet-Uni einmal ihren Vollbetrieb aufgenommen habe, dann werde man sicher auch ein Spezialdiplom für traditionelle tibetische Medizin einführen. Ein solches Spezialdiplom für chinesische Diagnostik und Arzneitherapie gebe es ja bereits.

„Nur zum Mitschreiben“, unterbrach Ernesto den Redeschwall des Redakteurs. „Die Ärztekammer stellt ein Spezialdiplom für traditionelle chinesische Medizin aus?“

„Chinesische Diagnostik und Arzneitherapie, um genau zu sein. Das ist eine sehr beliebte Zusatzausbildung. Viele Ärzte bieten das mittlerweile an.“

„Wie habe ich mir das vorzustellen? Wie sehen da die Diagnosemethoden aus?“

„Nun, es gibt ein paar klassische Elemente der Diagnostik, die da vermittelt werden. Urinbeschau, zum Beispiel, Pulsdiagnose und die genaue Untersuchung der Zunge.“

„Ernsthaft?“, platzte Ernesto heraus.

„Sie finden das seltsam?“

„Wenn ich mich nicht irre“, sagte Ernesto, „dann waren diese Untersuchungsmethoden auch in Europa einmal der Weisheit letzter Schluss. Im Mittelalter.“

„Genau, die traditionelle europäische Medizin und die traditionelle asiatische Medizin fußen alle auf der Viersäftelehre von Galen.“

„Die längst widerlegt ist“, meinte Ernesto.

„Naja.“

„Was, naja?“

„Dass innere Harmonie und richtige Ernährung wichtig für die Gesundheit sind, meint ja auch die Schulmedizin. So gesehen besteht da kein Widerspruch.“

„Also, Sie sagen mir, dass unsere Ärzte es ernsthaft in Betracht ziehen, eine Behandlung einzusetzen, die die vier Säfte wieder ins Gleichgewicht bringt?“

„Oder die Lebensenergie. Man muss das Qi wieder zum Fließen bringt.“

„Gibt es eine Röntgenaufnahme, auf der dieses Qi zu sehen ist, einen Labortest, mit dem man diese Lebensenergie nachweisen kann, oder irgendein auch nur annähernd naturwissenschaftliches Verfahren, mit dem sich dieses Qi belegen lässt?“

„Nein, eigentlich nicht, aber ...“

„Danke vielmals“, fiel ihm Ernesto ins Wort und legte auf.

31

„Haarsträubend“, schimpfte Ernesto, als er Auer davon am Telefon erzählte. „So etwas auch nur in Erwägung zu ziehen, sollte nicht mit einem Spezialdiplom belohnt, sondern mit dem Entzug der Zulassung bestraft werden. Die sind doch alle komplett gestört.“

„Ich hoffe, das steht nicht so in deinem Artikel.“

„Was glaubst du? Ich berichte. Die Ärztekammer unterstützt bla, bla, bla. Der Presseheini hat mir eine Aussendung geschickt. Ich hab das zitiert. Es ist trotzdem beängstigend. Ich würde mich auf keinen Fall von einem Arzt mit so einem Diplom behandeln lassen. So jemand hat doch nicht alle Tassen im Schrank. Entweder man ist Schulmediziner, oder man glaubt an so einen Humbug.“

„Ich verstehe nicht, warum du dich so aufregst. Die suchen eben nach alternativen Heilmethoden.“

„Ja, meinetwegen, aber vielleicht sollten sie vorher ihr Hirn suchen. Ich rufe jetzt jedenfalls die Exfrau vom Primarius an. Vielleicht ist die vernünftiger.“

„Tu, was du nicht lassen kannst“, sagte Auer. „Übrigens, die Reiftanzgeschichte, für einen Kulturartikel ist die wirklich hervorragend.“

„Beleidige jemand anders“, sagte Ernesto und hörte, wie Auer laut auflachte. Ernesto legte auf und ging wieder auf den Balkon hinaus. Er sah in den Garten hinunter. Die leere Hängematte zwischen den Apfelbäumen sah nicht sehr verlockend aus. Dort lauerte die Erinnerung an die Schrecken des Krieges. Ernesto hatte das Gefühl, er müsste sich nur für ein paar Minuten hinlegen, und schon würden die Bilder wieder zurückkehren. Die Bilder von Männern mit Maschinenpistolen am Straßenrand. Männer, die Ernesto den Weg versperrten, ihn mit vorgehaltener Waffe befragten, ihn aus dem Auto zerrten. Er wischte diese Bilder weg und suchte in seinen Unterlagen nach der Telefonnummer, die ihm Primarius Baumgartner aufgeschrieben hatte.

„Und Sie sind von der Kärntner Tagespost?", fragte Elisabeth Baumgartner, nachdem Ernesto ihr erzählt hatte, warum er sie anrief.

„Ihr ehemaliger Mann hat mir die Telefonnummer gegeben", sagte Ernesto.

„Wissen Sie, ich möchte über diese Sachen im Grunde gar nicht reden."

„Warum nicht?"

„Jedenfalls nicht am Telefon. Sie sagen zwar, dass Sie von der Zeitung sind, aber wie kann ich mir da sicher sein?"

„Das können Sie nicht", gab Ernesto zu. „Aber vielleicht, wenn wir uns treffen."

„Wie gesagt, ich möchte darüber nicht reden."

„Ich weiß natürlich nicht, was dahintersteckt und worüber Sie nicht mit mir reden wollen. Aber wenn Sie etwas daran auszusetzen haben, wie die offiziellen Stellen damit umgehen, dass es jetzt auch tibetische Medizin in Kärnten gibt, dann wäre ich wirklich sehr dankbar, wenn Sie mir helfen könnten."

„Die offiziellen Stellen." Elisabeth Baumgartner lachte. „Wissen Sie, was die mit mir machen, wenn ich Ihnen ein Interview gebe? Dann bin ich meinen Job los, und ich garantiere Ihnen, die sorgen dafür, dass ich keinen Fuß mehr auf den Boden bekomme."

„Wenn ich Ihnen verspreche, kein Wort unserer Unterhaltung zu veröffentlichen?"

„Was hätten Sie dann davon?"

„Ach, es gibt so viele Möglichkeiten, Informationen einzusetzen. Wenn ich die Geschichte erst einmal kenne, dann finde ich auch einen Weg."

„Aber man wird sofort auf mich kommen."

„Nein, das glaube ich nicht", sagte Ernesto. „Erstens geht es gar nicht darum, die Geschichte jetzt zu veröffentlichen. Mir reicht vollkommen, was ich von der Ärztekammer gehört habe. Zum Zweiten geht es um diesen toten Mönch in Hüttenberg, Dadul Gyaltsen. Sie haben davon gehört?"

„Du lieber Gott." Elisabeth Baumgartner stöhnte auf. „Der Mönch ..."

Ernesto hörte Elisabeth Baumgartner atmen.

„Oh mein Gott", sagte sie dann noch einmal. „Das ist ... Nicht am Telefon. Besuchen Sie mich am Dienstagnachmittag. Dann reden wir."

32

Mittlerweile ging es auf elf Uhr zu, und Ernesto nahm an, dass der Abteilungsleiter der Wirtschaftskammer schon in seinem Büro eingetrudelt war. Die Angelegenheiten mit der Tibet Medical Group hatte Ernesto geklärt, aber der Abteilungsleiter konnte ihm in einer anderen Frage behilflich sein, und Ernesto wettete, dass er die Auskunft diesmal ohne dieses ganze Theater von wegen Antrag und so bekommen würde.

„Valenti hier“, sagte er, nachdem der Abteilungsleiter abgehoben hatte. „Kärntner Tagespost. Sie erinnern sich.“

„Oh ja, ich habe Sie noch nicht zurückgerufen. Tut mir leid, aber über diese Tibet Medical Group gibt es wirklich nichts.“

„Das hat sich schon geklärt. Ich wollte Sie etwas ganz anderes fragen. Im Zuge meiner Recherchen bin ich auf eine Firma gestoßen, und ich nehme an, das ist jetzt wirklich eine Firma. Eine gewisse Feldonia Bau.“

„Und Sie hätten jetzt gerne einen Firmenbuchauszug?“

„Wenn es keine allzu großen Umstände macht.“

„Warten Sie einen Moment. Ich schau gleich nach.“

Ernesto hörte, wie der Abteilungsleiter etwas in seine Computertastatur tippte.

„Hab ich schon. Feldonia Bau GmbH, Sitz in Klagenfurt. Wenn Sie mir Ihre E-Mail-Adresse verraten, schicke ich ihnen die Daten zu.“

Ernesto hatte die E-Mail fünf Minuten später in seinem Postfach. Schon der erste Blick auf die Namen der Aufsichtsratsmitglieder und des Geschäftsführers brachte Ernesto zum Grinsen. Im Aufsichtsrat der Feldonia Bau GmbH saßen zwei Mitglieder des Kärntner Landtages, als Geschäftsführer war ein gewisser Boris Godunow genannt, russischer Staatsbürger, wohnhaft in Velden am Wörthersee.

Noch während er las, wählte Ernesto Auers Nummer.

„Sag einmal, Auer“, begann er ansatzlos. „Erinnerst du dich an das Foto, das du mir gezeigt hast?“

„Was für ein Foto?“

„Das vom LH am Fußballplatz. Du erinnerst dich? Neben dem LH stand dieser Boris Godunow mit seinen Schlägern.“

„Das Foto meinst du.“

„Genau das Foto.“

„Was willst du jetzt damit?“, fragte Auer.

„Hast du nicht gesagt, du würdest Godunow gerne festnageln?“

„Sag bloß, du hast etwas gefunden.“

„Wenn ich das richtig verstehe, dann kauft sich Godunow über den Fußballclub in die bessere Gesellschaft Kärntens ein“, sagte Ernesto. „Der LH möchte ja unbedingt, dass der Club in der Bundesliga spielt, und dazu braucht’s Kohle. Deshalb laufen die Spieler mit der Werbung für Godunows Baufirma über den Platz.“

„Die Baufirma, die nichts baut“, sagte Auer.

„Im Moment vielleicht noch nicht, aber ich glaube, die Feldonia Bau plant die Tibet-Uni in Hüttenberg.“

33

Den restlichen Vormittag verbrachte Ernesto damit, einen Stapel Bücher über Tibet, den tibetischen Buddhismus und das Kalachakra-Tantra durchzusehen. Ernesto schlug eines der Bücher von Dadul Gyaltsen auf und las: „Die Quelle für ein glückliches Leben ist ein mitfühlendes Herz.“ Ich kann mein Glück kaum fassen, wenn ich verhungernde Kinder sehe, dachte Ernesto und blätterte weiter. Nachdem er noch zwanzig solcher Weisheiten gelesen hatte, legte Ernesto das Buch beiseite.

Das brachte ihn nicht weiter. Wichtiger für seinen Fall war das Kalachakra-Tantra. Darüber hatte er im Katalog der Universitätsbibliothek nicht besonders viel gefunden. Im Internet stieß Ernesto aber auf eine schier unüberschaubare Zahl von Seiten. Da gab es eine

Homepage, die das Kalachakra-Tantra in Graz ankündigte, und von dort gelangte Ernesto auf die Seite von Alexander Berzin, Harvard-Absolvent und neun Jahre lang Sekretär und Übersetzer des Dalai Lama.

Wie die meisten Leute, die sich als Lehrer esoterischer Geheimnisse ausgeben, neigte auch Berzin zum Geschwafel, freilich nicht so schlimm wie manche abendländische Alchemisten, aber genug, um Ernesto zu ärgern. Warum um alles in der Welt, können diese Leute nicht klipp und klar sagen, was sie wollen?

Ernestos Mobiltelefon läutete. Der Direktor des Heinrich-Harrer-Museums war dran. „Entschuldigen Sie, wenn ich sie störe", sagte er. „Ich habe Ihre Nummer von der Zeitung. Unser Gespräch hat mir sehr gut gefallen, und ich habe Tenzing Dondrup davon erzählt."

„Tenzing wer?", fragte Ernesto.

„Das ist einer der Mönche, ein Lama. Er war gerade bei mir, um mich für heute Abend einzuladen, und da haben wir über Sie gesprochen. Ich sagte ihm, dass Sie ein ganz außergewöhnlicher Mensch sind, der sich sehr tiefgreifend mit Religion auseinandersetzt. Ich soll Sie einladen, hat er gesagt. Heute Abend um neunzehn Uhr dreißig beim Ausstellungsgebäude in der Heft."

„Und zu was für einer Veranstaltung werde ich da eingeladen?"

„Ah, das hätte ich fast vergessen. Ich denke seit Tagen an kaum etwas anderes, deshalb ist es für mich ganz selbstverständlich, dass jeder weiß, worum es geht. Die Mönche werden das Totenbuch für Dadul Gyaltsen lesen. Eine sehr beeindruckende Zeremonie, was man so hört. Live habe ich das auch noch nie gesehen."

Ernesto las noch eine ganze Weile und machte sich Notizen. Langsam fand er sich im Kalachakra-Tantra und seiner Mythologie zurecht. Das Tantra ist eine sehr komplexe Abfolge von Einweihungen, Unterweisungen und Prüfungen. Mit jeder Stufe gelangt man in eine andere Welt, muss sich anderen Göttern und Dämonen stellen. Wie immer, wenn er es mit so einem Wust an Informationen zu tun hatte, versuchte Ernesto, die Struktur zu erkennen. Welche Geschichte steckt hinter diesem Ritual? Das war seine erste Frage. Er wusste, dass jedes Ritual auf einer Sage fußt. Es gibt immer eine Geschichte, die davon erzählt, was der Held tun muss, um das Ritual erfolgreich auszuführen. Ein Held. Ja, das war das Stichwort. Im Grunde handelte es sich um eine Heldengeschichte. Wer auch immer das Kalachakra-Tantra ausführen wollte, musste sich wie ein Held aus dem Märchen verschiedenen Prüfungen stellen. Er musste gegen Dämonen kämpfen, Rätsel lösen, ein Königreich befreien und so weiter.

So mysteriös und exotisch die Details sind, all die Götter mit hunderten von Armen und seltsamen Attributen, dahinter verbirgt sich eine simple Geschichte, die jedes Kind versteht. Du bist der Held, der auszieht, um die Erleuchtung zu erringen. Die Erleuchtung ist ein großes Ziel, das größte überhaupt, und deshalb ist der Weg dorthin schwierig. Dir wird nichts geschenkt, und du kannst dir noch gar nicht vorstellen, welche Prüfungen dich erwarten. Nur die Besten, die Stärksten und Klügsten schaffen es. Aber versuch es nur, der Lohn für deine Mühe wird unermesslich sein.

Fürs Erste hatte Ernesto genug. Selbstverständlich hätte er Jahre gebraucht, um den tibetischen Buddhismus auch nur ansatzweise zu erfassen, aber das war für seine Zwecke gar nicht nötig. Er hatte verstanden, welche Geschichte hinter diesem Tantra steckte, und jetzt verstand er auch viel besser, was die tibetischen

Mönche in Hüttenberg verloren hatten und warum die Kärntner Politik so begeistert davon war.

Das ist ein guter Zeitpunkt, um für heute Schluss zu machen, dachte Ernesto. Der Nachmittag legte sich mit brütender Hitze über das Tal, und oben an den Berghängen sammelten sich die ersten Wolken. Am Abend würde es ein Gewitter geben, aber bis dahin waren noch ein paar Stunden Zeit, und so machte sich Ernesto auf und spazierte von seinem Haus Richtung Norden, am Golfplatz vorbei bis hinauf zur kleinen Kapelle an der Hügelkuppe. Dort, bei Maria im Walde, setzte er sich in den Schatten einer Fichte und sah auf St. Margarethen hinunter. Schon die ganze Zeit schwirrte irgendwo im Hintergrund ein Gedanke herum. Er sollte endlich Sonja anrufen. Seit er aus Kroatien zurück war, hatte er sie erst einmal besucht, und dann war er verschwunden, hatte gesagt, er brauche seine Ruhe und müsse sich erholen. Und jetzt? Jetzt steckte er bis über beide Ohren in dieser Geschichte, und er hatte Sonja nicht ein einziges Mal angerufen. Er war in den letzten Tagen wer weiß wie oft an der Autobahnabfahrt Völkermarkt vorbeigekommen. Es wäre ganz einfach gewesen.

Aber jetzt saß er hier und starrte auf die kleine Ortschaft vor sich. Sonja war sicher beleidigt. Sie hatte die Geschichte über den Mönch gelesen und ärgerte sich darüber, dass er es nicht notwendig fand, sie anzurufen.

Seine Gedanken schweiften ab, und er überlegte, was ihn heute Abend wohl erwartete. Noch nie hatte er so eine Totenfeier für einen buddhistischen Mönch gesehen. Soweit er wusste, las jemand aus dem tibetischen Totenbuch vor, um die Seele des Verstorbenen durch die Unterwelt zu geleiten. Abschnitt für Abschnitt wurde dem Toten beschrieben, was er gleich sehen würde und wie er sich zu verhalten hatte. Wenn er diese Anweisungen befolgte, dann könnte er dem Rad der Wiedergeburt entkommen.

Ernesto beobachtete, wie sich die Wolken über der Koralpe weiter auftürmten. Immer dunkler und bedrohlicher wuchsen sie in die Höhe. Noch zwei Stunden vielleicht, bis die ersten Regenschauer über den Hängen der Koralpe niedergehen würden.

Ein Telefonat hatte sich Ernesto bis jetzt aufgespart. Es war an der Zeit, bei Major Steinkellner nachzufragen, ob er sich das mit dem Unfall vielleicht doch noch einmal überlegt hatte und ob es schon einen Bericht der Gerichtsmedizin und der Spurensicherung gab.

„Die Leiche ist noch in der Gerichtsmedizin in Graz", sagte Steinkellner. „Einen Bericht wird es frühestens nächste Woche geben."

„Aber Sie gehen immer noch von einem Unfall aus?"

„Solange die Gerichtsmedizin nichts anderes sagt. Verstehen Sie, wenn bei der Obduktion festgestellt wird, dass der Tote eine Kugel in der Brust hat, dann ist das natürlich etwas anderes."

„Und die Spurensicherung?"

„Sie wissen so gut wie ich, dass so etwas dauert. Vor nächster Woche habe ich da nichts in der Hand. Ich meine, Valenti, ich verstehe, dass Sie da eine Story wittern, und das ist ja auch Ihr Job, aber im Moment kann ich Ihnen da nicht weiterhelfen."

„Sie bleiben also dabei, dass es ein Unfall war", bohrte Ernesto nach.

„Das ist der vorläufige Stand der Ermittlungen."

„Haben Sie sich eigentlich in Hüttenberg umgehört?"

„Soweit ich informiert bin, haben Sie das schon erledigt", sagte Steinkellner. „Sie scheinen sich ja richtig in die Sache zu verbeißen. Aber neu ist das ja nicht."

„Wie Sie sagen, ich bin auf der Suche nach einer guten Story."

Ernesto war erstaunt, wie reibungslos das Telefonat vonstattengegangen war. Früher hätten sie einander spätestens nach drei Minuten angeschrien. Da war es mit der professionellen Höflichkeit des Polizisten und der Distanz des Reporters sehr schnell vorbei gewesen. Aber jetzt ging das viel entspannter. Hoffentlich bleibt das so, dachte Ernesto. Immerhin würden sie noch öfter miteinander zu tun haben, und Ernesto hatte keine Lust, sich mit Steinkellner anzulegen. Man musste sich das Leben nicht schwerer machen als unbedingt nötig, und soweit es Ernesto betraf, musste er auch niemandem etwas beweisen. Die meisten solcher Streitereien kommen nur zustande, weil ein paar Leute glauben, sie müssen ihre Schwanzlängen vergleichen.

Auf dem Rückweg durch den Wald versuchte Ernesto, nicht an das Kalachakra oder an den toten Mönch zu denken. Wenigstens für eine halbe Stunde wollte er diesen Wahnsinn aus seinem Kopf verbannen und konzentrierte sich ganz auf seine Umgebung, auf die Bäume und die Insekten, auf die Farne und die Moospolster. Das Mobiltelefon in seiner Hosentasche vibrierte und piepste. Er zog es heraus. Auf dem Display las er Sonjas Namen.

Ernesto schluckte, und es wurde ihm heiß.

„Es tut mir leid", meldete er sich.

„Das nützt dir jetzt gar nichts." Sonja war wütend, das konnte er deutlich hören. „Du fährst nach Hüttenberg und schreibst einen Artikel und rufst mich nicht einmal an. Was habe ich dir getan?"

„Nichts. Ich ..." Ernesto sprach nicht weiter.

„Du warst mit dieser Geschichte so beschäftigt, dass du es nicht geschafft hast, in Völkermarkt von der Autobahn zu fahren."

„Du bist zu Recht beleidigt“, sagte Ernesto.

„Ich bin nicht beleidigt. Ich bin enttäuscht. Ich habe gedacht, du kommst zu mir, sobald es dir wieder besser geht. Wenn du mich gelassen hättest, wäre ich ja auch zu dir gekommen. Aber du bist so stur.“

„Ich bin da hineingerutscht, in diese Geschichte“, sagte Ernesto. „Auer hat mich angerufen, und was sollte ich machen?“

„Nein sagen, zum Beispiel.“

„Ja, aber du weißt doch, wie das ist. Vielleicht ist es sogar gut für mich.“

„Ich sag ja nichts. Aber irgendwie ... Ich finde das auch nicht lustig, wenn du dich verkriechst und ich nicht weiß, was mit dir los ist.“

Ernesto schwieg.

„Sag schon was.“

„Ich komme morgen zu dir, versprochen.“

„Versprich es nicht, wenn du nicht kommen willst“, sagte Sonja.

Kapitel 10

34

Ernesto parkte auf einem Schotterplatz neben dem Wrack eines Militärfahrzeuges. Im grünen Lack des LKW blühten Rostrosen, der Kran auf der Ladefläche sah aus, als würde er jeden Moment in sich zusammenfallen. Als Ernesto ausstieg, fuhr ihm der Wind ins Gesicht. Ein Hund bellte, dann schlug ein zweiter an, ein dritter.

Die Heft, ein paar Kilometer hinter Hüttenberg. Niemand war zu sehen. Die Häuser waren von erstaunlicher Hässlichkeit. Gleich vor dem Schotterplatz standen zwei Hütten aus Holzbalken. Klein, schwarz, kaum groß genug für eine Person. Alte Knappenhäuser. Daneben Einfamilienhäuser aus den 50er und 60er Jahren. Baumeisterhäuser, in denen es gerade einmal eine Küche, ein Bad mit WC und ein Schlafzimmer gab. Gleich daneben die neuen Häuser, riesige Gebäude, verwinkelt, mit Erkern und Türmchen, als wolle jeder sein eigenes Schloss haben. Nur dass die Schlösser, so aneinandergereiht, nicht majestätisch wirkten.

Bis zum Treffen mit den Mönchen war noch ein wenig Zeit. Ernesto hörte den Hunden zu. Er zählte acht, und sie bellten jetzt schon fast zehn Minuten.

Aus den Augenwinkeln bemerkte Ernesto eine Bewegung. Er drehte sich um. Da kam ein Mönch auf ihn zu. Ein kleiner Mann in einer gelben Kutte, ein Glatzkopf.

„Guten Tag“, sagte der Mönch, als er Ernesto erreicht hatte. Der Akzent war deutlich. „Sie sind Ernesto Valenti?“

Ernesto nickte.

„Mein Name ist Tenzing Dondrup. Ich habe Direktor Graber gebeten, Sie einzuladen. Darf ich Sie einen Moment sprechen?"

Ernesto drehte sich eine neue Zigarette und schwieg.

„Sie glauben, Dadul sei ermordet worden."

„Worüber wollen Sie mit mir sprechen?"

„Über Dadul. Ich glaube, Sie haben recht."

„Wie kommen Sie darauf?", fragte Ernesto.

„Er ging da jeden Tag hinauf. Er wäre nicht ausgerutscht."

„Ziemlich schwaches Argument, habe ich mir sagen lassen", sagte Ernesto. „Gab es denn jemanden, der Dadul Gyaltsen ermorden wollte?"

„Die Welt ist ein hässlicher Ort", sagte der Mönch.

„Das kann man so sagen", meinte Ernesto. „Aber fällt Ihnen vielleicht ein Name ein?"

„Ich will doch niemanden beschuldigen."

„So fängt man aber keinen Mörder. Wie wäre es mit Thorsten Schulz?"

„Niemals", sagte Tenzing Dondrup. „Thorsten Schulz würde so etwas nie tun."

„Aber er hat doch offensichtlich ein Problem mit Ihnen. Immerhin, so heißt es, ist er mit einer Schrotflinte auf ein paar Mönche losgegangen."

„Ein Missverständnis", sagte der Mönch. „Das ist längst aus der Welt geschafft."

„Wenn man mit Thorsten Schulz redet, klingt das ein bisschen anders. Es scheint, als würde er den tibetischen Buddhismus nicht nur intellektuell ablehnen. Mir kommt es so vor, als ob da etwas viel Persönlicheres dahintersteckt."

„Ich glaube, da täuschen Sie sich. Das war wirklich nur ein Missverständnis."

„Also gut. Was ist dann mit Isolde Kopeinig?"

„Mit wem?"

„Der Pfarrersköchin", sagte Ernesto.

„Ich weiß nicht, was Sie meinen."

„Vielleicht ist das ja nur ein Gerücht, aber ich habe gehört, da gab es eine sexuelle Beziehung."

„Ach das." Tenzing Dondrup lachte. „Was soll daran ein Grund für einen Mord sein? Sie war seine Karma-Mudra."

„Seine was?"

„Seine tantrische Gefährtin."

„Es ist ziemlich egal, wie Sie es nennen." Ernesto machte eine wegwerfende Handbewegung. „In der Öffentlichkeit sieht das nicht gut aus. Ein Mönch, der mit der Pfarrersköchin schläft."

„Es gehört zum Tantra dazu."

„Zu welchem Tantra?"

„Zum Kalachakra-Tantra", sagte Tenzing Dondrup. „In den höheren Einweihungsstufen braucht der Praktizierende eine Gefährtin, um ..."

„Was immer Sie als Erklärung anbieten, es wird nicht besser. Dadul Gyaltsen hatte mit Isolde Kopeinig ein sexuelles Verhältnis. Wenn das an die Öffentlichkeit kommt, wird es dem Ruf des Dalai Lama schaden. Sehr sogar."

„Isolde Kopeinig hat nichts mit Daduls Tod zu tun."

„Und woher wissen Sie das?"

„Weil es so ist."

„Weil es so ist." Ernesto schüttelte sich. „Ich kann keine Zen-Antworten gebrauchen. Wir wissen nicht, wie etwas so ist. Das Sosein ..." Er verstummte.

„Wenn man in das Kalachakra-Tantra eingeweiht wird", fuhr der Mönch fort, „dann kommt irgendwann der Punkt, an dem man eine spirituelle Gefährtin braucht. Das wollte ich sagen. Man vereinigt sich mit ihr und erhält ihre Kraft. Damit wird der Mann zum zweigeschlechtlichen Wesen. Dann kann er ein Maha-Siddha werden, ein großer Meister."

„Alles gut und schön", sagte Ernesto. „Aber das wäre doch immerhin ein Motiv für einen Mord."

Tenzing Dondrup sah Ernesto verständnislos an.

„Ich meine, wenn Dadul Gyaltsen diese Stufe seiner Entwicklung erreicht hatte, dann brauchte er Isolde Kopeinig doch nicht mehr?"

„Ja, dann hätte er sich einer anderen Karma-Mudra zugewandt."

„Okay, er hätte sie also sitzengelassen."

„So kann man das nicht sehen."

„Ich fürchte, genau so sehen das die meisten. Ich kann mir vorstellen, dass Isolde Kopeinig gekränkt war, wütend, ja sogar unglaublich wütend, weil Dadul Gyaltsen sie ausgenutzt hatte, und als er nichts mehr von ihr brauchte, hat er sie fallengelassen."

„Aber nein. Die Frau, die zur Karma-Mudra eines so weit fortgeschrittenen spirituellen Meisters wird, muss dankbar sein. Sie wird als die Inkarnation der großen Göttin geehrt. Der Meister wird sie umsorgen und sie anbeten."

„Aber wenn er mit ihr fertig ist, dann ..."

„Dann ist sie leider wieder eine gewöhnliche Frau."

Ernesto hob die Augenbrauen. „Und was ist mit den anderen Liebhabern? Dem Bürgermeister, zum Beispiel?"

„Warum sollte der wegen einer Hure einen wichtigen Geschäftspartner umbringen? Sie wissen so gut wie ich, dass Hüttenberg dieses Tibet-Zentrum braucht. Ich glaube, Hans ist so gescheit, dass er weiß, wo er seine Prioritäten zu setzen hat."

Ernesto versuchte, nicht zusammenzuzucken. Vielleicht war sich Tenzing Dondrup über die Bedeutung des Wortes „Hure“ nicht ganz im Klaren, vielleicht aber blitzte hier etwas von seiner wahren Gesinnung auf.

„Was ich noch fragen wollte, weil es mir in den letzten Tagen immer wieder unterkommt“, sagte Ernesto. „Was hat es mit diesem Kalachakra-Tantra eigentlich auf sich?“

„Das Kalachakra ist die höchste Stufe des tibetischen Buddhismus. Wer das Kalachakra verstanden hat, hat das Herz des Buddhismus erkannt.“

„Geht es vielleicht auch ein bisschen genauer?“

Der Mönch lächelte.

„Sie verstehen, ich bin etwas genervt von diesen salbungsvollen und nichtssagenden Formulierungen.“

„Sie wollen wissen, was das Ziel des Kalachakra-Tantra ist?“

„Genau.“

„Es gibt zwei Ziele. Das eine ist persönlich, das andere ist, wie soll ich sagen? Global wäre wahrscheinlich das richtige Wort.“

„Erzählen sie mir davon.“ Ernesto drehte sich eine neue Zigarette. Er wusste, das musste den Mönch ärgern.

„Sie wollen wissen, worum es im Kalachakra-Tantra geht?“

„Vor allem interessiert mich, wie so eine Einweihung abläuft.“

„Es gibt sieben untere Einweihungen. Das sind die öffentlichen Einweihungen. In Graz können Sie sich das selbst ansehen, wenn Sie möchten. Und dann gibt es höhere, geheime Einweihungen. Für die interessieren Sie sich?“

Ernesto nickte.

„Zuerst muss der Schüler dem Lehrer absoluten Gehorsam schwören. Er muss den Guru während des Rituals als lebenden Buddha akzeptieren. Das ist die Voraussetzung. Das ist nötig, damit der Schüler in Sicherheit ist. Die Kalachakra-Einweihung ist so etwas wie eine Geburt, und eine Geburt ist immer gefährlich. Dem Schüler werden die Augen verbunden. Er muss sich das Kalachakra-Mandala vorstellen, und er wird vom Lama durch die Paläste von Shambala geführt. Erst wenn er sich das alles vorstellen kann, darf er die Augenbinde abnehmen. Dann kann er erst richtig sehen."

„Sie haben Shambala erwähnt. Was habe ich mir darunter vorzustellen?"

„Shambala ist ein verborgenes Königreich. Der Buddha selbst hat den König von Shambala in das Kalachakra-Tantra eingeweiht. Buddha fand, dass dieses Tantra verborgen werden müsse, da die Menschen noch nicht reif dafür waren. Deshalb ging er nach Shambala und gab es König Suchandra. Von dort kam das Tantra nach vielen Jahrhunderten wieder zurück und wurde vor allem in Tibet gepflegt."

„Wo liegt dieses Shambala?"

„Das ist eine gute Frage." Der Mönch lachte. „Wir wissen es nicht. Es gibt darüber viele Geschichten. Manche Lamas meinen, Shambala existiere in dieser Welt. Sie sagen, es liegt in der Taklamakan-Wüste. Andere meinen, Shambala sei ein unterirdisches Königreich. Im Palast des Dalai Lama in Lhasa soll sich ein Eingang befinden. Wissen Sie eigentlich, was Taklamakan bedeutet?"

„Nicht den blassesten Schimmer." Ernesto schüttelte den Kopf.

„Lange Zeit meinte man, der Name bedeute: Wenn du einmal hineingehst, kommst du nicht mehr heraus."

„Klingt logisch."

„Das ist aber eine ganz falsche Übersetzung. Taklamakan, so hat man herausgefunden, ist ein Wort aus dem Uigurischen. Die Uiguren sind eine Minderheit in China. Sie leben schon sehr lange in dieser Gegend. Und wenn man nachforscht, dann kommt man zu dem Ergebnis, dass Taklamakan Land der Pappeln bedeutet."

„Also war die Taklamakan nicht immer eine Wüste."

„So ist es."

„Und das scheint die Deutung zu unterstützen, an diesem Ort könnte sich Shambala befinden oder irgendwann einmal befunden haben", schloss Ernesto.

„So könnte es sein."

„Aber es gibt auch die Geschichten von den unterirdischen Gängen", setzte Ernesto nach.

„Ja, die gibt es. Wie schon gesagt. Angeblich kommt man durch den Keller des Palastes in Lhasa nach Shambala. Aber so einfach ist das nicht. Man muss einige Prüfungen bestehen, und wer nicht reinen Herzens ist, wird getötet. Shambala befindet sich nach dieser Legende unterhalb des Himalaya. Es dehnt sich immer weiter unter der Erde aus, denn immer mehr Menschen kommen nach Shambala. Sie haben die Erleuchtung erlangt und sind in das Kalachakra-Tantra eingeweiht. Sie haben das Rad der Wiedergeburt hinter sich gelassen und warten nun."

„Worauf warten sie?"

„Auf das Ende dieses Zeitalters. Das Kali-Yuga wird bis zur Thronbesteigung des Rudra Chakrin dauern. Das soll im Jahr 2327 der Fall sein. Dann wird sich die Armee rüsten, aus dem Berg hervorkommen und alles Böse auf dieser Welt vernichten."

Ernesto zog die Augenbrauen nach oben.

„So ist die Geschichte“, fuhr der Mönch fort. „Der Rudra Chakrin ist der wütende Raddreher.“

„Okay“, sagte Ernesto. „Und darum geht es im Kalachakra-Tantra. Darum, sich selbst zu vervollkommnen, um in der Armee des Rudra Chakrin kämpfen zu können. Und was ist das Ergebnis dieses Kampfes?“

„Eine bessere Welt. Das ist das Ziel. Wir wollen eine Welt schaffen, in der es leicht ist, Erleuchtung zu erlangen. Eine Welt, in der alle Wesen friedlich und fürsorglich miteinander leben.“

„Und dazu ist die Vernichtung nötig?“

„Damit Neues entstehen kann, muss das Alte vernichtet werden.“

Ernesto kratzte sich an der Stirn.

„Sie finden das seltsam?“

„Nicht im Geringsten“, sagte Ernesto. „Mir ist nur gerade etwas klar geworden.“

35

Sie hatten eine ganze Weile auf dem Parkplatz vor dem Ausstellungsgebäude gestanden. Die meisten Hunde hatten mittlerweile zu bellen aufgehört, und Ernesto spürte, wie allmählich die Kühle aus den Wäldern strömte und die Sommerluft vertrieb.

„Wir sollten hineingehen“, meinte Tenzing Dondrup. „Die Feier wird bald beginnen. Da kommen schon die anderen.“

Ein Kleinbus tauchte hinter einer Wegbiegung auf und tuckerte am Ausstellungsgebäude vorbei auf den Parkplatz. Ernesto und Tenzing Dondrup warteten schweigend, bis der Wagen zum Stillstand kam und sich die hintere Tür öffnete. Der Bürgermeister und der Amtsleiter stiegen als erste aus. Isolde Kopeinig kletterte hinterher, und am Fahrersitz konnte Ernesto den Direktor des Heinrich-Harrer-Museums erkennen. Eine erlauchte Gesellschaft, wahrlich, aber nicht ganz unerwartet. Wobei Ernesto sich fragte, warum Isolde Kopeinig mit von der Partie war. Er hätte doch eher gedacht, sie würde sich das nicht antun.

„Schön, Sie zu sehen", begrüßte ihn Direktor Graber. „Freut mich, dass Sie es geschafft haben."

„Ich bin einfach neugierig auf dieses Ritual", sagte Ernesto. „So etwas bekommt man ja sonst nicht zu sehen."

Vor dem Eingang des Ausstellungsgebäudes türmte sich Laub. Unter ihren Füßen raschelte es, während sie durch die Schmutzschleuse gingen. Hier roch es vermodert und feucht. Ihre Schritte hallten durch den Gang. Das Licht der Neonröhren mischte sich mit dem Tageslicht.

„Ich habe ganz vergessen, Sie nach ein paar Details zu fragen", sagte Ernesto im Gehen zu Tenzing Dondrup. „Ihren Namen habe ich schon, aber ein paar andere Dinge würden mich auch noch interessieren."

„Was denn zum Beispiel?"

„Das Übliche. Wann Sie geboren sind, welche Ausbildung Sie genossen haben. Wie es Sie nach Hüttenberg verschlagen hat."

Tenzing Dondrup drehte sich zu Ernesto um und lächelte ihn an. „Lauter unwichtige Dinge, denke ich. Aber ich verstehe."

1954 in Dharamsala im Exil geboren, war Tenzing Dondrup von Anfang an zu einer geistigen Laufbahn gestimmt. Als dritter Sohn eines tibetischen Adeligen blieb ihm auch nicht viel anderes übrig. Schon mit sechs Jahren wurde er in eine Klostergemeinschaft aufgenommen. Er absolvierte die fünfstufige Grundschule und wechselte dann in die Mittelschule. Dann studierte er Ayurveda und Unani-Medizin an der Universität Delhi.

„Unani-Medizin?“, fragte Ernesto.

„Das kennen Sie im Westen nicht, oder?“

„Mir ist das jedenfalls noch nie untergekommen.“

„Unani ist eine traditionelle Form der Medizin. Sie fußt auf den Erkenntnissen alter indischer und arabischer Medizin, aber auch die Medizin des antiken Griechenland spielt eine wichtige Rolle. Unani-Medizin reicht aber natürlich noch weiter zurück. Wir verwenden sogar Texte aus Sumer, die mehr als viertausend Jahre alt sind.“

„Ist das so eine Art synkretistische Alternativmedizin?“

„Wie bitte?“

„Ich meine, bei Unani verwenden Sie traditionelles Wissen aus allen Kulturkreisen.“

„Wir versuchen, die antike Viersäftelehre, Galens anatomische Erkenntnisse und die indische und tibetische Medizin in Einklang zu bringen.“

„Ich verstehe es zwar nicht ganz, aber ich weiß, worauf Sie hinauswollen.“ Ernesto notierte sich ein paar Stichworte. Dann hielt er kurz inne, kratzte sich mit dem Kugelschreiber an der Oberlippe und kniff die Augen zusammen. „Ich meine, naja, das ist irgendwie interessant. Sie sagen, diese Art von Medizin wird in Indien an der Universität gelehrt?“

„Natürlich. Und die Universität in Hüttenberg soll auch in diese Richtung forschen. Mir schwebt da einiges vor. Ich möchte einen Dialog anregen zwischen der westlichen Naturheilkunde und der östlichen Medizin. Man darf nicht vergessen, dass die Grundlagen der Unani-Medizin zum Teil aus dem Westen stammen. Avicennas Schriften wurden noch zu seinen Lebzeiten in Nepal veröffentlicht.“

Sie waren ein gutes Stück weit in die Gänge vorgedrungen. Noch konnte Ernesto durch die Glasfassade nach draußen sehen. Die beiden Hochöfen verstellten aber die Sicht auf die Landschaft. Ohne die Ausstellungsstücke wirkten die Gänge schäbig. Wie in einem Aquarium, dachte Ernesto. Nach der Apokalypse, wenn die Menschen verschwunden sind, werden noch eine Zeit die Häuser und Hallen stehen. Glas und Beton, von innen her schon morsch, das Glas milchig, an vielen Stellen zerbrochen. Das ist ein Vorgeschmack. Die Welt der Menschen am Ende. So stelle ich mir das vor. Da noch ein großes Eisenteil, vielleicht ein Fräser aus dem Bergwerk, narbig vom Rost, zerfressen und tot. Eine Berührung mag reichen, und alles ist nur mehr Staub.

Tenzing Dondrup öffnete eine Stahltür und bat sie in einen weiteren Gang. Ein unterirdischer Gang, wie unter dem Palast in Lhasa, nur dass es dort sicher keine Glühbirnen gab, nur Fackeln. Die Wände schwitzten eine schwarze Masse aus, die wie ein Pilzgeflecht über die Poren des Betons wuchs.

Hinter der nächsten Tür befand sich ein mit tibetischen Rollbildern, sogenannten Thangkas, ausstaffierter Raum. Tenzing Dondrup bat seine Gäste, auf den Sitzkissen Platz zu nehmen, und machte sich an die Teezubereitung. Ernesto hatte eine mehr oder weniger traditionelle Teezeremonie erwartet, aber Tenzing schaltete den Wasserkocher ein, schöpfte Teeblätter in eine Kanne und goss dann auf.

„Ich verzichte auf die Butter“, sagte er, als er Ernesto die Teeschale reichte. „Ich nehme an, Sie sind es nicht gewohnt, Tee mit Yakbutter zu trinken.“

„Da bin ich Ihnen zu Dank verpflichtet", sagte Ernesto. „Wir sollten uns jetzt darüber unterhalten, was heute Abend passieren wird, und vielleicht können sie mir auch ein paar Hinweise darauf geben, wie es jetzt mit den Tibetern in Hüttenberg weitergeht."

„Daduls Geist ist aus seinem Körper ausgetreten. Sein Tod war unerwartet und gewaltsam. Deshalb müssen wir besondere Vorkehrungen treffen. Wir werden heute herauszufinden versuchen, wo sich sein Geist befindet. Daduls Geist ist verwirrt, er irrt in der Dunkelheit, und wir müssen ihm den Weg zeigen, damit er sich wieder als Mönch inkarnieren kann."

Ernesto wartete, dass der Mönch weitersprach.

„Wenn alles so funktioniert, werden wir sehr erfolgreich sein. Wir werden unsere Kräfte bündeln und Dadul aus diesem Zwischenreich befreien."

„Wie lange wird das ungefähr dauern?"

„Einige Stunden. Aber Sie können jederzeit gehen."

„Nein, kein Problem. Das ist aber keine gewöhnliche Abschiedszeremonie, wenn ich mich nicht irre."

„Gewöhnlich wird der Leichnam während dieser Zeremonie eingeäschert. Wie Sie wissen, geht das aus verschiedenen Gründen nicht. In Österreich ist es nicht erlaubt, eine Leiche auf einem Scheiterhaufen zu verbrennen."

„Und danach? Ich nehme an, Dadul Gyaltsens Leiche wird irgendwann eingeäschert. Was geschieht dann?"

„Das wissen wir noch nicht. Am einfachsten wäre es, die Asche hier beizusetzen. In der Nähe oder auf dem Gelände des Gebetspfades, wenn das möglich ist. Von der Idee, die Asche nach Indien zu schicken, halte ich nichts. Dadul ist hier gestorben. Es ist nicht nötig, um seine sterblichen Überreste ein solches Aufheben zu machen."

36

Tenzing Dondrup führte sie wieder aus dem unterirdischen Verlies nach oben. Die Meditation fand in einem Raum im Obergeschoss statt. Wie im Keller war auch hier alles mit Teppichen und Thangkas verkleidet. Der Raum wirkte dadurch klein, und Ernesto hatte das Gefühl, der Altar würde gleich auf ihn herabstürzen. Der Altar bestand aus einem Holzgerüst, auf dessen Spitze ein goldener Buddha thronte, dahinter ein Mandala, in dessen Mitte eine Gottheit tanzte. Ernesto nahm an, es handle sich um einen Kriegsgott, bei all den Keulen, Totenschädeln und Schwertern, die der Gott in seinen Händen hielt.

Tenzing Dondrup bemerkte Ernestos Blick.

„Das ist Kalachakra, der Gott der Zeit", erklärte er.

„Netter Zeitgenosse."

„Hier ist er in seinem grimmigen Aspekt dargestellt. Das passt gut zu unserer heutigen Zeremonie."

Ernesto nickte. Im Halbkreis um den Altar saßen die tibetischen Mönche. In der zweiten Reihe nahmen Ernesto und die anderen Gäste Platz. Direktor Graber ließ sich neben Ernesto nieder. „Wenn Sie möchten, kann ich ein bisschen für Sie übersetzen", sagte er.

„Sie sprechen Tibetisch?", fragte Ernesto.

„Ich habe Tibetologie studiert", sagte Graber. „Ich denke, Tenzing wird sich nicht ganz an das übliche Prozedere halten, so wie es im tibetischen Totenbuch beschrieben ist. Immerhin handelt es sich um einen besonderen Fall."

Ernesto nickte.

„Om", dröhnten die fünf Mönche unisono. Der Ton war tief und gleichmäßig, kaum menschlich. Ernesto fragte sich, wie die Mönche das machten. Das Om hielt lange an, Minuten. Dazwischen schlug Tenzing Dondrup auf eine Klangschale, und in das Dröhnen mischte sich ein nervig silbriger Ton.

Die Anwesenden senkten die Köpfe und verneigten sich. Einer der Mönche musste ein Zeichen gegeben haben, aber Ernesto war es entgangen.

Das erste Om war nach gut zehn Minuten immer noch nicht zu Ende. Die Mönche wechselten einander ab. Einer nahm ein tibetisches Muschelhorn und erzeugte noch tiefere Töne. Ernesto registrierte, wie der Amtsleiter und der Bürgermeister mit den Oberkörpern nach vor und zurück zu schaukeln begannen. Ernesto rümpfte die Nase, als ihn der erste Schwall des Räucherstäbchendufts erreichte. Patchouli-brutal, nicht gerade Ernestos Lieblingsmarke. Überhaupt hatten dieser Raum und die Inszenierung etwas Aufdringliches.

Vorne murmelten zwei Mönche einen unverständlichen Text. Direktor Graber beugte sich zu Ernesto und flüsterte ihm ins Ohr. Er erklärte ihm, dass nun die Anrufung des Toten beginne. Tenzing Dondrup mache sich auf die Suche nach der Seele Daduls. Nur noch ein paar Minuten, dann werde Tenzing in Trance verfallen, in den Bardo, die tibetische Unterwelt, hinabsteigen und die Seele des Verstorbenen in den Labyrinthen und verborgenen Welten ausfindig machen.

Ernesto nickte und notierte sich die Stichworte.

Der Bardo, erklärte Graber, bestehe aus sehr vielen Welten, man könne ihn mit dem Jenseits vergleichen, wie Dante es in der göttlichen Komödie beschreibt, nur unübersichtlicher.

Der Vergleich hinkte, fand Ernesto, sagte aber nichts. In der göttlichen Komödie reist der lebende Dante durch die Unterwelt, eine Art Sightseeingtour. Hier geschah aber etwas ganz anderes. Die Seele des

Verstorbenen musste Prüfungen bestehen, sich Monstern und Dämonen stellen und gegen sie kämpfen. Es war die Geschichte eines Helden, der um seine Wiedergeburt kämpft.

Ernesto hörte Graber weiter zu. „Im Westen hat es die Vorstellung der Wiedergeburt zwar hier und da gegeben, aber durchgesetzt hat sie sich nicht. Die Reinkarnation ist wahrscheinlich der entscheidende Unterschied zwischen der östlichen und der westlichen Mythologie. Indien kreist um die Idee der Reinkarnation. Das Rad der Wiedergeburt, die unendliche Abfolge von Leben, in denen man sich Sünde oder Verdienst erwirbt, darin sind alle Wesen eingespannt, und nur durch die Erleuchtung kann man daraus entkommen.

Jetzt geht es weiter. Dadul muss jetzt durch die Welt der grimmigen Heruka. Das sind Götter, die wütend und böse sind. Wenn man auch sagen kann, dass diese Götter nur böse sind, um die Seele von allen Anhaftungen zu befreien und zu prüfen. Jetzt gerade muss Dadul Menschenblut aus einer Schädelschale trinken, die ihm ein weiblicher Dämon reicht. Das bedeutet, dass Dadul ab jetzt in der Lage ist, die absolute Wirklichkeit zu erkennen."

Ernesto grunzte.

„Ich habe das nicht erfunden", entschuldigte sich Graber.

„Schon gut, machen Sie weiter."

„Jetzt nimmt Tenzing Dondrup die Sache in die Hand. Er weist Dadul an, sich nicht gegen die Heruka zu wehren. Sie sind Buddhas, die ihr Mitgefühl hinter der Grausamkeit verbergen."

Ernesto hörte zu, wie Graber von den Prüfungen sprach, denen Dadul Gyaltsen ausgesetzt war, eine grausamer als die andere. Er durchwanderte Mandalas von großer Schönheit. Dieser Anblick sollte ihn dazu verführen, zu verweilen, seine Aufgabe zu vernachlässigen. Dann betrat Dadul Gyaltsen Welten der Vernichtung und der Grausamkeit. Göttinnen mit den Gesichtern von Schweinen stellten sich ihm in den Weg. Wirbelnde Schwerter, Seen aus kochendem Blut – Ernesto verlor den Überblick und hörte nicht mehr zu. Er beobachtete die anderen Teilnehmer. Isolde Kopeinig weinte, und Krametter starrte auf die Bilder. Er schien fasziniert zu sein von den Göttern und Dämonen, die da auf den Thangkas tanzten, einander angriffen und auf seltsamen Tieren ritten. Jetzt wippte er nicht mehr vor und zurück, und er schien sehr konzentriert. Sicher verstand er von dem Gesang und dem Text, den Tenzing Dondrup vortrug, genauso wenig wie Ernesto, dennoch wirkte es, als würde er ganz genau hinhören. Seine Trachtenuniform wirkte in diesem Rahmen deplatziert.

Beim Reiftanz würde sich dieser Eindruck umkehren. Dort würden zwischen den Reiftänzern, Kärntneranzugträgern und Dirndln die gelben Kutten der tibetischen Mönche herausleuchten.

Dabei fand Ernesto die Mischung spannend, und er hatte auch gar keine Einwände gegen die Vermischung von Kulturen und Traditionen. Islamischer Ramadan und christliche Fastenzeit, Chanukka und Weihnachten, Ostern und persische Feuerbräuche. Sollten die Menschen miteinander feiern, miteinander reden. Aber hier in Hüttenberg störte ihn genau das.

„Hören Sie zu", zischte Graber, und Ernesto schreckte aus seinen Gedanken auf. „Jetzt wird es spannend. Dadul Gyaltsen hat die ersten Hürden überwunden, und nun trifft er auf die grimmigen Gottheiten. Ich übersetze: Höre und fürchte dich nicht. Verweile in tiefer Konzentration, denn nun begegnet dir die Schar der grimmigen Gottheiten. Buddha Heruka tritt vor dich hin. Rötlichbraun ist sein Körper, und drei Gesichter wendet er dir zu. Braun, weiß und rot sind seine Gesichter, und seine Reißzähne blitzen in den Lichtstrahlen, die von seinem Körper ausgehen. Auf dem Kopf trägt er eine Krone aus Schädeln. In seinen Händen hält er eine Axt, ein Rad und eine Schädelschale voller Blut."

Dadul Gyaltsen musste sich einer ganzen Reihe solcher grimmiger Gottheiten stellen, eine bedrohlicher als die andere, und damit waren seine Prüfungen in diesem Teil des Bardo noch nicht erledigt.

„Die acht Pishachi-Menschenfresserinnen stürmen heran. Vom Süden kommt Vyaghrasya mit ihrem Tigerkopf und knirscht mit ihren Fangzähnen. Vom Osten rennt Simhasya herbei und hält eine Leiche zwischen ihren Zähnen. Die schakalköpfige Shrgalasya kommt vom Westen, und während sie läuft, stopft sie sich Gedärme ins Maul und spielt mit einem Rasiermesser.

Die sechs Yoginis des Nordens fordern ihren Tribut. Vayavi mit dem Wolfskopf, Narini hält einen Stock in der Hand, mit dem sie Menschen pfählt. Die rabenköpfige Rati schleift die abgezogene Haut eines Kindes hinter sich her, und Mahanasi schlürft Blut aus einer Schädelschale."

Die Fülle der Details verwirrte Ernesto, doch je länger er zuhörte, desto klarer sah er das Muster dieser Unterweltsfahrt. Das klang alles unglaublich exotisch, wenn man jedoch die Staffage wegließ, dann stieß man auf das Muster einer schamanischen Initiationsreise. Wenn sich Ernesto nicht irrte, dann kam jetzt gleich die Zerstückelung des Körpers von Dadul Gyaltsen.

„Die Yama-Gottheiten fallen über dich her und zerschlagen deinen Schädel, trinken dein Gehirn und verschlingen dein Herz."

Diese Vision von der Zerstückelung des Körpers als Teil der schamanischen Berufung, das kannte Ernesto. In Amerika, in Afrika und Indonesien ist das ein wichtiger Teil der Initiation.

Nach dieser Episode der Zerstörung tauchte Dadul Gyaltsen gereinigt wieder auf, und es folgten Anrufungen und Bitten. Ernesto war erschöpft von all diesen Visionen von Blut und Gedärmen und auch ein wenig angewidert. Früher hätte er die Ästhetik dieses Höllentrips durchaus zu schätzen gewusst. Aber seit seiner Zeit in Kroatien hatte er dafür kein Verständnis mehr. Aufgebrochene Schädel, Gedärme, die aus dem Bauch quellen, aufgedunsene Leichen. Ernesto saß der Schrecken so tief im Herzen, dass ihm von dieser Gewaltorgie übel wurde. Er war erleichtert, als die Zeremonie zu Ende ging und er wieder ins Freie konnte. Ohne sich von den anderen zu verabschieden, ging er davon, an seinem Auto vorbei und weiter, bis er an die Waldlichtung kam. Dort setzte er sich an einen Baumstamm und versuchte, an nichts zu denken.

Kapitel 11

37

Ernesto schloss für einen Moment die Augen und lauschte auf die Geräusche des Waldes. In den Büschen raschelte es, eine Maus vielleicht oder eine Eidechse. Wenn Ernesto nur lange genug sitzen blieb, würden die Tiere seine Anwesenheit akzeptieren. Die Rehe würden auf die Lichtung treten und äsen, die Nachtvögel auf Streifzug gehen, und vielleicht konnte Ernesto hier an den Baum gelehnt schlafen.

Als er die Augen aufschlug, sah er, wie die Gäste der Trauerfeier unten am Parkplatz zusammenstanden. Sie stiegen wieder in ihren Kleinbus und fuhren davon. Aber sie fuhren nicht nach Hüttenberg zurück, sondern weiter hinauf in die Berge. Ernesto setzte sich auf und überlegte kurz. Was wollten die da oben, mitten in der Nacht? Die würden doch nicht Thorsten Schulz besuchen? Der Mönch, Tenzing Dondrup, war auch in den Bus gestiegen. Wenn Schulz diese Truppe sah, packte er womöglich wieder seine Schrotflinte aus.

Seine Lust auf eine Verfolgung hielt sich in Grenzen, aber er konnte nicht anders. Ohne besondere Eile ging Ernesto zurück zum Parkplatz und folgte dem Kleinbus. Durch das offene Fenster hörte er das Tuckern des Dieselmotors und hielt Abstand. Die Reise ging vermutlich nicht sehr weit. Spätestens nach fünf Kilometern hatten sie die Waldgrenze erreicht, und dann führte die Straße noch eine Weile in Serpentinen den Hang hinauf und endete dort in einem Fahrweg für Traktoren.

Durch die Bäume am Straßenrand sah Ernesto hangaufwärts. Der Kleinbus blieb stehen. Ernesto fuhr in einen Forstweg und drehte die Scheinwerfer ab. Er hörte, wie die Leute ausstiegen. Isolde Kopeinig sagte etwas, eine Männerstimme antwortete. Dann entfernten sich die Geräusche.

Nach einer Weile stieg Ernesto aus und folgte den anderen. Er hielt beim Kleinbus an und sah durch die Fenster. Es war niemand zurückgeblieben. Die Türen waren versperrt. Direkt vor ihm führte ein Pfad in den Wald. Ernesto lauschte und versuchte, durch die Bäume und Sträucher zu sehen. Aber da war nichts zu erkennen. Die Dunkelheit hatte sich zwischen den Zweigen festgesetzt, und als Ernesto losging, hatte er das Gefühl, in eine unglaublich dichte Schwärze einzutauchen.

Keine fünfzig Meter weiter lichtete sich der Wald, und Ernesto stand am Rand einer Weide, die leicht abschüssig gut 500 Meter weit reichte und am anderen Ende wieder von einem Waldstreifen begrenzt wurde. Hier, im Licht der Sterne sah Ernesto die ganze Truppe. Sie hatten sich in der Nähe einer Linde gesammelt, die etwa in der Mitte der Weide stand. Der Bürgermeister Hans Pirolt trat nun vor, und Ernst Krametter und Tenzing Dondrup hielten sich an den Händen, während Isolde und Direktor Graber am Boden hockten und etwas aus einem Rucksack holten. Ernesto konnte aus der Entfernung nicht genau sehen, was es war. Näher heran wollte er im Moment nicht gehen. Auf der Weide hätte ihn jeder gesehen, und außerdem stimmte hier etwas nicht. Ernesto hatte das Gefühl, als würde ihm jemand zwischen die Schulterblätter starren. Er duckte sich und ging im Entengang den Waldrand entlang. Aus dieser Perspektive sah er eine Silhouette ungefähr fünfzig Meter von sich entfernt auf der Weide.

Daneben noch eine und da, etwas näher, eine dritte. Kühe. Die interessierten sich nicht sonderlich für den nächtlichen Besuch, aber Ernesto wollte sie auch nicht aufscheuchen. Deshalb blieb er vorerst, wo er war, und beobachtete die Gruppe beim Lindenbaum.

Noch immer konnte Ernesto nicht erkennen, was Isolde Kopeinig und Direktor Graber da aus dem Rucksack holten. Erst als sich die beiden aufrichteten, kam Ernesto ein Verdacht. Isolde Kopeinig warf sich einen Umhang über. Genau konnte es Ernesto nicht sehen, aber vermutlich war sie darunter nackt. Den zweiten Umhang reichte Graber weiter. Krametter trat vor. Er legte seine Kleider ab und zog den Umhang an.

Vorsichtig robbte Ernesto ein Stück näher. Von seiner Position aus konnte er nicht gut sehen, was sich da beim Lindenbaum abspielte, und vor allem war er zu weit weg, um die Unterhaltung zu hören. Doch kaum war er ein paar Meter weit gekommen, hörte er Schritte, schräg hinter sich. Ernesto legte sich flach hin.

Mit Schwertern bewaffnet stampften vermummte Männer über die Wiese auf die Linde zu. Ernesto duckte sich tiefer ins Gras. Bei Tageslicht hätten die Männer ihn unweigerlich gesehen, aber jetzt schützte ihn sein dunkles T-Shirt vor der Entdeckung. Er robbte ein Stück zurück, als die Männer an ihm vorbei waren. Dann schlich Ernesto am Waldrand entlang. Er bewegte sich auf die Kühe zu, umging sie und befand sich bald auf der anderen Seite der Lichtung. Von dieser Seite konnte sich niemand nähern, und Ernesto war vor einer Entdeckung sicher. Eine Gruppe von Sträuchern bot ihm Deckung.

Immer mehr Männer kamen auf die Lichtung, jeder mit einem Schwert bewaffnet. Ernesto versuchte, sie zu zählen, doch in der Finsternis konnte er die

Silhouetten nur schwer voneinander unterscheiden. Es mussten über zwanzig Männer sein, die sich nun formierten. Sie stellten sich in zwei Reihen auf, sodass sie einander ansahen. Dann hoben sie die Schwerter und führten Schwünge aus. Einmal über den Kopf, dann am Körper vorbei, dann wieder über den Kopf. Sie bewegten sich synchron, und diese Choreografie erinnerte Ernesto an den Reiftanz. Jetzt setzten sich die Männer in Bewegung, sie drehten sich und marschierten durcheinander. Die Schwerter schlugen gegeneinander, und die Männer drehten sich weiter, drehten sich im Kreis und wirbelten die Schwerter durch die Luft.

„Der alte Barbarossa,
Der Kaiser Friedrich,
Im unterird'schen Schlosse
Hält er verzaubert sich", begann Ernst Krametter
und wurde mit jedem Wort lauter.

„Er ist niemals gestorben,
Er lebt darin noch jetzt,
Er hat im Schloss verborgen
Zum Schlaf sich hingesetzt

Er hat hinab genommen
Des Reiches Herrlichkeit
Und wird einst wiederkommen
Mit ihr zu seiner Zeit.

Der Stuhl ist elfenbeinern,
Darauf der Kaiser sitzt,
Der Tisch ist marmelsteinern,
Worauf sein Haupt er stützt.

Sein Bart ist nicht von Flachse,
Er ist von Feuersglut,
Ist durch den Tisch gewachsen,
Worauf sein Kinn ausruht.

Er nickt als wie im Traume,
Sein Aug' halb offen zwinkt,
Und je nach langem Raume
Er einem Knaben winkt.

Er spricht im Schlaf zum Knaben:
Seh hin vor's Schloss, o Zwerg,
Und sieh, ob noch die Raben
Herfliegen um den Berg,

Und wenn die alten Raben
Noch fliegen immerdar,
So muss ich auch noch schlafen,
Verzaubert hundert Jahr."

Sein Bart ist nicht von Flachse, was für ein Unsinn, natürlich nicht, dachte Ernesto. Der Tisch ist marmelsteinern? Was für ein altmodischer Unfug. Ernesto hatte keine Ahnung, von wem das Gedicht stammte, vermutlich ein deutscher Romantiker. Aber er hatte keine Zeit zu überlegen. Diesmal war es Isolde Kopeinig, die mit lauter Stimme vortrug.

„Nun lasset die Posaunen tönen, nun breitet froh die Fahnen aus,
Lasst durch Lombardenlüfte dröhnen des deutschen Sieges Jubelbraus,
Denn unser Kaiser Barbarossa, der Held, tat einen großen Schlag.

Seit jener Nacht in Schloss Kanossa ist dies der
erste deutsche Tag."

Felix Dahn, du meine Güte, das Gedicht kannte Ernesto. Das Siegeslied der Deutschen beim Einzug in Mailand unter Barbarossa.

„Das Schwert gezückt, die Faust zur Seite, durch
Staub und Blut, durch Schutt und Stein,
Stolz, in des Hasses Prachtgeleite, so reiten wir in
die Welt hinein.
Zu lange ließt den Herrn du pochen am Tor, du
Welt voll Widerstand,
Da hat in Trümmer dich zerbrochen die zorn'ge,
kaiserliche Hand."

Und dann erhob sich eine dritte Stimme.

„Schläfst noch immer, alter Kaiser?
Tritt hervor, du Kraftgestalt!
Wappne deine Mannen prächtig!
Sieh', der Türk ist noch gar mächtig!
Barbarossa, kommst du bald?"

Dann schrien sie alle gemeinsam: „Barbarossa, komm hervor. Barbarossa, komm hervor."

Kapitel 12

38

Schweißgebadet wachte Ernesto auf. Er tastete nach dem Mobiltelefon. Es war 13.43 Uhr. Um vier Uhr hatte er das letzte Mal auf die Uhr gesehen und Mircea Eliades *Schamanismus und archaische Ekstasetechniken* aus der Hand gelegt. Noch im Bett steckte sich Ernesto eine Zigarette an, verzog nach dem ersten Zug den Mund. Das Wasser aus der Flasche am Boden schmeckte schal. Das T-Shirt klebte an seiner Haut. Er wälzte sich aus dem Bett und ging in T-Shirt und Unterhose hinaus, um die Zeitung zu holen. Auer hatte ihn mit dem Vertrag gleich auch ein Abo unterschreiben lassen. Ernestos Argument, er schreibe die Zeitung, also müsse er sie nicht auch noch lesen, hatte Auer nicht gelten lassen. So konnte Ernesto wenigstens jeden Morgen kontrollieren, ob jemand an seinen Artikeln herumgepfuscht hatte.

Schon beim Hineingehen blätterte Ernesto die Zeitung durch. Čertov hatte ihn seit Mittwoch wegen eines Artikels für die Sonntagsbeilage genervt. Irgendetwas Essayistisches über Hüttenberg und die Tibeter. „Da muss doch etwas für die Kultur abfallen, bei deinen ganzen Recherchen“, hatte Čertov gesagt. „Mach doch etwas über den Harrer und den Dalai Lama, und dann überlegen wir, ob wir das nicht fortsetzen.“

Das dunkle Geheimnis des Dalai Lama

Heinrich Harrer holte Tibet nach Kärnten. Er gilt als Verteidiger der Menschenrechte, aber er hütet das dunkle Geheimnis des Dalai Lama.

Von Ernesto Valenti

Als Heinrich Harrer mit Peter Aufschnaiter und zwei weiteren Bergsteigern 1939 zum Nanga Parbat aufbrach, ahnte noch niemand, welche folgenreiche Rolle der österreichische Turnlehrer Heinrich Harrer in der Weltgeschichte spielen sollte.

Schon vor dieser Expedition war Heinrich Harrer ein Volksheld im Dritten Reich. Nach der ersten erfolgreichen Durchsteigung der Eiger-Nordwand im Juli 1938 lud Adolf Hitler Harrer und seine Kameraden zu einer Sportveranstaltung, bei der 30.000 Menschen den „Helden der Eiger-Nordwand" zujubelten.

Dem Vernehmen nach soll sich Heinrich Himmler persönlich dafür eingesetzt haben, dass Harrer an der Nanga-Parbat-Expedition teilnehmen konnte.

Die Heiratsunterlagen waren es, die 1997 die Wahrheit über Harrers SS-Zugehörigkeit an den Tag brachten. Wie der Salzburger Journalist Gerald Lehner herausfand, war Harrer nicht nur Mitglied der NSDAP-Lehrerschaft, sondern auch Scharführer in der steirischen SS gewesen.

Man könnte nun meinen, diese Information tue weiter nichts zur Sache. Heinrich Harrer habe sich unter dem Einfluss des tibetischen Buddhismus gewandelt. Er sei so lange schon ein Botschafter des Friedens und der Völkerverständigung, dass man ihm diese Jugendsünden nachsehen könne.

Doch die Dinge verhalten sich nicht ganz so einfach. Als Heinrich Harrer und Peter Aufschnaiter 1944 aus dem britischen Kriegsgefangenenlager flüchteten, begann der Aufstieg des tibetischen Buddhismus zur spirituellen Weltmacht.

Der Gottkönig. Der 13. Dalai Lama vereinte die weltliche und geistige Hoheit über Tibet in seiner Person. Er war der Erste nach langer Zeit, der den tibetischen Adel unter Kontrolle hatte und mit uneingeschränkter Macht regierte. Als er starb, hinterließ er seinem Nachfolger ein Land, in dem es eine kleine, reiche Oberschicht gab, die sich mit Partys die Zeit vertrieb, während die meisten Menschen als Leibeigene und Sklaven ein steinzeitliches Leben fristeten. Das Rechtssystem Tibets erschien sogar Heinrich Harrer überaus grausam. Auspeitschungen und Verstümmelungen waren die am häufigsten angewandten Strafen.

Das religiöse System des tibetischen Buddhismus rechtfertigt diese Gesetze mit der Theorie des Karmas und der Wiedergeburt. Wer als Yaktreiber geboren wurde, hat nichts anderes verdient. Er wird für die Sünden seiner früheren Leben bestraft.

Der 14. Dalai Lama war 11 Jahre alt, als Heinrich Harrer zum Lehrer des jungen Gottkönigs und absolutistischen Herrschers über Tibet wurde. Neben dieser Tätigkeit waren er und Aufschnaiter aber auch als Baumeister und Militärberater tätig. Als 1950 die chinesische Volksarmee in Tibet einmarschierte, zeigte sich aber, dass Harrers Lobeshymnen auf die tibetische Armee übertrieben waren. Zwar wehrten sich die Tibeter noch bis 1959, unter anderem im vom Dalai Lama protegierten Khampa-Widerstand, dann flüchtete der Dalai Lama aber ins Exil.

Export einer Ideologie. Den Geschlagenen und Geknechteten muss man Unterstützung und Aufnahme gewähren. Das ist ein Grundpfeiler des europäischen Verständnisses von Zivilisation. So ist auch die Unterstützung, die dem Dalai Lama im Westen zuteilwird, Ausdruck dieser Tugend. Darüber darf man aber nicht übersehen, für welches Gesellschaftssystem der Dalai Lama und Heinrich Harrer stehen. Der tibetische Buddhismus vertritt eine Ideologie, die unserem Verständnis von Menschenrechten und Rechtsstaatlichkeit zuwiderläuft. Der Lamaismus ist eine magische Methode der Weltbeherrschung, und Heinrich Harrer war maßgeblich daran beteiligt, diese mit esoterischen Schleiern verhüllte Ideologie zur Errichtung eines Gottkönigtums in die ganze Welt zu verbreiten.

Neben Ernestos Artikel brachte die Sonntagsbeilage der Kärntner Tagespost einen Vorbericht über das Forum Alpbach. Thema war die Kritik am Neoliberalismus durch Joseph Stiglitz, den ehemaligen Chefökonomen der Weltbank. Ernesto starrte auf die Doppelseite, ohne mehr wahrzunehmen als die Überschrift und die Bilder. Er klappte die Zeitung zu und ging mit der Kaffeetasse auf den Balkon. Über der Koralpe hingen ein paar Federwolken, sonst war der Himmel klar. Ernesto schlug die Zeitung von hinten wieder auf. Das Fernsehprogramm, der meistgelesene Teil einer Tageszeitung. Ein Krimi um 20.15 Uhr und danach eine alte Folge von Columbo. Im zweiten Programm folgte nach der *Zeit im Bild 2* eine Diskussion über die drohende Krise des Neoliberalismus. Eingeladen waren dazu der Wirtschaftsminister, ein Träger des alternativen Nobelpreises und noch ein paar Leute, die angeblich zu diesem Thema etwas zu sagen hatten. Ernesto trank seinen Kaffee aus und machte sich auf den Weg. Sonja wartete auf ihn.

Im Verkehrsfunk kam eine Geisterfahrermeldung für die A2 im Packabschnitt Richtung Graz. Dann setzte wieder Popgedudel ein, und Ernesto schob eine CD in den Player.

„Gemmas wieda on“, röhrte Willi Resetarits alias Kurt Ostbahn und erzählte im Wiener Dialekt, welche Mühen sein Gitarrist Prinz Karasek mit seinem Vater auszustehen hat.

39

Sonja saß auf der Bank vor dem Haus. Betty, die Labradorhündin, döste zu ihren Füßen und hob jetzt den Kopf, als sie Ernestos Wagen hörte. Betty rappelte sich auf und begann zu wedeln. Als Ernesto ausstieg, war sie bei ihm und stupste ihn mit der Schnauze an, ließ sich hinter den Ohren kraulen und hechelte vor Freude.

„Betty, hast du mich vermisst?“, sagte Ernesto und beugte sich zu dem Hund hinunter.

„Und? Willst du auch einen Kaffee?“ Sonja stellte ihre Tasse ab.

„Wenn einer fertig ist.“ Ernesto hob den Kopf und sah sie an. Er konnte nicht erkennen, ob sie beleidigt war.

„Du hast die Geschichte von dem Mönch gelesen?“, fragte Ernesto, als Sonja ins Haus ging.

„Es ist ja nur, weil ich mir denke, ob das so besonders gescheit ist. Du hattest genug Aufregung“, sagte sie, während sie einen neuen Filter in die Kaffeemaschine steckte. „Ich meine, was sagt denn Primarius Baumgartner dazu?“

„Es ist einen Versuch wert, aber ich soll mich nicht überanstrengen.“ Ernesto streichelte Betty, die sich neben ihn hingesetzt hatte und sich an sein Bein lehnte. Sie grunzte, als er sie zwischen den Ohren kraulte.

Sonja lachte.

„Das ist eigentlich nicht lustig.“

„Na, eh nicht“, sagte Sonja und suchte eine Tasse aus. „Aber du glaubst das doch selbst nicht. Du stürzt dich kopfüber in diese Geschichte.“

„Neue Tassen“, versuchte Ernesto, das Thema zu wechseln, als er sah, dass Sonja eine ganze Reihe Kaffeetassen auf der Anrichte stehen hatte.

„Ich komme kaum dazu, mir selbst Geschirr zu machen“, sagte sie. „Jetzt im Sommer rennen sie mir die Tür ein. Türschilder, Blumenvasen, Frösche. Mitbringsel für Touristen.“

„Siehst du, du machst auch Sachen, die dir nicht so gefallen.“

„Aber das hat Grenzen. Und es ist ja nicht so, dass ich mich dabei gleich dem Bösen verschreibe. Aber dieser tote Mönch, das klingt nicht gut.“

„Dabei kennst du noch nicht einmal die halbe Geschichte.“

„Und ich will sie auch nicht hören. Geh lieber mit mir zu den Schafen hinaus. Und in die Werkstatt muss ich auch noch.“

Sie nahmen ihren Kaffee mit und spazierten ein Stück vom Hof weg auf die Weide unter den Obstbäumen. Die drei Schafe kamen angelaufen, als sie die Menschen hörten. Betty schlüpfte unter dem Zaun durch und umtänzelte die Tiere.

Ernesto begutachtete die Apfelbäume. An den Zweigen hingen die Früchte dicht an dicht. Es war ein gutes Obstjahr. Dreihundert Kilo, schätzte Ernesto, würden die acht Bäume im Herbst tragen. Betty legte sich neben den Schafen hin.

Ernesto hielt einem der Schafe ein Stück trockenes Brot hin und sah ihm zu, wie es davon abbiss. Am anderen Ende der Weide war die Hühnerherde unterwegs. Der Hahn plusterte sich gerade auf und reckte seinen Kopf in die Höhe. Wie im Bilderbuch, dachte Ernesto und wusste, dass das nicht stimmte. Natürlich, der Hahn sah so aus, wie man sich einen Hahn vorstellt. Schimmernd blaue Federn an den Flügeln, goldener Kragen und mächtige Schwanzfedern. Die Hacke, die so einem Hahn den Kopf abschlägt, gehört aber ganz und gar nicht zu den Bilderbuchvorstellungen der meisten Leute. Die kaufen ihre Hühner tot, ausgenommen und eingeschweißt im Supermarkt. Wobei Ernesto davon überzeugt war, das jedes Huhn das Leben hier am Hof den Hühnerfabriken vorgezogen hätte. Der Hahn pickte zwischen den Gräsern herum und ließ ein Gurren hören, ein Glucksen, das die Hühner anlockte. Er hatte etwas Fressbares gefunden und rief nach seinen Damen. Dann stand er mit vor Stolz geschwellter Brust dabei und beobachtete die Umgebung.

Ernesto lächelte und folgte Sonja, die jetzt auf dem Weg in die Werkstatt war. Die Kühle feuchten Lehms umfing ihn, als er eintrat. Auf dem Arbeitstisch standen Schüsseln zum Trocknen. Der Ofen im nächsten Raum war noch nicht ausgeräumt, und weiter hinten konnte er den dritten Teil der Werkstatt erahnen, dort lagerte Sonja den Ton in großen Paketen.

„Was ist jetzt mit deiner Geschichte?“, fragte Sonja und begann vorsichtig, die gebrannte Keramik aus dem Brennofen zu heben.

Ernesto erzählte ihr von seinem Verdacht und von den seltsamen Bräuchen, die er beobachtet hatte.

„Mir ist da ein Licht aufgegangen, mitten in der Nacht“, sagte er. „Dieses Kalachakra-Tantra und der Reiftanz, das sind zwar unterschiedliche Rituale, aber sie fußen beide auf demselben Mythos.“

„Wie das?“, fragte Sonja.

„Der König im Berg. Das ist die Geschichte, auf die beide Bräuche zurückgehen. Die Geschichte ist immer dieselbe. Der König wartet auf seine große Zeit. Wenn er aus dem Berg oder aus dem verborgenen Königreich kommt, dann brechen die letzten Tage der Menschheit an. Der Krieg wird vernichtend und grausam. Ein Zeitalter endet, und ein neues beginnt. In dieser neuen Zeit, dem tausendjährigen Reich, werden die Menschen in Frieden leben. Alle werden dem wahren Glauben angehören, und es wird keine Sünde mehr geben. Eine grauenhafte Vorstellung, ganz nebenbei bemerkt.“

„Das wäre dann die Weltherrschaft einer Religion“, sagte Sonja. „Eine Art Religionsdiktatur, ein faschistischer Staat.“

„Du sagst es, und das scheinen sich sowohl die alten Nazis wie auch die tibetischen Buddhisten zu wünschen.“

„Ja aber, wenn ich das recht verstehe, wollen das eigentlich alle Religionen.“

„Genau“, sagte Ernesto. „Natürlich wollen das alle. Die Ungläubigen, alle, die nicht an ihren Gott glauben, die sich nicht spontan und freudig ihren Gesetzen beugen, sollen in der Hölle schmoren. Tolle Aussichten.“

„Aber das hat jetzt nicht unmittelbar etwas mit der Ermordung des Mönches zu tun.“

„Wer weiß? Vielleicht hat sich jemand mutig dem religiösen Fanatismus der Tibeter entgegengestellt.“ Ernesto lachte. „Nein, das war es wohl nicht. Aber die Wurzel des Übels liegt hier verborgen. In dieser Geschichte und in diesem Ritual. Es scheint mir denkbar, dass jemand Dadul Gyaltsen umgebracht hat, um diesen Irrsinn zu verhindern. Dieser Thorsten Schulz wäre da ein guter Kandidat.“

„Aber man bringt doch niemanden wegen so etwas um.“

„So angewidert und enttäuscht, wie Schulz ist, halte ich das für durchaus denkbar. Und du darfst auch nicht vergessen, er sieht die Sache ein bisschen anders. Für uns ist das ein eher theoretisches Problem. Die Leute sind nicht ganz dicht und spinnen sich eine Geschichte von Weltuntergang und apokalyptischem Krieg zusammen. Aber wenn du das nicht von außen, sondern von innen betrachtest, ist das schon eine ganz andere Sache. Wenn du davon überzeugt bist, dass das alles wahr ist. Dass tatsächlich jetzt mit dem nächsten Reiftanz und dem Kalachakra-Tantra in Graz der dritte und letzte Weltkrieg ausbricht ... Überleg einmal. Der König von Shambala und Kaiser Barbarossa, beide kommen mit ihrem Heer aus dem Berg.“ Ernesto hob beide Augenbrauen. „Also, ich möchte da nicht im Weg stehen, wenn die loslegen. Wenn du daran glaubst, und die Leute glauben ja an alles Mögliche, dann kann dich das schon in Panik versetzen.“

„Und wenn du den Mönch vom Felsen wirfst, dann hört das auf?“

„Möglich, dass er oder sie sich das gedacht hat. Dadul Gyaltsen spielte in beiden Ritualen eine Rolle. Ob das Kalachakra-Tantra jetzt überhaupt abgehalten wird, ist ja auch fraglich. Immerhin war er der Hauptverantwortliche. Außerdem könnte es gut sein, dass der Dalai Lama die Mönche jetzt aus Hüttenberg abzieht."

„Aber du zweifelst, ob das wirklich dieser Schulz war?"

„Ich meine, zutrauen würde ich es ihm. Aber es könnte auch jeder andere Fanatiker gewesen sein. Meiner Meinung nach kommt die Pfarrersköchin aber auch infrage."

„Die Pfarrersköchin?", fragte Sonja.

„Die könnte sowohl die Täterin als auch das Motiv sein. Sehr weit bin ich ja nicht gekommen mit diesen Einweihungsgraden des Kalachakra-Tantra. Einige dieser Einweihungsrituale sind sexualmagisch. Der Mönch braucht eine Frau. Er saugt ihr in einer Art spirituellem Vampirismus die Lebensenergie aus. Wenn er mit ihr fertig ist, dann lässt er sie fallen."

„Und das hat sich diese Pfarrersköchin gefallen lassen?"

„Wenn du mich fragst, hätte die sich noch viel Schlimmeres gefallen lassen. Nach der Aktion gestern Nacht bin ich mir ziemlich sicher, dass Isolde Kopeinig sich nie auflehnen würde. Obwohl Dadul Gyaltsen sie wie Dreck behandelt hat, ist sie zur Lesung aus dem Totenbuch gekommen. Später, bei dieser bizarren nächtlichen Veranstaltung hat sie nackt zwischen den Männern getanzt. Ich weiß nicht, was sie sich denkt oder welche Motivation dahintersteckt, aber ich vermute, sie kann gar nicht aus ihrer Rolle ausbrechen. Sie ist jemand, der sich selbst zurücknimmt, damit andere ihre großen Ziele erreichen können."

Sonja schüttelte kurz den Kopf.

„Das glaubst du nicht?"

„Du solltest mit ihr reden. Für mich klingt das ein bisschen zu simpel. Ein ziemliches Klischee, wenn du mich fragst. Vielleicht verfolgt die Frau auch ihre ganz eigene Strategie, und vielleicht ist diese devote Haltung nur eine Tarnung."

„Tarnung wofür?"

Sonja zuckte mit den Schultern. „Aber du hast doch mehr als zwei Verdächtige."

„Ich habe jede Menge davon. Viel zu viele. Hans Pirolt zum Beispiel, der Bürgermeister. Er könnte Dadul Gyaltsen aus Eifersucht umgebracht haben oder vielleicht, weil er nicht mitansehen wollte, wie Gyaltsen Isolde Kopeinig zugrunde richtete."

„Das klingt schon eher nach einem brauchbaren Motiv."

„Ja, wenn Pirolt nicht so ein Arschloch wäre, dann schon. Ich glaube, er hätte für Isolde Kopeinig keinen Finger gerührt, selbst wenn er gewusst hat, dass Dadul Gyaltsen sie vergewaltigt und missbraucht. Er weiß ganz genau, wenn er die Tibeter verärgert, dann war es das mit Hüttenberg. Ende, Schluss, Feierabend. Eine andere Chance bekommen die da oben nicht. Wenn das Tibet-Projekt scheitert, dann ist Hüttenberg tot."

40

Später saßen sie vor dem Haus auf der Bank, und Ernesto wollte wissen, wie es mit der Werkstatt so ging. Sonja hatte sich selbstständig gemacht, und das, obwohl sie wusste, wie schwierig es war, sich als Keramikerin über Wasser zu halten.

Die meisten Aufträge hatte sie im Sommer und vor Weihnachten. Dazwischen verkaufte Sonja auf dem einen oder anderen Markt und an Leute, die zu ihr in die Werkstatt kamen. Manchmal kam auch eine Schulklasse zu ihr, oder sie gab Kurse für Hobbykeramiker. Sie konnte davon leben, und die kleine Landwirtschaft warf auch ein bisschen etwas ab. Wenigstens so viel Gemüse, wie Sonja brauchte. Milch und Fleisch und Eier produzierte sie auch selbst, und sie überlegte schon seit zwei Jahren, ob sie sich nicht einen Bienenstock zulegen sollte. Das wäre gut für den Garten und die Obstbäume, und außerdem hätte sie dann auch noch eigenen Honig.

„Ich habe das Gefühl, es ist alles doppelt so teuer wie noch letztes Jahr“, sagte Sonja. „Wenn es so weitergeht, werde ich noch einen Erdäpfelacker anlegen.“

„Darauf wird es hinauslaufen, fürchte ich“, sagte Ernesto.

„Diese Idioten werden alles ruinieren. Wenn man Politiker hat, die nur immer mehr und mehr an sich raffen wollen, und lauter Menschen, denen die Gier schon bei den Ohren herauskommt, was willst du dann erwarten? So richtet man die Welt zugrunde.“

„Du machst das schon richtig.“ Ernesto legte ihr die Hand auf den Arm. „Du machst, was alle machen sollten.“

„Was mach ich schon?“ Sie sah ihn an.

„Du machst das alles hier.“ Ernesto machte eine Handbewegung, die den Hof, den Stall und den Obstgarten einschloss. „Das ist das Beste, was man machen kann. Das ist die eigentliche Revolution. Wenn du von denen nichts mehr brauchst, dann können sie dich nicht mehr versklaven.“

Ernesto sah den Sonnenuntergang. Der Duft des Geißblattes wurde stärker, wehte vom Haus herüber zur Laube. Was er da gerade gesagt hatte, hielt er für eine wichtige Wahrheit. Du musst dich von den Zwängen befreien, die dich in dieser Welt aus Gier und Macht festhalten. Sonja war ihm da ein paar Schritte voraus, und er wusste, er sollte ihr folgen. Es wäre eigentlich ganz einfach. Aber im Moment glaubte er, keine Wahl zu haben.

„Wahrscheinlich muss ich noch eine Weile warten und diesen Job bei der Zeitung machen", sagte er. „Und es wird mir auch wieder Spaß machen. Es macht mir jetzt schon Spaß."

„Das befürchte ich, ja."

„Jetzt beschäftige ich mich einmal mit dieser Geschichte, und dann helfe ich dir bei den Schafen."

„Und mit den Äpfeln."

„Und mit den Äpfeln", sagte Ernesto. „Aber zuerst muss ich ein paar Leuten in den Arsch treten. Der Pressesprecher ist, ehrlich gesagt, im Moment mein Favorit. Jörg Tschabuschnig. Ich fasse es ja nicht, aber der Typ hat seine Finger wirklich überall. In der ganzen Geschichte, von Anfang bis Ende, stößt du immer wieder auf diesen Versager. Tschabuschnig hier und Tschabuschnig da.

Der taucht da einfach in Hüttenberg auf und würgt die Ermittlungen der Polizei ab. Ich meine, das ist selbst für so ein überhebliches Arschloch wie Tschabuschnig ein starkes Stück."

„Andererseits", meinte Sonja, „bei dem IQ auch kein großes Wunder. Mein Hühnerstall ist wahrscheinlich doppelt so intelligent."

„Trotzdem. Das ist selbst für so jemanden wie Tschabuschnig extrem unverfroren. Entweder es ist ihm wurscht, was andere Leute denken, oder er ist in Panik."

„Ich glaube, beides", sagte Sonja. „Dem ist grundsätzlich egal, was die Leute von ihm denken."

„Ich bin mir ziemlich sicher, dass er mit der Sache zu tun hat“, sagte Ernesto. „Das Motiv muss irgendwo in dieser Geschichte um die Tibet Medical Group stecken. Folge der Spur des Geldes, und du findest einen Haufen Verbrecher.“

Bis die erste Kühle aus dem Wald herüberwehte, saßen sie in der Laube. Betty streunte den Zaun zum Schafgehege entlang, kam wieder zurück und rollte sich grunzend zu Ernestos Füßen ein. Der Hund schlief, aber Ernesto wurde unruhig. Zu Hause wartete ein Stapel Bücher auf ihn.

„Ich muss jetzt“, sagte er und stand auf. Betty murrte und erhob sich, wedelte und sah Ernesto erwartungsvoll an. „Nein Betty, wir gehen jetzt nicht spazieren.“

„Sag nicht spazieren“, meinte Sonja. „Dann glaubt sie, du gehst jetzt mit ihr.“

„Morgen vielleicht, wenn du magst, und wenn Betty mag. Wir könnten gemeinsam nach Hüttenberg fahren und uns den Reiftanz anschauen.“

Sonja verzog das Gesicht.

„Das wird sicher lustig. Na, vielleicht nicht lustig, aber interessant.“

„Ein Haufen Nazis und ein Haufen Lederhosendeppen“, sagte Sonja.

„Und erwachsene Männer, die mit Blumenreifen tanzen. Das kannst du dir doch nicht entgehen lassen.“

Kapitel 13

41

Sonja wartete schon auf der Bank vor dem Haus. Sie schulterte ihren Rucksack und stieg zu Ernesto in den Wagen. Betty kletterte auf den Rücksitz und machte es sich dort bequem. Sie fuhren von Völkermarkt Richtung Brückl, als Sonja eine Thermoskanne aus dem Rucksack zog.

„Ich habe auf den Kaffee nicht vergessen", sagte sie.

„Das ist gut so. Einem Süchtigen soll man nie seine Droge vorenthalten."

„Du hast schon wieder nicht geschlafen. Du hast ganz schwarze Ringe um die Augen."

„Die Tibeter." Ernesto verzog den Mund. „Ich habe mich noch durch ein paar Bücher zu diesem Kalachakra-Tantra gequält."

„Warum lässt du es nicht sein?"

„Was?"

„Dieses Herumwühlen. Du weißt ganz genau, dabei kommt nur Dreck zutage."

Ernesto zuckte mit den Schultern. „Es geht ja gar nicht darum. Ich fand das einfach spannend, dieses verrückte Ritual. Das interessiert ja vielleicht sonst niemanden, aber ich finde das faszinierend, was sich da zusammengebraut hat. Ein bisschen Buddhismus, ein bisschen von der alten Bön-Religion, jede Menge Schamanismus und auch eine gute Portion Hinduismus."

„Dieser Mönch, ich glaube nicht, dass der dir besonders sympathisch ist."

„Ein Mordopfer muss nicht sympathisch sein", sagte Ernesto. „Ein Mörder, der einfach so davonkommt, das passt mir nicht."

„Und das ändert irgendetwas?"

„Vermutlich nicht", sagte Ernesto und sah über die Schulter zu Betty. „Was sagst du dazu, Betty?"

Betty hob den Kopf und sah Ernesto an. Er hatte den Eindruck, dass sie jedes Wort verstand und durch ihr Schweigen sagen wollte, wie langweilig und unerheblich sie diese menschlichen Angelegenheiten fand.

„Du hast ja recht, Betty", sagte Ernesto. „Aber bedenke. Wir sind Menschen, und Menschen bilden sich nun einmal ein, dass solche Dinge wichtig sind. Geld und Ruhm und Ansehen."

„Du wirst ja noch zum Buddhisten." Sonja schenkte Ernesto Kaffee nach.

„Ich sage ja nicht, dass die alle grundsätzlich falsch liegen. Ich finde nur, sie gehen in ihrer Ablehnung der Welt zu weit. Wenn alle Freude an der Welt schon Sünde ist und Karma produziert, dann schaffst du immer mehr Schuld und schlechtes Gewissen. Wenn bei jedem Schritt, den du machst, die Strafe Gottes wie ein tonnenschwerer Mühlstein über deinem Kopf schwebt, dann ist es kein Wunder, wenn alle glauben, die Welt ist so furchtbar."

„Du willst mir jetzt aber nicht erzählen, du findest das Leben neuerdings schön."

„Ich bemühe mich", sagte Ernesto.

Zwei Kilometer vor Hüttenberg hielt ein Feuerwehrmann Ernesto auf. Die Einfahrt in die Ortschaft war gesperrt. Der Parkplatz für Gäste befand sich außerhalb auf einer Wiese. Ernesto ließ sich einweisen und folgte der Fahrspur. Es kamen ihnen Leute in Sonntagsanzügen und Trachten entgegen. Eine ältere Frau trug ein Dirndl mit Goldbesatz und eine schwarze Lacklederhandtasche. Sonja sah Ernesto schmunzeln.

„Du findest das komisch", sagte sie.

„Du nicht?“

„Doch.“ Sonja zeigte auf einen jungen Mann im Kilt. „Das ist doch peinlich.“

„Neueste Kärntner Mode.“

„Ein Kilt.“

„Der Kärntner Bua trägt heute Kilt.“ Ernesto grinste. „Damit man gleich sieht, woran man ist.“

„Du meinst, die tragen nichts drunter?“

„Kannst ja nachschauen. Irgendwie ...“ Ernesto zeigte auf einen älteren Mann im braunen Kärntneranzug. „Irgendwie kommt die Uniform der Heimattreuen aus der Mode. Der ist sicher vom Abwehrkämpferbund.“

„Aber die sind doch schon alle tot, die Abwehrkämpfer“, sagte Sonja. „Das war 1920, jetzt rechne einmal.“

„Die haben Nachwuchs.“ Ernesto hob die Augenbrauen. „Du würdest dich wundern, wer alles beim Abwehrkämpferbund dabei ist.“

Ein paar Burschen in ledernen Kniebundhosen und großkarierten Hemden gingen an ihnen vorbei. Dahinter eine Gruppe Mädchen in Minidirndln und Lederhosen, dazu trugen sie Blusen und Poloshirts mit dem unvermeidlichen Kärntner Blümchenmuster.

„Du kannst ja sagen was du willst, aber ich find’s peinlich, so herumzulaufen.“ Sonja rümpfte die Nase.

„Ja, besser wird’s vermutlich nicht, und ich glaub, die finden uns auch irgendwie komisch.“

In seinen verwaschenen Jeans und seinem T-Shirt fiel Ernesto hier auf wie jemand mit zwei Köpfen. Die Leute an der Straße drehten sich nach ihm und Sonja um. Wenn sie die Kamera unter Ernestos Arm sahen, drehten sie sich wieder weg. Journalisten waren vom Kostümzwang ausgenommen.

Ernesto nahm Betty an die Leine und führte sie nahe an seinem Bein. In diesem Durcheinander musste er auf die Hündin aufpassen. Sie war es nicht gewöhnt, unter Menschen zu sein, und so viele auf einem Fleck machten ihr Angst.

Vor dem tibetischen Gebetspfad löste sich der Stau auf. Viele hatten es nicht eilig, auf den Hauptplatz zu kommen, und schlenderten auf dem Parkplatz vor dem Heinrich-Harrer-Museum zwischen den Marktständen herum. Bauern verkauften Brot, Speck und Kärntner Nudeln. Das Museum hatte einen Stand mit tibetischen Gebetsfahnen und ähnlichem Krimskrams. Die Blaskapelle formierte sich am Rand der Straße und spielte den ersten Marsch. Der Bürgermeister stand dort und unterhielt sich mit einer Gruppe. Ein wenig davon entfernt, an einem Stand, an dem Most ausgeschenkt wurde, erkannte Ernesto den Landwirtschaftsreferenten. Er hielt ein Glas in der Hand und begutachtete den Inhalt. Dann nickte er dem Mann hinter der Ausschank zu und trank.

Sonst sah Ernesto noch kein bekanntes Gesicht. Die übliche Abordnung hochrangiger Landespolitiker würde es sich aber nicht entgehen lassen, bei diesem Volksfest aufzutauchen, Hände zu schütteln und Freibier zu spendieren.

Von hinten drängten Menschen nach, und Sonja und Ernesto stellten sich neben die Straße an den Eingang zum Gebetspfad. Das Spektakel am Hauptplatz ging in einer Dreiviertelstunde los, und solange die Blaskapelle sich nicht auf den Weg machte, bestand keine Gefahr, etwas zu versäumen.

Ernesto lehnte sich an die Mauer und blickte über die Menge hinweg. Da kamen so viele Menschen, um ein paar Männern in schwarzen Uniformen beim Tanzen zuzusehen. Wie viele wussten, was dieser Reiftanz bedeutet? Interessierte sie das überhaupt? Oder hatten sie nur einen Anlass gesucht, um sich zusammenzurotten? Ernesto wollte hier weg.

„Und ich gehöre nicht dazu", sagte Ernesto leise.

„Bitte?", fragte Sonja

„Nichts. Ich habe nur laut gedacht. Ich gehöre da nicht dazu." Er machte eine ausgreifende Bewegung mit dem Arm.

„Gottseidank. Dann können wir ja wieder nach Hause fahren, oder musst du dir das unbedingt ansehen?"

„Ein bisschen noch." Ernesto trat zur Seite, weil eine Gruppe junger Männer an ihnen vorbeidrängte. Sie gingen durch den Eingang zum Gebetspfad. Hinter ihnen sah Ernesto Fritz Hochegger, wie immer mit ärmelloser Jacke und einem riesigen Fotoapparat um den Hals.

„Hochegger", begrüßte er ihn. „Dann kann ich ja wieder gehen."

„Wenn du mir sagst, was ich fotografieren soll."

Ernesto drehte sich um und sah den jungen Männern hinterher.

„Dieses Gfrast", sagte er und nickte in ihre Richtung. „Ein Bild von diesen Trotteln im Kilt auf dem Gebetspfad."

„Dein Wunsch ist mir Befehl." Hochegger sah Ernesto fragend an. „Ich meine, ich bin nur der Fotograf."

„Du willst wissen, was das wird, wenn es fertig ist? Kärntner Buam im Kilt. Das ist doch ein schöner Titel. Und natürlich brauchen wir jede Menge Bilder vom Reiftanz. Und nach dem Reiftanz kommt das Pritschen. Da werden Politiker auf eine Bank gelegt und verdroschen, leider nur symbolisch. Der LH wäre super."

Hochegger grüßte stumm und folgte den Männern auf den Gebetspfad.

„Hoffentlich schaut er ihnen mit dem Objektiv unter den Rock“, sagte Sonja.

„So aufregend wird die Aussicht nicht sein.“

„Du meinst große Klappe, kleiner Schwanz.“

„Genau so. Gehen wir noch hinüber zu den Standln.“

42

Wie Ernesto vermutet hatte, zeigte ein Teil der Hüttenberger keine Eile, als sich die Blaskapelle in Bewegung setzte. Nur der Pfarrer kippte schnell sein kleines Bier hinunter und machte sich auf, dem Bürgermeister zu folgen. Der Wirt vom Goldenen Ochsen hatte seinen Stand am Rand des Parkplatzes. Dort sammelten sich jene, die den Reiftanz dieses Jahr auslassen und sich lieber noch ein paar Bier genehmigen wollten. Ernesto erstaunte es nicht, in der Gruppe den Mostbauer zu sehen.

„Mostbauer“, begrüßte ihn Ernesto. „Was ist, schaust du dir den Reiftanz nicht an?“

„Die Umahupferei“, murrte er. „Lass ich heuer aus und sonst auch.“

„Er kann den Krametter nicht leiden“, sagte der Wirt. „Und was wollt ihr trinken, ihr zwei Hübschen?“

„Etwas ohne Alkohol“, sagte Ernesto. „Apfelsaft wäre nicht schlecht, und Wasser für den Hund.“

„Kommt sofort.“

„Und du?“ Der Mostbauer stieß Ernesto mit dem Ellbogen an. „Ziehst du jetzt nach Hüttenberg, oder was?“

„Wie kommst du darauf?“

„So oft, wie du da bist, kannst gleich da bleiben, und deine Schöne hast auch schon mitgebracht.“

„Ach, halt die Goschn, du alter Klachl", rief der Wirt von hinter dem Stand. „Wenn du stänkerst, gibt's kein Bier mehr."

„Ich halt das schon aus", sagte Sonja und legte dem Mostbauer eine Hand auf den Arm. „Du bist das also mit der Kuh. Eine richtige Berühmtheit."

„Die Kuh oder der Bauer?", fragte Ernesto, und alle lachten.

„Sie gibt immer noch Milch", sagte der Mostbauer.

„Du bist ein Idiot, Mostbauer", sagte Thorsten Schulz, der jetzt zu ihnen stieß. „Ich hätte die Kuh abgestochen und dem Harrer die Rechnung geschickt. Dann hättest du wenigstens etwas davon gehabt."

„Ja, du bist schön still", brauste der Mostbauer auf. „Du Sonntagsbauer, du. Keine Ahnung von nichts, aber einen weißen Zopf."

„Lieber Sonntagsbauer als Mostbauer", erwiderte Schulz. Er streckte Ernesto die Hand entgegen. „Dachte schon, dass Sie hier auftauchen."

„Bei diesem gesellschaftlichen Ereignis", sagte Ernesto.

„Großer Auftrieb heute." Schulz klopfte auf die Theke. „He, Wirt, ein großes Bier."

Der Wirt stellte den Apfelsaft und zwei Gläser vor Sonja und Ernesto hin. „Den Landeshauptmann hab ich noch nicht gesehen", sagte er, „aber sein Vize und der Agrarreferent müssten irgendwo sein."

„Hat der Landeshauptmann Angst, dass ihn einer den Felsen hinunterwirft?", fragte Schulz.

„Ich glaub, der hat eher Angst, gewissen Leuten über den Weg zu laufen", sagte der Wirt.

„Dann sollte ich mich wohl auch verziehen." Ernesto grinste. „Aber ich glaub nicht, dass der Angst vor mir hat. Ich glaub, der hat überhaupt keine Angst. Der will sich nur nicht mit dem Fußvolk abgeben."

Nach einem kurzen Schweigen klopfte Schulz Ernesto auf die Schulter. „Wie sieht es mit dem Mörder aus?"

„An Verdächtigen mangelt es nicht", sagte Ernesto.

„So? Wer denn leicht?", fragte der Mostbauer.

„Du, zum Beispiel", meinte Ernesto.

„Ich? Du spinnst aber grob."

„Der Schulz hat gerade gesagt, was für ein Motiv du hast."

„Hä?", machte der Mostbauer.

„Die Kuh", erklärte Ernesto. „Du hast doch keinen Cent dafür bekommen, oder? Du hättest doch gerne eine Entschädigung gehabt. Aber die Mönche ..."

„Dann kannst du genauso den Wirt verdächtigen", unterbrach ihn der Mostbauer und zeigte mit dem Glas in der Hand auf den Wirt. „Wird dir auch nicht gefallen, wenn die Glatzerten das Kommando übernehmen. Dann ist Essig mit dein Bier und dein Schnaps."

„Mostbauer." Der Wirt blies sich auf. „Ein Wort noch ..."

„Und was?", forderte ihn der Mostbauer heraus.

„Dann kriegst eine in deine blöde Goschn, dass dich drei Tag nicht mehr davon erholst."

„Schön langsam", sagte Sonja. „Beruhigt euch."

„Ja, wenn's wahr ist", grollte der Wirt und wischte mit einem dreckigen Fetzen über die Theke.

„Ist es denn überhaupt sicher, dass es Mord war?", fragte Schulz.

„Offiziell oder inoffiziell?", fragte Ernesto zurück.

„Wo liegt da der Unterschied?"

„Offiziell gilt es nach wie vor als Unfall", sagte Ernesto.

„Und inoffiziell als Mord?"

„Ich würde das nicht ausschließen. So, und jetzt reden wir bitte über etwas anderes." Ernesto drehte sich mit dem Rücken zur Theke. Das Thema war unvermeidlich, aber er wollte die Suche nach dem Täter nicht mit einem Saufkopf wie dem Mostbauer diskutieren. Außerdem war es nicht gut, seine Karten aufzudecken.

Sonja erklärte Schulz gerade, womit sie ihren Lebensunterhalt verdiente. Er meinte, dann wäre es doch gut, wenn sie bei Veranstaltungen wie dieser einen Stand mieten würde. Bei so einer Gelegenheit könnte sie sicher jede Menge Keramik an den Mann bringen. Sie solle unbedingt Schalen und Becher mit chinesischen Schriftzeichen herstellen. Am besten gleich eine ganze Serie. Und extra für Hüttenberg eine Limited Edition mit tibetischen Schriftzeichen. Das Asiatische liege gerade voll im Trend. Mit halbem Ohr hörte Ernesto hin. Er kannte diese Diskussion schon. Schulz insistierte, dass Sonja einen Marketingplan brauche und sich als Marke etablieren müsse. Sonja sah Schulz an, als hätte er ihr gerade angeboten, einen Pakt mit dem Teufel zu schließen.

Ernesto hockte sich zu Betty und kraulte sie zwischen den Ohren. Die Straße war bis auf ein paar Nachzügler leer. Vom Hauptplatz her hörte Ernesto Musik. Es war Zeit, sich auf den Weg zu machen. Der Reiftanz begann in ein paar Minuten, und von den Saufköpfen hatte er genug. Ernesto nahm Sonjas Hand, und sie gingen am Heinrich-Harrer-Museum vorbei auf den Reiftanzplatz.

„Hans Obermoar bin ich genannt,
nimm die Klatschen in die Hand,
nimm die Klatschen bei dem Stiel,
heut muas geschehen, was ich haben will!

Spielleut, spielt's auf den lustigen Roaftanz!", schrie der Anführer der Reiftänzer, der Hans Obermoar, über den Platz, und die Bergmannskapelle begann, die Reiftanzmelodie zu spielen. Die Tänzer gingen im Kreis, hielten die Reifen so, dass einer das vordere, der andere das hintere Ende des Reifens in der Hand hatte, und so drehten sie sich im Kreis. Die Kapelle wiederholte immer wieder dieselbe Melodie. Nach fast zehn Minuten blieb einer der Reiftänzer in der Mitte des Platzes stehen. Der Hans Obermoar wies ihn ein. Die anderen Tänzer gingen weiter und drehten sich wie eine Spirale um den Mittelpunkt. Das war der Schneckengang.

Nach einer Dreiviertelstunde begannen die Tänzer, das sogenannte Grubenhaus zu bilden. Dabei sammelten sie sich in der Mitte des Platzes und gingen in immer kleineren Kreisen um den Mittelpunkt. Dann blieben die ersten beiden stehen und hielten den Reifen ruhig über ihre Köpfe. Die nächsten beiden Tänzer folgten bei der nächsten Umrundung und hielten ihren Reifen über den ersten. So ging das weiter, bis aus den Reifen eine Art Zelt entstanden war. Ernesto hoffte, dass damit der Spuk vorbei war, aber die Tänzer machten weiter. Sie lösten sich voneinander und gingen wieder größere Kreise, begannen neue Figuren zu tanzen.

Über eine Stunde ging das so. Betty hatte sich zu Ernestos Füßen gelegt und döste. Immer wieder spielte die Bergmannskapelle dieselbe Melodie. Ernesto hatte nicht mitgezählt, aber das war sicher schon das hundertste Mal. Betty fand das offenbar beruhigend. Sie hob nur einmal kurz den Kopf, als Ernesto vor Ungeduld von einem Fuß auf den anderen trat, aber sonst rührte sie sich nicht.

Der Landeshauptmann saß gegenüber auf einer Tribüne und versuchte, interessiert zu wirken. Das fiel ihm angesichts seines Alkoholpegels und der eintönigen Darbietung schwer. Ernesto fand den LH, dessen Kopf immer wieder ein wenig nach vorne kippte und dann in die Höhe schnellte, wesentlich spannender als den Reiftanz. Neben dem Landeshauptmann saßen seine beiden Vizes und der Agrarreferent. In der zweiten Reihe sah Ernesto den Bürgermeister und am Rand der Tribüne Ernst Krametter.

Man sollte die Leute da drüben verhaften und einsperren, und dann wird man schon herausfinden, was sie angestellt haben, dachte Ernesto und suchte nach Jörg Tschabuschnig. Der Pressesprecher würde sich das Spektakel nicht entgehen lassen. Da konnte man ein paar lustige Fotos mit dem Landeshauptmann und dem Hans Obermoar machen, schön volksnah, und selbstverständlich war sich der LH nicht zu schade für das Pritschen. Das hatte Tschabuschnig sicher schon organisiert.

Wie Ernesto vermutet hatte, kam Hans Obermoar zuerst zum Landeshauptmann und zog ihn von der Tribüne. Unter Lachen und Gejohle schupfte der Obermoar den LH über den Platz zu einer hölzernen Bank. Fritz Hochegger lauerte schon mit seiner Kamera. Ein Landeshauptmann, der öffentlich verdroschen wird, ist ein unbezahlbares Bild.

Jetzt entdeckte Ernesto auch den Pressesprecher. Er stand ein wenig abseits, ganz lässig an eine Absperrung gelehnt, und hatte die Arme vor der Brust verschränkt. In dieser Rolle gefiel sich Tschabuschnig besonders. Der Mann im Hintergrund, der die Fäden zog, der Mastermind, der Spindoktor.

Die Selbstinszenierung fand Ernesto lächerlich, aber davon durfte man sich nicht täuschen lassen.

Tschabuschnig fehlte zum Intriganten von Weltformat sicherlich die Klasse. Aber er spielte das Spiel gar nicht so schlecht, und Machiavellis „Fürst“ hatte er unter Garantie sehr aufmerksam gelesen. Machiavelli erfreute sich in der österreichischen Politik seit Kanzler Schüssel einer gewissen Beliebtheit. Wo waren die Zeiten, als österreichische Kanzler noch Robert Musil lasen?

Tschabuschnig war sicherlich ein Dummkopf, wenn es um Robert Musil ging, aber er verstand etwas davon, das Geld anderer Leute in seiner eigenen Tasche verschwinden zu lassen. Wenn Ernesto die seltsamen Verbindungen von Tibet Medical Group und Feldonia Bau richtig deutete, dann war Tschabuschnig in diesem Spiel sogar richtig gut. Als Präsident der Tibet Medical Group konnte er sich als Wohltäter aufspielen. Selbstlos setze er sich für die Entwicklung des Landes ein, opfere seine Freizeit, um eine der strukturschwächsten Regionen Kärntens zu unterstützen. Dafür bekam er sicher irgendwann das große Ehrenzeichen des Landes Kärnten in Gold.

Davon kann man sich freilich nichts kaufen. Nur wenn man gleichzeitig im Aufsichtsrat der Feldonia Bau sitzt, kann man sich über die Tibet Medical Group einen Auftrag in Millionenhöhe zuschanzen und einen fetten Bonus kassieren.

Die Klatsche des Hans Obermoar sauste auf den Hintern des Landeshauptmanns nieder, und die Menge johlte. Der Landeshauptmann versuchte ebenfalls zu lachen, aber der Obermoar hatte vielleicht doch ein wenig zu fest zugeschlagen, und es trieb dem LH die Tränen in die Augen.

Dem Landeshauptmann folgten seine Vizes und der Agrarreferent auf die Bank. Dann nahm sich der Obermoar noch den Bürgermeister und ein paar Leute aus dem Gemeinderat vor. Als die meisten davon überzeugt waren, dass die Show vorbei war, sah sich der Hans Obermoar um. Er hielt sich die Hand an die Stirn, als müsse er seine Augen beschirmen, lehnte sich vor und drehte sich im Kreis. Jetzt hatte er sein Opfer ausgespäht und hielt auf die Tribüne zu. Er streckte beide Arme aus und griff nach Tenzing Dondrup, der sich eher widerwillig hochziehen und auf den Platz führen ließ. Die Reiftänzer nickten dem Mönch zu, als er an ihnen vorbeiging. Das hatten sie weder beim Landeshauptmann noch bei sonst einem der Prominenten gemacht. Dann krachte die Klatsche dreimal auf den Hintern des Mönches und die Bergmannskapelle spielte jedes Mal einen Tusch.

Ernesto schnaufte angewidert und schüttelte den Kopf. Es war Zeit zu gehen. Wenn sie noch länger warteten, mussten sie sich mit dreitausend Zuschauern durch die Straßen quälen, und dazu hatte Ernesto keine Lust.

Als Ernesto sich umdrehte, sah er den Pressesprecher des Landeshauptmanns. Einen Moment lang starrten sie einander an, dann stand Tschabuschnig auf und marschierte quer über den Reiftanzplatz auf Ernesto zu.

„Sind Sie wahnsinnig?", brüllte Tschabuschnig, und die Leute wandten sich ihm zu. Sogar die Reiftänzer hielten für einen Moment inne. Tschabuschnig kümmerte das alles nicht. Er baute sich vor Ernesto auf.

„Das wird Ihnen noch leidtun", sagte er jetzt ein wenig leiser. „Wir werden Sie verklagen. Sind Sie eigentlich noch bei Trost, so einen Mist zu schreiben, Sie Zeitungsschmierer."

Ernesto schaute Tschabuschnig an und wartete.

„Sie können doch nicht das Andenken von Heinrich Harrer in den Dreck ziehen“, brüllte Tschabuschnig. „Und was glauben Sie, wer Sie sind, dass Sie so über den Dalai Lama schreiben?“

Ernesto antwortete nicht. Er sah sich nach Sonja um und fasste sie am Unterarm. „Ich glaube, wir sollten langsam gehen“, sagte er zu ihr.

„Das wird Konsequenzen haben“, brüllte Tschabuschnig.

Ernesto drehte sich um und ging. Natürlich würde das Konsequenzen haben, dafür schrieb er so einen Artikel ja.

„Sie können jetzt nicht einfach gehen“, schrie Tschabuschnig.

Ernesto und Sonja schlenderten zurück zum Heinrich-Harrer-Museum, wo die Saufköpfe immer noch am Stand des Goldenen Ochsen auf bessere Zeiten warteten. Betty hatte es eilig, von hier wegzukommen. Sie zog an der Leine und steuerte auf den Parkplatz zu. Sie hatte genug von Hüttenberg, sie wollte zurück zu ihren Schafen.

Kapitel 14

43

Fünf Bücher lagen aufgeschlagen vor Ernesto auf dem Tisch unter der Laube. Betty hatte sich zu seinen Füßen eingeringelt und döste. Auf der Weide vor dem Haus ruhten die Schafe im Schatten der großen Esche. Ernesto lehnte sich zurück und betrachtete durch die Ranken des wilden Weins den Himmel. Am Abend würde es regnen. An den Karawanken begannen sich die Wolken zu sammeln, und die Schatten in den Klüften der Kalkberge wuchsen. Über den Wäldern lag ein Glast wie von Gold durchwirkt.

Der Holundersaft funkelte in der Sonne, und das Wasser perlte vor Kälte an der Außenseite des Glases. Sonja wusch bei offenem Fenster das Geschirr. „Möchtest du später einen Kuchen?“, rief sie. „Ich mache gleich Kaffee.“

„Mach dir nicht so eine Arbeit mit mir“, sagte Ernesto und stand auf. Er streckte sich. „Ich stelle den Kaffee auf.“

„Du willst dich nur vor deiner Recherche drücken.“

„Ich mag diese Heiligen nicht. Ich traue ihnen nicht so weit, wie ich ein Klavier werfen kann.“ Ernesto holte die Kaffeedose aus dem Schrank. „Dieser Dadul Gyaltsen geht mir mittlerweile unglaublich auf die Nerven mit seinem Geschreibsel.“

„Er war eben ein Erleuchteter.“ Sonja lachte. „Du verstehst das nicht.“

Ernesto schwieg, während das Wasser durch den Filter lief. Er hatte die Bücher von Dadul Gyaltsen noch einmal durchgesehen. Sein erstes Urteil war ja vielleicht ein wenig hart gewesen, aber es wurde nicht besser. Esoterikkitsch traf es am ehesten.

„Du sagst ja gar nichts", unterbrach Sonja seinen Gedankengang.

„Über diesen Mist gibt es auch nichts zu sagen. Wie werde ich glücklich in dreißig Tagen."

„So schlimm?"

„Viel besser ist es nicht. Nimm Zuflucht zum Buddhismus, meditiere, und du wirst erleuchtet. Ich frage mich nur, wozu? Wo es heutzutage Glühlampen gibt."

„Das weiß ich auch nicht. Aber wenn so viele Leute darin ihre Erfüllung finden ..."

Ernesto verzog das Gesicht.

„Ich weiß", sagte Sonja. „Millionen von Fliegen können nicht irren. Trotzdem."

„Natürlich ist es verlockend", sagte Ernesto und goss Kaffee ein. „Wer möchte nicht von diesem Elend hier befreit werden? Das Leben ist ja wirklich nicht nur schön. Keine Frage. Da musst du eben die Anhaftung an die Welt abschütteln. Wie ein Held musst du gegen den Drachen der Verlockung, gegen die Ungeheuer der Sünde kämpfen, und irgendwann ... Aber wehe, wenn du versagst, wenn du sündigst und schlechtes Karma anhäufst, dann wirst du im nächsten Leben als Landeshauptmann von Kärnten wiedergeboren."

„Das ist eine schlimme Strafe."

„Ja, aber wie du es auch anstellst, du bist sowieso im Arsch", sagte Ernesto und schüttelte den Kopf. „Du kannst die Anforderungen unmöglich erfüllen. Denk nur daran, was du machen müsstest, um direkt in den Himmel zu kommen. Da reicht es nicht einmal, wenn du der Papst höchstpersönlich bist, und bei den Buddhisten ist das noch schlimmer, fürchte ich. Du hast keine Chance. Du kommst nicht ins Nirvana, nicht nach diesem Leben. Ich habe da vor vielen Jahren eine Geschichte dazu gehört. Ich glaube, die sollte tröstlich sein oder wenigstens demonstrieren, wie verklärt und erleuchtet ein wahrer Yogi ist. Die geht ungefähr so: Ein Yogi sitzt unter einem Baum und meditiert. Er meditiert schon seit Monaten, ach, was sage ich, seit Jahren sitzt er dort, tief in Versenkung. Er betet zu Buddha, ruft die Götter an, was weiß ich, und als er sein Durchhaltevermögen und seine Ernsthaftigkeit genügend unter Beweis gestellt hat, erscheint ihm ein Gott. Der Yogi fragt diesen Gott, wie lange es noch dauern wird, bis er aus dem Rad der Wiedergeburt erlöst wird, und der Gott antwortet: So viele Blätter, wie dieser Baum trägt, so viele Leben wird es noch dauern. Nur so wenige?, sagt der Yogi und fällt vor dem Gott auf die Knie. Für jemanden, der unbedingt aus dieser Welt hinauswill, ist das eine Horrorgeschichte, wenn du mich fragst."

Ernesto rollte sich eine Zigarette. Dadul Gyaltsen war der Meinung gewesen, Zigaretten schädigten das Karma. In seinem Buch „Der Weg zur Vollkommenheit" verstieg er sich zu der Aussage, Rauchen schädige nicht nur den Körper und behindere den Raucher in seiner spirituellen Entwicklung, Rauchen nähre den Einfluss der Dämonen auf diese Welt, Rauchen sei zu einem großen Teil für die Verblendung der Menschen verantwortlich. Diese Verblendung wiederum wäre die Ursache für das Böse in der Welt.

Über den Karawanken schoben sich die Wolken zusammen. Ihre Unterseiten sahen aus wie mit einem Messer abgeschnitten. Die Schnittflächen begannen sich dunkel zu färben. Noch ein paar Stunden, dann würden die Regenschleier über die Ebene ziehen und das Wasser der Seen zum Rauschen bringen. Ernesto spürte, wie die Müdigkeit durch seine Beine nach oben kroch und sich in seinem Bauch breitmachte. Kurz schloss er die Augen, öffnete sie wieder, sah in den Himmel. Er könnte sich jetzt hinlegen. Draußen im Garten hinter dem Haus. Aber das würde nichts helfen. Die Kaffeetasse schob er mit den Fingern über die Bretter der Tischplatte. Er presste die Lippen zusammen.

Noch konnte er die Sache fallen lassen. Der Mönch war verunglückt, der Auftritt des Pressesprechers würde in Vergessenheit geraten. Es war nichts passiert. Sehr verlockend erschien Ernesto dieser Weg nicht. Wenn er weitermachte und den Mörder fand, ging der Wirbel erst richtig los. Ernesto schüttelte sich.

„Was hast du?“

„Das ist im Grunde ziemlich frustrierend“, sagte Ernesto. „Vermutlich ist der Mörder ein Idiot, der einen anderen Idioten über eine Felswand geworfen hat. Und dann? Um es mit Wittgenstein zu sagen: Wenn alle kriminaltechnischen Fragen gelöst sind, haben wir die wesentlichen Probleme noch nicht einmal berührt.“

„Du hasst Wittgenstein.“

„Allerdings.“

„Nach was suchst du eigentlich?“

„Etwas habe ich schon gefunden. Etwas überaus Erstaunliches“, sagte Ernesto. „Aber ich weiß noch nicht, was das mit dem Mord an Dadul Gyaltsen zu tun hat.“

„Dann würde ich vorschlagen, du erzählst mir davon.“

44

„Du kennst vielleicht die Sage vom König Barbarossa in der Saualpe“, begann Ernesto. „Darin heißt es, der alte Kaiser würde zu bestimmten Zeiten sein unterirdisches Versteck verlassen, um mit seinem Heer den Kampf zu proben."

„Ich dachte immer, Barbarossa schläft im Untersberg bei Salzburg", sagte Sonja.

„Da gibt es verschiedene Versionen. Die einen sagen, er ist im Untersberg, die anderen behaupten, er hat sich in den Kyffhäuser zurückgezogen, und die Kärntner sagen, er befindet sich mit seinem Heer in der Saualpe. Da gibt es Gänge und Säle, Gewölbe, riesige Speicher und unterirdische Stallungen für die Pferde. Die Ritter und die Tiere schlafen. Sie befinden sich in einem Dämmerzustand, in dem sie nicht altern und keine Nahrung brauchen. Nur der Kaiser selbst erwacht von Zeit zu Zeit. Er ist der Einzige, der sich verändert. Sein Bart wächst um den Tisch, an dem er sitzt und wartet. Wenn der Bart den Tisch dreimal umrundet hat, dann beginnen die letzten Tage.

Aber was ist, wenn wir diese Geschichte ein bisschen abändern? Wenn, sagen wir, nicht alle Soldaten sich in diesem Zustand befinden. Ein paar von ihnen sind wach und bewegen sich ganz normal, essen, reden, planen. Ein kleiner Trupp, dafür verantwortlich, dass das unterirdische Reich funktioniert, sogar wächst. Dafür gibt es in den Sagen immer wieder Belege, man muss nur den Zusammenhang erkennen.

Aus der Gegend um Villach wird erzählt, ein Weinhändler sei eines Nachts mit seinem Fuhrwerk aufgehalten worden. Männer in eisernen Rüstungen hätten sich ihm in den Weg gestellt. Diese Soldaten geleiteten ihn zu einem Marmortor im Berg. Er lieferte den Wein im Palast Barbarossas ab und wurde zum Kegelspiel eingeladen. Er gewann viel mehr, als seine Weinfuhre wert war. Als der Morgen kam, verließ er den Berg. Er fuhr mit seinen Pferden nach Hause. Dort wunderte man sich sehr, ihn zu sehen. Seine Frau hatte ihn für tot gehalten. Denn eine Nacht im Berg dauert so lange wie sieben Jahre in unserer Welt."

„Barbarossa sitzt also da und wartet. Und worauf wartet er?"

„Auf das Ende der Welt. Die letzten Tage der Menschheit. So ein Unsinn eben. Um festzustellen, ob dieses ominöse Ende schon nahe ist, schickt Barbarossa immer wieder Boten aus. Die fragen dann, ob die Menschen noch über die vier Berge gehen. Wenn sie zurückkommen und die Nachricht bringen, die Menschen hätten den Vierbergelauf aufgegeben, dann ist es Zeit, sich zu rüsten."

Ernesto spann die Geschichte weiter. Wenn dieses unterirdische Reich wuchs, dann musste es Zuwachs von der Welt der Lebenden bekommen. Barbarossas Palast war so etwas wie eine neue Version von Walhalla. Alle großen Krieger und Feldherren, alle bedeutenden Staatsmänner starben nicht, sondern zogen sich in die Berge zurück. Deshalb war das unterirdische System aus Gängen angewachsen und durchzog mittlerweile die ganzen Alpen.

„Man könnte sogar noch weiter gehen", sagte Ernesto. „Wenn jemand schlau genug ist, würde er diese Geschichte wohl mit den Zwergensagen in Verbindung bringen und mit der Geschichte der Nibelungen. Aber wir können froh sein, dass die Nazis dazu zu blöd sind. Sie haben sich auf eine viel absurdere Geschichte eingelassen."

In Tibet, in den unzugänglichen Bergtälern des Himalaya, gibt es eine Stadt, die Eingeweihten nennen sie Shambala. Sie wurde vor so langer Zeit gegründet, dass sich niemand mehr an eine Zeit entsinnen kann, in der es keinen König von Shambala gab. Buddha selbst besuchte die Stadt, um dort den letzten Teil seiner Lehre vor den Menschen zu verstecken. Das Kalachakra-Tantra als der Königsweg zur Erleuchtung und zur Befreiung aus dem Rad der Wiedergeburt sollte erst zu den Menschen gelangen, wenn sie reif für diese Offenbarung waren.

Heute ist Shambala nur mehr wenigen Yogis und Lamas zugänglich. In unserer Zeit des Niedergangs, dem eisernen Zeitalter, oder hinduistisch gesprochen dem Kali-Yuga, sind die Menschen so weit von der reinen Lehre abgefallen, dass viele Leben der Reinigung nicht ausreichen, um würdig zu sein, seinen Fuß in das heilige Königreich zu setzen.

„Wenn du mich fragst", sagte Ernesto, „dann ist Shambala gleichbedeutend mit Lhasa, der verbotenen Stadt Tibets. Kaum dreißig Europäer haben die Stadt bis zum Exil des Dalai Lama 1959 von innen gesehen, und Inder dürften dort auch nicht sehr willkommen gewesen sein. Lhasa war die unbetretbare Stadt, Tibet das geheimnisvolle Königreich im Himalaya."

„Das heißt, die Tibeter haben Shambala erfunden?", fragte Sonja.

„So einfach wird es wohl nicht sein. Ich habe es nicht überprüft, aber angeblich gibt es ältere Texte als das Kalachakra-Tantra, die von einem verborgenen Königreich sprechen. Vor dem Buddhismus war der Bön die wichtigste Religion in Tibet. Das war eine Form des Schamanismus, nicht unähnlich dem zentralasiatischen Schamanismus mit einem männlichen Hauptgott, mit Initiationskulten und Geistreisen. Dinge, die in den tibetischen Buddhismus einflossen. Ich habe gelesen, es gibt Bön-Texte, die von einem Reich namens Olmo Lungring sprechen. Verwunderlich ist das nicht. Solche verborgenen Welten finden wir in fast allen Kulturen. Denk an Avalon oder an die Insel der Seligen. Der Shambala-Mythos zeigt aber mehr als nur solche oberflächlichen Gemeinsamkeiten mit der Sage von Kaiser Barbarossa im Berg. Shambala ist das genaue Gegenstück zu unserer Geschichte mit dem Kaiser im Berg", sagte Ernesto. „Und wo sich zwei Geschichten dermaßen gleichen, da gleichen sich ganz sicher auch die ideologischen Hintergründe. Der Reiftanz und das Kalachakra-Tantra haben den gleichen Zweck. Sie rufen den König aus dem Berg."

„Aber das passt so gar nicht zu dem Bild, das wir von Tibet haben", sagte Sonja. „Der Dalai Lama predigt bei allen Gelegenheiten den Weltfrieden. Ich kann mir nicht vorstellen, dass er so eine Ideologie gutheißt."

„Ideologie, genau das ist das Stichwort." Ernesto schlug mit der flachen Hand auf den Tisch. „Um nichts anderes geht es. Du bist ein Genie. Weißt du, was alle Ideologien gemeinsam haben?"

„Du wirst es mir gleich sagen."

„Die Auswirkungen sind immer dieselben."

„Bitte?"

„Schau es dir an", sagte Ernesto. „Der Faschismus, wohin führt der?"

„Blöde Frage. Am Ende bleibt nur Tod, Vernichtung und Elend. Das weiß doch jeder."

„Und der Kommunismus? Dasselbe. Man kann sich darauf hinausreden, der Stalinismus sei eine Verirrung, aber das stimmt nicht. Der Stalinismus, die Gulags, die Unterdrückung sind eine notwendige Folge des ideologischen Systems. Das Christentum? Kreuzzüge, Inquisition, Folter und Mord. Der Islam, der Kapitalismus, du kannst es dir aussuchen."

„Es gibt also keine Rettung."

„Das weiß ich nicht.“ Ernesto schüttelte den Kopf. „Die Frage ist: Ist der Buddhismus ein ideologisches System?“

„Zumindest führen Buddhisten keine Religionskriege. Führen die überhaupt Kriege?“

„Falsch, ganz falsch“, sagte Ernesto. „Der buddhistische König Ashoka überzog Afghanistan mit Krieg, um seinen Glauben zu verbreiten. Die Tibeter gingen mit den Mongolen eine Allianz ein, um den Buddhismus nach Zentralasien zu bringen, und das war keine Kinderjause, das kann ich dir versichern. Natürlich führen Buddhisten Kriege. Sie sind davon überzeugt, dass ihre Religion die einzig wahre, die höchste Form der Spiritualität ist. Die aktuelle Taktik sieht von offenen Kampfhandlungen ab. Religion mit dem Schwert zu verbreiten, auf solch eine dämliche Idee kommen heute nur mehr Islamisten. Die Buddhisten führen ihren Feldzug in den Medien. Es ist eine Art Partisanenmethode, eine Unterwanderung.“

„Ernesto, du hebst ab.“

„Nicht, dass ich wüsste. Weißt du, wie sich der Neuhinduismus im Westen auszubreiten begann?“

„Die Beatles sind nach Indien gefahren“, riet Sonja.

„Knapp daneben. Aber wirklich nur knapp. Einer von diesen Gurus sah, dass im Westen ein religiöses Vakuum herrschte. Nach dem Zweiten Weltkrieg gab es einen Wirtschaftsaufschwung, aber aus religiöser Sicht waren Europa und Amerika eine Wüste. Also setzt sich dieser Typ in New York auf den Times Square und beginnt zu singen: Hare Rama, Hare Krishna.“

„Du meine Güte.“

„Peinlich, oder?“ Ernesto grinste. „Aber es hat gewirkt. Und es wirkt immer noch. Der Dalai Lama macht im Wesentlichen nichts anderes. Was hat der je Substanzielles zum tibetischen Buddhismus gesagt oder geschrieben? Nichts, aber schon rein gar nichts. Das ist das Lustige daran. Der Buddhismus ist für die meisten von uns ein leeres Geheimnis, und deshalb funktioniert das. Würden die Menschen sich mit dieser Religion beschäftigen, dann würden sie herausfinden, dass sie nicht wesentlich anders ist als das Christentum. Wenn man schon eine Religion braucht, dann kann man gleich die nehmen, die da ist."

„Du wirst noch konservativ. Das hätte ich dir gar nicht zugetraut."

„Was heißt konservativ?" Ernesto hob die Hände. „Praktisch, nichts weiter. Christliche Texte sind verfügbar, meist sogar in einer deutschen Übersetzung. Sonst sind sie schlimmstenfalls in Altgriechisch oder Latein abgefasst. Beides kann man, man glaubt es kaum, in der Schule lernen. Mit Sanskrit, Pali und was weiß ich noch was ist das bekanntlich ein bisschen anders. Kommt noch dazu, dass die Buddhisten mit den Texten nicht herausrücken."

„Aber die Leute wollen das alles doch gar nicht wissen. Sie wollen eine Religion, in der sie sich wohlfühlen, ohne Sünde und Höllenqualen."

„Dann ist der Buddhismus aber ganz sicher die falsche Wahl", sagte Ernesto.

„Das ist ja alles sehr interessant. Aber was hat das mit dem Mord an Dadul Gyaltsen zu tun?", fragte Sonja.

Ernesto setzte sich auf die Anrichte, balancierte seine Kaffeetasse auf zwei Fingern und murrte.

„Das ist eine abgefahrene Theorie, aber ich sehe da keinen Zusammenhang", fuhr Sonja fort.

„Oh, der Zusammenhang ist evident", sagte Ernesto. „Wenn auch nicht auf den ersten Blick zu sehen. Wenigstens zwei Verdächtige passen in diese Geschichte. Thorsten Schulz und unser Amtsleiter, Ernst Krametter. Schulz ist ein typischer Altachtundsechziger. Ein ehemaliger Hippie, der eingesehen hat, dass seine Träume zu nichts führen. Deshalb hat er eine Kehrtwende gemacht, und als er genug Geld hatte, zog er sich aus der ach so ungerechten und hässlichen Welt zurück."

„Das macht ihn noch nicht zum Mörder."

„Gekränkte Eitelkeit ist eine starke Triebfeder. Außerdem ist er nicht dumm. Er hat erkannt, dass der Buddhismus, dieses ganze esoterische Geschwurl, nichts weiter ist als das System, gegen das er als junger Mann gekämpft hat."

„Und deshalb hat er Dadul Gyaltsen ermordet. Das ist an den Haaren herbeigezogen." Sonja holte den Kuchen aus der Speis und schnitt ihn auf. „Ernesto, ich glaube, du bist auf dem Holzweg."

„Das mag sein. Trotzdem möchte ich diesen Weg noch ein Stückchen weiter verfolgen." Ernesto schnappte sich ein Kuchenstück und sprach mit vollem Mund weiter. „Schulz könnte in Hüttenberg mehr gesehen haben, als er auszuhalten bereit war. Wenn er erkannt hat, dass der Buddhismus nur ein weiteres System des Establishments ist, und wenn er sieht, wie der tibetische Buddhismus langsam in unsere Gesellschaft sickert, dann halte ich es für möglich, dass er zu unüberlegten Maßnahmen gegriffen hat. Stell dir vor, direkt vor deiner Nase ist jemand dabei, einen faschistischen Umsturz durchzuführen."

„Du übertreibst."

„Nein, das mache ich nicht. Denn genau darauf läuft es hinaus. Aber Mönche von Felswänden zu stoßen und Leute mit der Schrotflinte zu verjagen, ist keine geeignete Gegenmaßnahme."

„Du willst mir allen Ernstes sagen, der Dalai Lama versucht ...“

„Versucht, den Buddhismus im Westen als wichtige Religion durchzusetzen, ja. Ich glaube nicht, dass er das schafft. Aber er ist dabei, die Meinungsmacher auf seine Seite zu ziehen. Alle regen sich über die Ausbreitung des Islam auf, und im gleichen Atemzug treten sie für die Unabhängigkeit Tibets ein und besuchen Meditationskurse.“

„Ein Kampf der Kulturen also.“

„Dieses kulturpessimistische Gerede, das ist doch Schwachsinn. Es gibt keinen Kampf im Sinne, wer gewinnt am Ende. Es kommt auch gar nicht darauf an. Aber Schulz könnte das so sehen. Der westliche Liberalismus gegen eine Buddhokratie aus dem Osten. Für mich ist das die Wahl zwischen Erdäpfeln und Kartoffeln. Für Schulz nicht. Er sieht, wie der Dalai Lama das Kalachakra-Tantra in Graz vorbereitet. Er versteht so viel davon, dass ihm klar ist, worum es geht. Der Gottkönig rekrutiert Soldaten für den Endkampf. Alle Teilnehmer des Kalachakra-Tantra werden als Soldaten Shambalas wiedergeboren.“

„Das klingt alles ziemlich fantastisch.“

„Ich weiß, aber solche Leute denken so. Du kannst jetzt fragen, warum muss man dann Dadul Gyaltsen umbringen? Das hat wieder mit dieser Art des Denkens zu tun, diesem magischen Weltbild. Die einfachste Erklärung dafür ist das tibetische Staatsorakel. Der Kriegsgott der Tibeter sieht im Tod eines so wichtigen Lamas kaum ein gutes Omen. Es könnte ein erster Schritt sein, um das Kalachakra-Tantra in Graz zu verhindern.“

„Aber du hast noch eine andere Theorie?“

„Da kommt Ernst Krametter ins Spiel, Amtsleiter der Gemeinde Hüttenberg und Organisator des Reiftanzes. Wie Doktor Graber herausgefunden hat, handelt es sich beim Reiftanz um einen alten Schwerttanz."

„Das hast du schon erwähnt."

„Dieser Schwerttanz hängt, wie auch schon gesagt, mit der Sage vom König im Berg zusammen. Der Tanz ist ein Königsrufen. Man könnte weitergehen und sagen, die Knappen seien wie die Lamas für die Verbindung zum unterirdischen Reich verantwortlich. Es gibt Geschichten, die sagen, im Keller des Palastes des Dalai Lama in Lhasa gebe es eine Verbindung nach Shambala.

Krametter könnte mehrere Motive haben. Erstens: Er ist nicht sehr glücklich, dass sich die Tibeter ausgerechnet Hüttenberg unter den Nagel reißen. Um die Tibeter zu vertreiben, ist es gar keine so schlechte Idee, ihren Anführer zu ermorden. Zweitens: Krametter will den König aus dem Berg rufen. Dazu ist ein Opfer nötig. Niemand eignet sich dazu besser als ein Anführer der Feinde. Drittens: Das Kalachakra-Tantra muss Krametter, selbst wenn er nur die Hälfte versteht, wie der finale Schlag der Buddhisten erscheinen. Viertens: Wer weiß, vielleicht spielt das alles keine Rolle, und Krametter hat Dadul Gyaltsen aus Eifersucht getötet."

„Du hast mir diese ganze haarsträubende Geschichte erzählt, und jetzt behauptest du, es war so etwas Banales wie Eifersucht?"

„Ja, das könnte sehr gut sein."

Kapitel 15

45

„Wo ist die Reiftanzgeschichte?“, schrie Auer statt einer Begrüßung. Er stand alleine im Redaktionsraum und wollte gerade zum Telefon greifen, als Ernesto auftauchte. Es war früh am Montagmorgen, und außer ihm war noch niemand da.

„Hast du wieder hier geschlafen?“, fragte Ernesto.

„Was glaubst du? Die Zeitung macht sich nicht von allein. Also, die Reiftanzgeschichte, aber ein bisschen plötzlich, und dann kannst du dich gleich nützlich machen. Ein paar Seiten sind schon gezeichnet. Auf der Fünfzehner und der Siebzehner sind Außenspalten mit Kurzmeldungen. Kümmere dich darum. Und sonst sind ein paar Artikel eh schon markiert. Da brauchst du nur den Text hineinstellen und schauen, ob es passt. Wenn du dich nicht auskennst, frag mich.“

Ernesto zwang sich zu einem Lächeln und verzog sich in die Kulturredaktion. Die Kurzmeldungen füllte er aus dem vormittäglichen Polizeibericht. Auf der A10 Tauernautobahn hatte es einen Unfall mit zwei Schwerverletzten gegeben – mutmaßlich, denn wenn man den Polizeibericht genau las, konnten es auch drei oder vier Schwerverletzte sein, und die Anzahl der Fahrzeuge, die in diesen Unfall verwickelt waren, konnte Ernesto nicht so genau eruieren. Ein Anruf bei der Autobahnpolizei brachte auch keine Klarheit, weil der Beamte, der den Bericht geschrieben hatte, nicht mehr im Dienst war und der Postenkommandant herumzickte und Ernesto die Handynummer des Beamten nicht geben wollte. In St. Veit hatte es in der Nacht auf

Sonntag in der Innenstadt einen Raufhandel gegeben. Dabei war ein Mädchen, sechzehn Jahre alt, verletzt worden. Ein anderes Mädchen hatte ihr eine Bierflasche über den Schädel gezogen. Das Mädchen lag mit Verletzungen unbestimmten Grades im LKH Klagenfurt. Im oberen Lavanttal auf der B 70 zwischen Reichenfels und Bad St. Leonhard war heute Nacht ein Pkw von der Fahrbahn abgekommen. Die vier Insassen trugen leichte Verletzungen davon, am Fahrzeug entstand Totalschaden. Ein Alkotest beim Fahrer ergab einen Wert von 1,4 Promille. Ein Zimmerbrand in Ratschitschach bei Völkermarkt hatte einen Schaden von etwa 40.000 Euro verursacht. Der Brand wurde von einem Passanten entdeckt. Es waren sowohl die Feuerwehr Völkermarkt wie auch die Feuerwehr Ruden im Einsatz. Ausgelöst wurde der Brand vermutlich durch eine „nicht sachgemäß ausgedämpfte Zigarette". Interessante Formulierung, fand Ernesto. Was da nicht alles entsteht, wenn sich Leute bemühen, Amtsdeutsch zu schreiben.

Die zwei Außenspalten hatte Ernesto in nicht einmal einer Dreiviertelstunde gefüllt. Dann sah er sich die offenen Artikel auf der Seite 15 an. Links oben war ein Bericht über die Verleihung eines Wirtschaftspreises vorgesehen. Das Foto im Korb zeigte den LH, den Präsidenten der Industriellenvereinigung und den Unternehmer. Ein Schmied, der einen besonderen Keil zum Spalten von Holz erfunden hatte. Ernesto ließ den Text in die Spalten laufen. Zum Glück war der Text zu lang und nicht zu kurz. Streichen kann man immer. Dazuschreiben ist schon erheblich schwieriger, wenn man von der Geschichte keine Ahnung hat.

Nach zwei Absätzen fragte sich Ernesto, warum sich so ein Analphabet einbildete, er könne einen Zeitungsartikel verfassen. Der Mann schrieb seit zwanzig Jahren als freier Mitarbeiter für die Kärntner Tagespost, und soweit Ernesto wusste, hatte er noch nie einen fehlerfreien deutschen Satz abgeliefert.

Nach drei weiteren Artikeln schnappte sich Ernesto seine Zigaretten und verzog sich auf die Dachterrasse. Der Strom des Unheils, der einen umspült, wenn man bei einer Tageszeitung arbeitet, war das eine, aber dieser Schwall an Unerheblichkeiten tötete Ernesto den letzten Nerv. Ein Zeltfest hier, eine Messeeröffnung da und dazwischen noch eine Trachtenmodeschau. Ernesto wusste nicht, warum man über so etwas berichten sollte. Im Grunde genommen ging es bei all diesen Veranstaltungen doch nur darum, dass irgendjemand, der sich für prominent oder sonst wie wichtig hielt, sein Gesicht in die Zeitung bringen konnte.

Oben auf der Dachterrasse war Ernesto heute alleine. Er sah eine Zeitlang in den Himmel und überlegte, wie er die Geschichte um den toten Mönch vorantreiben sollte. Im Moment sah es nicht so aus, als würde er den Mörder in nächster Zeit erwischen. An Verdächtigen mangelte es nicht, aber dafür an Beweisen. Dass sich immer neue Fährten auftaten, machte die Sache auch nicht besser.

In seiner Mappe hatte Ernesto die Zeitungsartikel der letzten Jahre zum Thema Hüttenberg, die Unterlagen, die ihm David Simon zugesteckt hatte, und seine Notizen. Aus dem allen ergab sich vielleicht nicht unmittelbar ein Hinweis auf den Mörder, aber mit etwas Geduld brachte Ernesto Klarheit in die Verwicklungen von Politik, Baufirmen und Tibetern.

Nach zwei Stunden hatte sich Ernestos Ahnung beinahe zur Gewissheit verdichtet. Dieses Tibet-Projekt war ein ziemlich engagierter Versuch, öffentliche Gelder in privaten Taschen verschwinden zu lassen.

68 Millionen, man muss sich das einmal vorstellen, eine geradezu irrwitzige Summe. Davon konnte man sich ungefähr 3.400 Mittelklassewagen oder 250 Einfamilienhäuser kaufen. Es war doch bescheuert, anzunehmen, ein einziges Hotel mit ein paar Seminarräumen könnte so viel Geld kosten. Bei einem Fünfsternehotel rechnete man mit etwa 90.000 Euro pro Bett an Baukosten. Das wären dann etwa 755 Betten. Für die Universität brauchte man vor allem Räume. Technische Geräte, Laboreinrichtung und was eine medizinische Fakultät im Normalfall noch so braucht, konnte man sich hier sparen. Traditionelle Medizin verwendet keine Röntgenapparate, keine MRTs und keine Blutuntersuchungen. Also, wohin zum Teufel verschwand das Geld?

Da gab es zuallererst die Tibet Medical Group, ein Verein, dessen Aufgabe es war, die Errichtung von Hotel und Universität zu planen, Subventionen aufzutreiben und die Bauphase zu überwachen. Präsident dieses Vereins war der Pressesprecher des Landeshauptmanns, Jörg Tschabuschnig, als Kassier war Ernst Krametter eingetragen.

Ob es eine öffentliche Ausschreibung für die Planung gegeben hatte, konnte Ernesto nicht feststellen. Jedenfalls hatte die Feldonia Bau den Zuschlag erhalten. Die wiederum hatte für dieses Projekt ein Architekturbüro namens Feldonia Constructions mit den Plänen beauftragt. Beide gehörten zur Feldonia Holding, einer Firma mit Hauptsitz in Finnland.

Jörg Tschabuschnig saß im Aufsichtsrat der Feldonia Bau. Gleichzeitig war Tschabuschnig aber nicht nur Pressesprecher des Landeshauptmanns, sondern auch Vorsitzender des Finanzausschusses seiner Partei. Eine ziemlich schiefe Optik.

Die Ausreden kannte Ernesto schon. Man konnte einem so fähigen Mann wie Tschabuschnig doch nicht verbieten, einen Job auszuüben. Außerdem konnte man Tschabuschnig doch sicher zutrauen, dass er die Interessen des Landes, die Interessen der Partei und seine eigenen voneinander zu unterscheiden wusste und so kein Interessenskonflikt eintreten konnte.

Blieb unter anderem die Frage, wo das Geld herkam. Das Land hatte keine 68 Millionen, die es investieren konnte. Die freie Finanzspitze bewegte sich vielleicht bei 20 Millionen, wenn überhaupt, und frei war diese Finanzspitze ja eigentlich auch nicht. In Wirklichkeit war auf Jahre hinaus jeder Cent verplant, und die Hälfte dieser Projekte konnte man sich im Grunde genommen gar nicht leisten.

David Simon hatte Ernesto eine Aufstellung besorgt, aus der hervorging, wie sich die Landesregierung die Finanzierung des Tibet-Projektes vorstellte. Die 68 Millionen stammten nur zu einem Teil aus dem Landesbudget. Üblicherweise finanzierte man solche Projekte je zu einem Drittel durch Gelder des Landes, der Gemeinde und des Bundes. In diesem Fall gab es da ein paar kleine Probleme. Die Gemeinde Hüttenberg hatte schlicht und ergreifend kein Geld übrig. Die Bedarfszuweisungen des Landes und des Bundes waren mehr oder weniger die einzigen Einnahmen der Gemeinde, und das reichte gerade einmal, um die Infrastruktur aufrechtzuerhalten. Wenn die Gemeinde Hüttenberg auch nur ein Stück Straße asphaltieren wollte, musste sie um eine Sonderbedarfszuweisung ansuchen. Ein Hotel lag da weit außerhalb des Finanzrahmens. Also musste man das Geld durch solche Sonderbedarfszuweisungen hereinbringen.

Das Land Kärnten finanzierte das Projekt mit 22,6 Millionen. Laut Aufstellung übernahm das Land weitere fünf Millionen der Kosten der Gemeinde. So waren die Mittel des Landes mit 27,6 Millionen ausgewiesen. Der Bund schien von dem Projekt nicht wahnsinnig überzeugt zu sein. Der Bundeszuschuss betrug jämmerliche fünf Millionen. Machte alles in allem 32,6 Millionen, blieb ein Fehlbetrag von 35,4 Millionen Euro.

Damit wäre das Projekt eigentlich schon gescheitert, wenn es da nicht die Tibet Medical Group gäbe. Die hatte laut Presseaussendung eine finnische Investorengruppe aufgetrieben. War es ein Zufall, dass die Feldonia Holding ihren Firmensitz in Finnland hatte? Wohl kaum, dachte Ernesto. Über den Namen dieser Investorengruppe schwieg sich die Presseaussendung aus, aber das konnte man herausfinden. Vermutlich handelte es sich um dieselben Leute, denen auch die Feldonia Holding gehörte.

Was aber mindestens so interessant war, war die Frage, woher das Land und die Gemeinde ihr Geld hatten. Laut Unterlagen gab es keine Rücklagen, aus denen man das Geld nehmen konnte, und die laufenden Einnahmen deckten noch nicht einmal die laufenden Ausgaben. Wenn man diesen Finanzbericht las, musste man zu dem Schluss kommen, dass nicht nur die Gemeinde Hüttenberg vollkommen pleite war, auch das Land Kärnten pfiff aus dem letzten Loch.

Ernesto fand ein paar Artikel, die ihm David Simon ausgedruckt hatte. Wenn er das richtig verstand, dann finanzierte das Land solche Projekte schon seit längerer Zeit durch Kredite, die es bei der Kärntner Zentralbank aufnahm. David Simon fragte in einem Kommentar, warum sich das Land darauf versteifte, ausgerechnet Bankkredite aufzunehmen. Das war eine sowohl unübliche als auch teure Methode. Im Normalfall wandte sich eine Landesregierung an eine Kommunalbank oder finanzierte so ein Projekt über einen Hypothekarkredit. In beiden Fällen waren die Zinsen erheblich niedriger als bei einem herkömmlichen Bankkredit.

„Gute Frage", sagte Ernesto laut.

„Was ist eine gute Frage?", sagte Auer, der gerade auf die Dachterrasse kam.

„Warum das Land Kärnten einen Bankkredit aufnimmt und dafür hohe Zinsen zahlt, wenn es auch einen Kommunalkredit haben könnte." Ernesto blätterte um. „Ah", machte er, als er die Grafik sah. „Das ist ja interessant. Die Kärntner Zentralbank gehört zu 52 Prozent dem Land Kärnten."

„Genau", sagte Auer. „Das Land hat quasi bei sich selbst Kredite aufgenommen. Das ist ungefähr so, als hätten sie im Keller der Landesregierung eine Gelddruckmaschine."

46

Ernesto lehnte an der Motorhaube des Wagens und drehte sich eine Zigarette. Sein Blick schweifte über den tibetischen Gebetspfad und blieb an dem riesigen Gemälde hängen. Dieser tibetische Heilige, der über Hüttenberg thronte, Ernesto schmunzelte. Dieses Sujet hätte er in einem Horrorroman erwartet, nicht in der Wirklichkeit.

„Ein schlechter Horrorroman", sagte er leise vor sich hin. Einen tibetischen Fluch bräuchte man noch dafür, eine alte Handschrift natürlich, in der dieser Fluch verzeichnet ist. Ein Wissenschaftler, entweder unbedarft oder skrupellos, spricht diesen Fluch aus und weckt einen Jahrtausende alten Dämon.

So eine Geschichte wäre leicht zu fabrizieren. Die Statuen in der Stupa unterhalb des Gebetspfades könnten zum Leben erwachen und einige Touristen in Stücke reißen. Oder man könnte die Story etwas anders anlegen. Eine schleichende, zunächst kaum spürbare Bedrohung breitet sich aus. Der Fluch wirkt allmählich, nach und nach verändert sich Hüttenberg. Es könnte mit den Hunden anfangen. Eines Abends, gerade als die Dämmerung einsetzt, beginnen alle Hunde zu bellen, und sie hören nicht mehr damit auf. Etwas Fremdes ist ins Dorf gekommen.

Während Ernesto seine Zigarette rauchte, malte er sich den Beginn der Geschichte aus. Es wäre einfach, Daduls Tod in so einer Erzählung plausibel zu erklären. Selbstverständlich steckte hinter diesem Mord eine Horrorgeschichte, aber keine, in der Gespenster im Keller mit Ketten rasseln. Auch wenn hier Dämonen und untote Könige eine Rolle spielten, Barbarossa und der Chakravartin, der König von Shambala, stellten nur die Pappkameraden für ein böses Spiel dar. Sie wurden hin- und hergeschoben, irgendwo tanzte der Pressesprecher des LH über die Bühne, und der Reiftanz wurde in tibetischen Masken aufgeführt, Masken, aus denen einen grimmige Götter mit herausgestreckter Zunge anstarrten, getragen von Tänzern, die blutige Beile und Totenschädel in den Händen jonglierten.

Wäre aber nicht eine ganz andere Geschichte denkbar? Eine Geschichte, in der die Politik keine besonders große Rolle spielt. Die Dämonen nehmen vielleicht eine ganz andere Gestalt an und zeigen sich nur wenigen. Die Dämonen der Liebe und der Eifersucht.

Die Dämmerung ließ noch auf sich warten, aber schon dunkelte es an den Hängen rund um Hüttenberg. Die Sonne stand tief am Himmel, und die Spitze der Stupa beim Gebetspfad warf einen langen Schatten über den Parkplatz des Heinrich-Harrer-Museums. Weit und breit war niemand zu sehen. Die Stille wucherte und deckte den Ort zu, nur der Bach plätscherte wie Hintergrundmusik, sonst hörte Ernesto nicht einmal einen Vogel.

Konnte es sein, dass alle Bewohner verschwunden waren, ausgelöscht bei einer plötzlichen Zombieapokalypse? Entführt von Außerirdischen, die sich jetzt in diesem Moment die Körper der Menschen überstreiften, um dann zurückzukehren und von Hüttenberg aus die Welt zu erobern? Das war ungefähr genauso wahrscheinlich wie die Geschichte von König Barbarossa. Aber sobald genug Leute daran glauben, wandelt sich der Unfug und wird zu so etwas wie einer Möglichkeit, einer Verheißung.

Isolde Kopeinig hätte schon vor zehn Minuten hier sein sollen. Ernesto sah noch einmal auf die Uhr. Sonst machte es ihn nicht besonders nervös, wenn man ihn warten ließ, aber in diesem Fall hätte er die Sache gern hinter sich gehabt. Mit Politikern zu reden, die einen schon anlügen, wenn sich nur ihre Lippen bewegen, das war die eine Sache. Damit konnte Ernesto umgehen, auch wenn es ihm unendlich auf die Nerven ging. Aber diese Sache hier, die war heikel.

Schritte. Ernesto sah auf und erblickte Isolde Kopeinig am Straßenrand. Er hatte mit dem Geräusch von Stöckelschuhen gerechnet, aber Isolde Kopeinig trug Turnschuhe, und so war er fast ein wenig überrascht. Ohne Ernesto zu begrüßen, stieg sie in den Wagen und saß mit gesenktem Kopf auf dem Beifahrersitz. Ernesto fuhr los, verließ den Ort Richtung Süden.

„Wo sollen wir hinfahren?“, fragte er und sah seine Beifahrerin an.

„Irgendwohin“, sagte sie, ohne seinen Blick zu erwidern.

„Fahren wir einmal“, sagte Ernesto und bog Richtung Westen ab. Auf dieser Straße kamen sie nach Guttaring und dann nach Althofen.

„Kommen Sie viel herum?“, fragte Ernesto.

„Nicht besonders.“

„Dann wird man Sie in Guttaring eher nicht erkennen?“

„Glaube nicht.“

„Dann werden wir uns dort ein Gasthaus suchen, wenn Ihnen das recht ist.“

Isolde Kopeinig antwortete nicht.

„Ich meine, es ist mir schon unangenehm, Sie so unter Druck zu setzen.“

„Ihnen ist das unangenehm?“ Isolde Kopeinig lachte auf. „Sie sind doch Reporter. So etwas machen Sie doch jeden Tag.“

„Eigentlich nicht. Eigentlich geht mich das gar nichts an, und normalerweise würde ich nicht fragen, aber in dem Fall ...“

„Und das soll ich Ihnen glauben?“

„Ob Sie es glauben oder nicht, mir geht es um den Tod von Dadul Gyaltsen. Ich habe es am Telefon schon gesagt, ich glaube nicht, dass es ein Unfall war.“

„Was macht Sie da so sicher?“

„Gar nichts, im Moment noch. Aber ich verfolge Spuren, und eine dieser Spuren führt zu Ihnen.“

„Die Pfarrersköchin, die mit dem tibetischen Mönch ein Verhältnis hat.“

„Ja, ganz genau.“

Ernesto parkte vor dem Gasthaus gleich neben der Kirche von Guttaring.

„Gehen wir hinein und trinken einen Kaffee“, sagte Ernesto.

„Vielleicht sollten wir zuerst ein Stück spazieren gehen. Das wäre mir lieber."

Ernesto nickte.

„Sie wollen wahrscheinlich wissen, warum ... Was weiß man schon über solche Sachen? Es hat sich halt so ergeben. Wir haben uns gesehen, auf der Straße, und ich dachte mir, der ist aber interessant, der schaut so ... Beim Gebetspfad, da war ich sowieso öfter. Ich hab immer Blumen aufgestellt beim Holzkreuz daneben, und dann bin ich halt hinein in den Gebetspfad und hab mich da hingesetzt. Da hat man seine Ruhe, verstehen Sie. Hinter der Mauer, da sieht einen niemand, und da kommt auch keiner vorbei."

Als ob man sich in Hüttenberg verstecken müsste, wenn man einmal seine Ruhe haben will, dachte Ernesto.

„Und dann sind Sie dort beim Gebetspfad Dadul Gyaltsen begegnet?"

„Wir haben uns gut unterhalten. Er konnte sehr gut Deutsch, muss ich sagen. Und er war lustig. Viel mehr kann ich dazu nicht sagen." Sie zuckte mit den Schultern. „Ist ja nicht so, dass es in Hüttenberg eine besondere Auswahl gibt."

„Angeblich sind Sie da die Expertin."

Isolde Kopeinig sah Ernesto wütend an, und er hob beide Hände zur Abwehr. „Entschuldigen Sie, das wollte ich nicht sagen."

„Haben Sie aber. Das ist wirklich ganz großer Schwachsinn. Wahrscheinlich hat Ihnen das einer von den Saufbrüdern beim Goldenen Ochsen erzählt. Das ist schon interessant, was die sich alles einbilden."

„Dann haben Sie mit dem Bürgermeister kein Verhältnis?"

„Wollen Sie mich beleidigen? Natürlich nicht. Und auch mit sonst keinem von diesen Arschlöchern."

„Und in der Nacht von Freitag auf Samstag, nach der Lesung aus dem Totenbuch? Dieser seltsame Tanz.“

„Sie wissen davon?“

„Ich bin Ihnen gefolgt.“

„Und?“

„Sie haben dort nackt getanzt.“

„Ich bin die Reiftanzbraut. Irgendwer muss das ja machen, und ...“

„Dann dürfen Sie sich auch nicht wundern, wenn Ihnen die Männer hechelnd hinterherlaufen. Es könnte doch gut sein, dass einer so eifersüchtig war, dass er Dadul Gyaltsen aus dem Weg schaffen wollte.“

„Wegen mir? Nie im Leben.“

„Der Bürgermeister?“

„Nein, Sie täuschen sich, da war nichts, und da ist nichts. Nie im Leben.“

„Noch eines“, sagte Ernesto. „Tenzing Dondrup hat mir erzählt, Sie seien die Karma-Mudra Dadul Gyaltsens gewesen, seine tantrische Gefährtin.“

„Ach du liebe Güte“, sagte Isolde Kopeinig. „Jetzt fangen Sie damit auch noch an.“

„Sie müssen dazu nichts sagen.“

„Also, es ist ja nicht so, dass Dadul mir das nicht erklärt hätte, und es ist auch nicht so, dass ich das nicht verstanden hätte. Ich verstehe ganz gut, was eine tantrische Gefährtin ist. Nur habe ich mir nie etwas daraus gemacht. Ehrlich nicht.“

„Sie fühlten sich also nicht erniedrigt oder ... ausgebeutet? Wenn ich recht verstehe, dann geht es darum, der Frau Energie zu rauben.“

„Dann haben Sie das falsch verstanden“, sagte Isolde Kopeinig. „Ich bin ja wirklich nicht sehr gebildet, aber das habe ich mir gemerkt. Dadul sagte, es gehe bei dieser Technik nicht darum, dass ein Partner den anderen dominiert. Er hat mir von einem Schweizer Psychiater erzählt, der sich mit dem Weiblichen und dem Männlichen sehr genau beschäftigt hat, und der hat gesagt, nur wenn sich das Männliche und das Weibliche vereinen, kann eine Ganzheit entstehen."

„C. G. Jung."

„Ja, genau der."

„Langsam verstehe ich", sagte Ernesto. „Man kann dieses Tantra also auch anders interpretieren. Es geht um die Vereinigung von Mann und Frau, und in dieser Vereinigung wachsen beide über sich hinaus, werden mehr, als jeder für sich alleine sein könnte. So verliert keiner, und jeder gewinnt etwas dazu."

„Ja, ist das nicht schön?", sagte Isolde Kopeinig und begann zu weinen.

„Ja, das ist schön", gab ihr Ernesto recht.

Kapitel 16

47

„Ernesto“, brüllte Auer ins Telefon.

Ernesto hielt den Hörer von sich weg. Er lag noch im Bett, und dieses Geschrei am Morgen verdarb ihm die Laune.

„Das Telefon klingelt die ganze Zeit“, schrie Auer.

Dann heb ab, wollte Ernesto sagen, aber dazu kam er nicht.

„Der Landeshauptmann, der Bürgermeister von Hüttenberg, einer dieser tibetischen Mönche. Der Präsident der Wirtschaftskammer und was weiß ich noch wer.“

„Ich komme“, sagte Ernesto verschlafen und stieg aus dem Bett. „Das ist ja super.“

„Findest du?“

„Alles in Aufruhr. Ich weiß nicht, was du hast? Das ist doch perfekt. Das will man doch, wenn man einen Artikel schreibt, dass sich die Leute dafür interessieren und nicht am nächsten Tag die toten Fische darin einwickeln.“

„Aber was du da über den Harrer geschrieben hast und über den Dalai Lama. Das ist doch Irrsinn.“

„Jetzt hör einmal zu“, sagte Ernesto. „Der Čertov hat gesagt, mein Artikel ist zu lahm. Also hab ich einen neuen geschrieben. Jetzt sagst du, der Artikel ist zu scharf. Also euch kann man es echt nicht recht machen.“

„Der Čertov hat diesen Artikel abgesegnet?“, fragte Auer.

„Wäre er sonst erschienen?“

„Du lieber Gott“, stöhnte Auer. „Das ist ein Irrenhaus.“

„Mach dir keine Sorgen“, sagte Ernesto. „Ich bin schon unterwegs.“

Bei der Redaktionskonferenz sah Ernesto, dass Franziska Edlinger aus dem Urlaub zurück und offensichtlich ziemlich wütend auf ihn war. Sie starrte ihn die ganze Zeit an, und ihre Mundwinkel zeigten gefährlich Richtung Boden. Ein untrügliches Signal, dass sie ihn in Stücke reißen würde, sobald sie die Gelegenheit dazu hatte.

Ernesto wusste nicht, womit er das verdient hatte. Er hatte ihr doch nichts getan. Wie denn auch. Sie war erst heute zurück und er erst seit gut einer Woche wieder im Dienst. Aber Ernesto brauchte nicht lange zu grübeln. Franziska Edlinger versperrte ihm den Weg, als er den Konferenzraum verlassen wollte.

„Dir ist aber schon klar, dass das meine Story ist“, sagte sie.

„Ich habe keine Ahnung, wovon du redest.“

„Du glaubst, du kannst hier hereinmarschieren und mir die beste Geschichte des Jahrzehnts einfach so vor der Nase wegschreiben?“

„Der tote Mönch?“

„Wen interessiert dieser tote Mönch? Ich bitte dich. Die Hüttenberggeschichte. Was steckst du da überhaupt deine Nase hinein? Ich recherchiere schon seit über zwei Jahren, und dann kommst du daher und fuhrwerkst darin herum.“

„Du recherchierst über zwei Jahre, und was kommt dabei heraus? Du hast ja noch nicht einmal eine Geschichte, und überhaupt muss ich mir von dir nicht sagen lassen, was ich tun und lassen soll. Wärst du halt nicht in Urlaub gefahren, und jetzt geh mir aus dem Weg.“ Ernestos Stimme hatte zu zittern begonnen und war immer leiser geworden. Er verkniff sich eine weitere Bemerkung und drehte sich weg. Als ob er besonders scharf auf diesen Schwachsinn wäre. Konnte sie gerne haben, die ganze Geschichte, mit Mascherl und Zuckerguss.

„Valenti wollte dir gar nichts wegnehmen“, sagte Auer, der den aufflammenden Streit gehört hatte. „Wenn du auf jemanden sauer sein solltest, dann auf mich. Ich habe Ernesto nach Hüttenberg geschickt. Was hätte ich denn machen sollen? Du warst nicht da.“

„Das verstehe ich“, zischte sie. „Ich bin nicht bescheuert. Aber jetzt bin ich wieder da. Und du wirst auch verstehen, dass ich das nicht lustig finde, wenn dieser Amateur meine Geschichte ruiniert.“

Ernesto holte tief Luft. Noch ein Wort und er sprang ihr an die Gurgel.

„Ernesto wird dir alle seine Unterlagen geben, und er wird dich über alles informieren, und dann arbeitet ihr gemeinsam an der Geschichte“, sagte Auer.

„Ich denke gar nicht daran“, sagte Ernesto.

„Was?“, fragte Auer.

„Du hast mich verstanden. Ich werde überhaupt keine Unterlagen oder Notizen an Franziska weitergeben. Fällt mir ja gar nicht ein.“

„Jetzt reicht’s mir. Beide in mein Büro, auf der Stelle“, sagte Auer und ging voran. Nachdem er die Glastür hinter sich geschlossen hatte, drehte er sich zu Franziska und Ernesto um. „Setzt euch. Beide. Wo genau soll das bitte hinführen?“ Er wartete eine Antwort ab, aber weder Ernesto noch Franziska sagten etwas. „Okay, ich kann das nicht brauchen. Ihr werdet zusammenarbeiten. Ihr setzt euch hin und besprecht die Angelegenheit. Ihr tauscht eure Informationen aus, und dann möchte ich einen Bericht.“

Noch immer reagierte keiner. Auer versuchte, mit Ernesto Augenkontakt aufzunehmen, aber Ernesto starrte auf den Boden zwischen seinen Füßen. Franziska sah aus dem Fenster.

„Das ist kindisch", sagte Auer.

„Dann bin ich eben kindisch", antwortete Ernesto. „Echt, ich habe dieses Getue noch nie ausstehen können. Ich bin die Beste, kniet nieder vor mir. Warum zum Teufel arbeitest du dann hier und nicht für die New York Times?"

„Du bist doch auch wieder hier", sagte Franziska Edlinger.

„Ich hab mich aber auch nicht als Superjournalist aufgespielt."

„Ah nein?" Franziska lachte hämisch. „Du hast vielleicht Nerven. Ich habe nie behauptet, schlauer als die Polizei zu sein. Ich bin noch nie irgendwo eingebrochen, um Unterlagen zu stehlen."

„Deswegen kommst du bei deinen Geschichten auch nicht weiter", sagte Ernesto. „Und übrigens, ich bin noch nie ..."

„Aus", schrie Auer. „Ich sag es noch einmal zum Mitschreiben. Das ist eine Zeitung. Hier geht es nicht um eure persönlichen Befindlichkeiten. Es geht mir am Arsch vorbei, ob ihr gekränkt seid, ob ihr einander nicht ausstehen könnt. Ist mir wurscht. Ich hab gesagt, was ich von euch will. Ihr habt zwei Stunden Zeit, und jetzt raus hier. Abmarsch, aber ein bisschen plötzlich."

48

Franziska und Ernesto standen an gegenüberliegenden Seiten der Dachterrasse, rauchten und starrten aneinander vorbei. Sie wussten, dass es keinen Sinn hatte, einander so anzugiften. Auer hatte gesprochen, und damit war die Sache entschieden. Er würde keine Ruhe geben, bis sie miteinander redeten.

„Hör zu", sagte Franziska nach einer Weile. „Wenn ich das richtig verstehe, dann meinst du, der Tod dieses Mönchs hat etwas mit dem Tibet-Projekt zu tun."

Ernesto zuckte mit den Schultern.

„Könnte es nicht einen ganz anderen Grund geben?"

„Könnte es", sagte Ernesto. „Aber die Möglichkeiten sind begrenzt. Die Eifersuchtsgeschichte fällt aus. Das weiß ich seit gestern Nachmittag."

„Und was, wenn er einfach gefallen ist?"

Ernesto schüttelte den Kopf.

„Aber beweisen kannst du es nicht."

„Wenn ich etwas beweisen könnte, würde ich nicht hier stehen, sondern mit Major Steinkellner telefonieren. Mich würde es schwer wundern, wenn Tschabuschnig nichts damit zu tun hätte."

„Du hältst Tschabuschnig für den Mörder?" Franziska kam auf ihn zu.

„Das scheint mir zumindest nicht ganz unwahrscheinlich. Diese ganzen Verwicklungen mit der Feldonia Bau und der Tibet Medical Group, das stinkt doch zum Himmel."

„Aber was für einen Grund hätte Tschabuschnig?"

„Zugegebenermaßen ist das eine sehr gute Frage", sagte Ernesto. „Eine Frage, auf die ich noch keine Antwort habe."

„Also, wenn wir schon darüber reden müssen", meinte Franziska, „warum einigen wir uns nicht gleich, wer welche Spur weiterverfolgt?"

„Ich bin überhaupt nicht scharf auf den ganzen Scheiß", sagte Ernesto. „Von mir aus kannst du den ganzen Kram haben. Aber ich mag es nicht, wenn man mich so anfährt."

„Ist das jetzt eine Entschuldigung?"

„Aber sicher nicht."

„Dann schlage ich vor, du kümmerst dich um den Toten, und ich kümmere mich um die Politik."

„Schön", sagte Ernesto. „Aber das hängt alles zusammen. Ich sage nur Tschabuschnig."

„Aber der hat doch überhaupt kein Motiv. Wenn der den Mönch umbringt, gefährdet er die ganze Aktion. Die Verbindung mit den Russen, die Geldwäscherei. Das ist keine Kinderjause", sagte Franziska. „Wenn er da versagt, dann schwimmt er bald mit dem Gesicht nach unten im Wörthersee."

Ernesto hob die Augenbrauen. „Aber wir wissen doch noch lange nicht alles, vielleicht gab es einen guten Grund, Dadul Gyaltsen zu töten." Ernestos Mobiltelefon klingelte. „Einen Moment", sagte er zu Franziska. „Ich gehe da kurz ran, sonst ruft der Tschabuschnig wieder bei Auer an, und dann ist wieder Feuer am Dach." Ernesto nahm den Anruf an. „Valenti."

„Was werden Sie jetzt unternehmen, um den Schaden wiedergutzumachen?", fragte Tschabuschnig.

„Welchen Schaden?"

„Ich will eine Richtigstellung in der Zeitung. In der gleichen Größe wie Ihr Artikel."

„Ihnen geht's aber nicht gut", sagte Ernesto. „Was für eine Richtigstellung?"

„Die Wahrheit. Die Wahrheit."

„Hören Sie zu, Tschabuschnig. Ich weiß ja nicht, was Sie nehmen. Aber die Wahrheit steht in meinem Artikel, auch wenn Sie das nicht wahrhaben wollen. Harrer war ein Nazi."

„Das nehmen Sie zurück."

„Ich denke ja gar nicht daran.“

„Aber das schadet dem Tourismus.“

„Welchem Tourismus? In Hüttenberg gibt es überhaupt keinen Tourismus.“

„Der Ruf des Landes Kärnten, und Sie können doch nicht so über seine Heiligkeit den Dalai Lama schreiben.“

„Sie sehen doch, dass ich das kann“, sagte Ernesto.

„Ich garantiere Ihnen, das wird Ihnen noch leidtun. Ich werde persönlich dafür sorgen, dass Sie Ihren Job verlieren. Der Chefredakteur wird Sie noch heute feuern. So etwas wie Sie brauchen wir nicht in unserem Land ...“

Ernesto legte das Telefon weg.

„Wo waren wir stehen geblieben?“, fragte er Franziska.

„Dieser Tschabuschnig ist dir aber auch nicht wurscht“, sagte Franziska.

„Das ist ein Vollpfosten, und ich kann mir gut vorstellen, dass er so blöd ist und einen Mord begeht.“

„Warum versteifst du dich eigentlich so auf Tschabuschnig? Was ist mit Krametter?“

„Was soll mit Krametter sein?“, fragte Ernesto zurück. „Der spielt doch bestenfalls in der Ersatzmannschaft. Soweit ich sehe, läuft der nur seinem Bürgermeister und dem Tschabuschnig hinterher.“

„Vielleicht schaust du ein bisschen genauer hin. Ich glaube, du unterschätzt den Krametter gewaltig.“

„Ja, aber wie du es drehst, der Krametter hat erst recht kein Motiv. Ganz im Gegenteil. Der Spinner war doch der Überzeugung, er und Dadul Gyaltsen werden den dritten und letzten Weltkrieg heraufbeschwören und die ersten sein, die in dieser beschissenen tausendjährigen Nazidiktatur das Sagen haben werden.“

„Dass der einen Schaden hat, das bestreite ich gar nicht“, sagte Franziska. „Aber bei deiner Begeisterung für diesen mythologischen Kram ist dir entgangen, wer die Kredite für das Land und die Gemeinde Hüttenberg eingefädelt hat.“

„Das ist mir nicht entgangen“, schnappte Ernesto. „Ich habe es nur noch nicht herausgefunden.“

„Ist ja gut. Der Krametter war's.“

„Der Krametter? Wie denn das?“

„Der ist erst seit Kurzem Amtsleiter in Hüttenberg“, sagte Franziska. „Vorher war der fast zwanzig Jahre Manager bei der Kärntner Zentralbank.“

„Oha“, machte Ernesto. „Und warum ist er das nicht mehr? Bankmanager, meine ich.“

„Er wurde gegangen, oder besser gesagt, der LH konnte mit knapper Not verhindern, dass man Krametter wegen Untreue anklagt. Er hat die Kredite für das Land und für die Gemeinde unterschrieben, obwohl jedem klar war, dass es dafür keine Sicherheiten gibt. Krametter musste gehen, die Kredite wurden aber nicht fällig gestellt.“

„Da sitzt die Kärntner Zentralbank jetzt auf einem faulen Kredit von 27,6 Millionen Euro?“

„Mindestens. Das ist jedenfalls die Summe aus diesem einen Deal.“

„Okay“, sagte Ernesto. „Da stehen wir wieder vor dem gleichen Problem wie bei Tschabuschnig. Wenn das Tibet-Projekt den Bach hinuntergeht, ist Krametter ruiniert.“

49

„Schon wieder ein Herz und eine Seele.“ David Simon gesellte sich zu Ernesto und Franziska. „Auer schickt mich. Wir sollen wenigstens so tun, als ob wir uns vertragen, und unser geballtes Wissen für das Wohl dieses Käseblattes einsetzen. Ich habe da zum Beispiel etwas ganz Interessantes entdeckt."

„Wir hören", sagte Ernesto.

„Du hast dir die Unterlagen ja angesehen, die ich dir gegeben habe. Aber ich rekapituliere trotzdem noch einmal. Das Firmengeflecht rund um das Tibet-Projekt ist ja ganz schön kompliziert. Da haben wir einerseits den Verein Tibet Medical Group, gegründet, um im Auftrag des Landes die Errichtung einer Tibet-Uni in Hüttenberg vorzubereiten. Eine merkwürdige Konstruktion. Dass der Präsident der Tibet Medical Group gleichzeitig im Aufsichtsrat der Feldonia Bau sitzt, wissen wir auch schon. Ich habe mir die Subunternehmer einmal genauer angeschaut. Aus der Tibet Medical Group ist eine Firma hervorgegangen, und zwar die Tibet Medical Investment Group, damit man die beiden ja auch sicher verwechselt, und was glaubt ihr, wer Haupteigentümer dieser Firma ist?"

„Das Land", riet Ernesto.

„Die Tibet Medical Group", versuchte es Franziska.

„Zweimal knapp daneben. Die Feldonia Bau, und zwar mit dreiundsechzig Prozent."

„Verstehe ich nicht", sagte Ernesto. „Was bringt das?"

„Keine Ahnung", gab David zu. „Aber damit noch nicht genug. Die Feldonia Bau hat die Arbeiten zur Sondierung des Geländes und die Erstellung eines Kostenvoranschlages an zwei neu gegründete Subfirmen vergeben. Die Tibet Medical Errichtungsgesellschaft und die Tibet Medical Planning GmbH."

„Du lieber Gott", sagte Ernesto. „Das ist ja nicht zu fassen."

„An der Tibet Medical Planning GmbH hält die Tibet Medical Investment Group Anteile von neunzig Prozent“, fuhr David fort.

„Wozu, um alles in der Welt?“, fragte Franziska.

„Die Tibet Medical Investment Group setzt sich aus verschiedenen Finanziers zusammen. Unter anderem haben wir da eine Beteiligungsgesellschaft des Landes, die Feldonia Bau Holding, eine weitere Gruppe finnischer Investoren mit dem fantasievollen Namen Shangrila Consulting and Investment, und als Geschäftsführer ist Ernst Krametter eingetragen, der übrigens auch Teilhaber dieser Shangrila Consulting and Investment ist.“

„Jetzt wird mir langsam schwindlig“, sagte Ernesto.

„Das ist auch der Sinn und Zweck dieser Konstruktionen. Das ist alles völlig legal, soweit ich das auf den ersten Blick beurteilen kann“, sagte David Simon. „Der Zweck ist allerdings offensichtlich. Es geht darum, ein möglichst kompliziertes Geflecht aus Firmen und Beteiligungen zu schaffen, um Geld zwischen diesen Firmen hin- und herzuschieben und so unauffällig verschwinden zu lassen. Sollte doch jemand Verdacht schöpfen und sich die Staatsanwaltschaft dafür interessieren, dann kann man mit gutem Recht hoffen, dass die Ermittler diesen gordischen Knoten nie so weit entwirren, dass es zu einer Anklage kommt.“

„Das heißt, die Absicht ist erkennbar, aber man kann nichts dagegen unternehmen?“, fragte Ernesto.

„Du kannst rein gar nichts machen. Was man versuchen kann, ist zum Beispiel, dass du Scheinrechnungen nachweist. Da stellt die eine Firma der anderen eine Rechnung. Es gibt aber keine erkennbare Leistung. Das musst du aber auch erst einmal nachweisen.“

„Na bravo", sagte Ernesto.

„Was glaubst du, dauert an der Recherche so lang?", fragte ihn Franziska Edlinger. „Jetzt siehst du es selbst. Da kannst du nicht durchsteigen, und wenn doch, dann hast du trotzdem nichts in der Hand."

„Aber weißt du", sagte Ernesto. „Solche Systeme sind nie vollständig. Ich meine, da gibt es immer Löcher. Da gibt es immer irgendwo eine Stelle, wenn du die findest, dann fällt das alles in sich zusammen, wie ein Kartenhaus bei einem Orkan."

„Ja, aber die Stelle musst du zuerst einmal finden", sagte David.

„Ich weiß ja nicht", meinte Ernesto. „Aber vielleicht ist genau der Mord an Dadul Gyaltsen diese Stelle."

„Du weißt noch nicht einmal mit Sicherheit, dass es ein Mord war", blaffte Franziska Edlinger.

„Nehmen wir es einmal an", sagte Ernesto. „Vielleicht macht es für die Geschichte gar keinen so großen Unterschied, ob es ein Mord war oder ein Unfall, aber nehmen wir es trotzdem einmal an. Wer kommt denn da als Täter infrage?"

„Deiner Meinung nach vor allem der Tschabuschnig", sagte Franziska.

„Und du hast Krametter ins Spiel gebracht. Wobei beide auf den ersten Blick kein Interesse daran haben können, das Tibet-Projekt zu Fall zu bringen", sagte Ernesto. „Und da wäre natürlich noch Hans Pirolt, der Bürgermeister."

„Was ist mit dem?", fragte David Simon.

„Ich schätze, wenn wir der Sache nachgehen, werden wir feststellen, dass der auch ziemlich tief in der Sache drinsteckt", sagte Ernesto. „Und auf den ersten Blick hat der auch kein Motiv. Wenn das Tibet-Projekt scheitert, kann er sich die Kugel geben."

„Wenn du drei Verdächtige hast, und keiner von denen hat ein Motiv, dann stimmt an der Geschichte etwas nicht“, sagte Franziska.

50

Ernesto sah sich die neue Presseaussendung des Landeshauptmanns durch. „Die Landesregierung und vor allem der Landeshauptmann von Kärnten halten an der Durchführung des Tibet-Projektes in Hüttenberg fest“, stand da. „Auch wenn Kräfte in diesem Land diese segensreiche Partnerschaft zwischen Kärnten und der tibetischen Exilregierung hintertreiben wollen, lassen wir uns nicht beirren und arbeiten weiterhin für Völkerverständigung und Frieden.“ Abgesehen vom Inhalt konnte einem bei solchen Hohlheiten allein von der Formulierung schlecht werden, fand Ernesto. Da gefiel ihm die Aussendung der Partei des LH schon besser. „Wir verwehren uns aufs Schärfste gegen die Angriffe der linkslinken Politaktivisten gegen die Arbeit unseres Landesvaters für das Wohl Kärntens. Diese Art der Berichterstattung gefährdet den Wirtschaftsstandort Kärnten. Wir werden es nicht zulassen, dass durch Sensationsgier und unverantwortlichen Krawalljournalismus wichtige Projekte für Wirtschaft und Tourismus in Verruf gebracht und internationale Investoren verärgert werden.“ Linkslinke Politaktivisten, das fand Ernesto super. Ernesto sollte die Reaktionen auf seinen Artikel vom Sonntag auf fünfzig Zeilen zusammenfassen und gleich in das Seitenlayout stellen. Er suchte noch ein paar Zitate und legte los.

Natürlich regte sich Auer auf, wenn schon um acht Uhr früh das Telefon klingelte und sich ein Politiker nach dem anderen beschwerte, aber im Grunde zeigte das nur, dass der Artikel einen Nerv getroffen hatte. Gerade bei so einer heiklen Angelegenheit checkte Ernesto die Fakten doppelt und dreifach. Wenn man behauptet, irgendwer sei ein Nazi gewesen, Mitglied der NSDAP, dann kann man das besser beweisen, sonst steckt man sehr schnell in ziemlichen Schwierigkeiten. Im Fall Heinrich Harrer berief sich Ernesto aber nicht nur auf die Recherchen eines anderen Journalisten, er hatte auch die Mitgliedsnummer gefunden. Es gab schlicht und ergreifend keinerlei Zweifel an Harrers NSDAP-Vergangenheit.

Was den Vorwurf betraf, der Artikel würde irgendwelche Wirtschaftsprojekte gefährden, so war das lächerlich. Bis jetzt gab es außer Ankündigungen und einem fragwürdigen Firmengeflecht doch gar nichts. Die einzigen internationalen Beziehungen, die man überhaupt gefährden konnte, waren jene zur russischen Mafia.

Franziska kam an Ernestos Schreibtisch vorbei. „Schon fertig? Auer wartet auf uns."

„Was willst du ihm sagen?"

„Wo bleibt ihr?" Auer öffnete gerade die Tür zu seinem Büro und winkte. „Und, was ist jetzt?", fragte er, als Franziska und Ernesto wieder in seinem Büro standen. „Arbeitet ihr jetzt zusammen?"

„Kommt gar nicht infrage", sagte Franziska.

„Wie bitte?" Auer sah sie entgeistert an.

„Kommt nicht infrage", sagte Ernesto. „Das ist meine Geschichte, und du kannst dich auf den Kopf stellen und mit den Füßen bitte, bitte machen. Das ist trotzdem immer noch meine Geschichte."

„Aber ihr habt euch unterhalten?"

„Natürlich, hast du ja befohlen", sagte Franziska.

„Und?"

„Ja, nix und", sagte sie. „Das ist meine Geschichte. Punkt. Basta."

„Ihr wollt also nicht zusammenarbeiten?"

„Nein", sagte Ernesto.

„Und die Geschichte?"

„Du bekommst deine Geschichten", zischte Franziska und ging.

„Was soll das?" Auer stand auf und hielt sich an der Lehne seines Drehsessels fest. „Verarscht einen anderen."

„Niemand verarscht dich", sagte Ernesto. „Wir haben ja miteinander geredet. Und du bekommst die Geschichten, sobald sie fertig sind. Ich hab wirklich keine Lust, mich mit dem ganzen Finanzkram zu beschäftigen, aber ich will diesen Mörder fassen."

„Wenn es einen Mörder gibt."

„Gibt es. Es war Mord. Das wird auch Steinkellner am Ende so sehen, da bin ich mir ganz sicher. Aber so weit sind wir noch nicht. Ich bin jetzt an der Geschichte mit der tibetischen Medizin dran. Heute Nachmittag treffe ich mich mit Elisabeth Baumgartner. Dann hast du morgen eine Story darüber, wie die Ärztekammer und die Ärzte selbst zu dieser Tibet-Uni stehen und wie es mit alternativen Heilmethoden in Kärnten so aussieht."

„Was ist der Aufhänger für die Geschichte?"

„Schon vergessen? Die 68 Millionen, die das Land laut LH in das Projekt investieren will. Ich denke, das Geld könnten richtige Ärzte und richtige Krankenhäuser in diesem Land auch gut brauchen."

Auer setzte sich wieder hin. Ein Zeichen, dass er vielleicht noch nicht ganz beruhigt war, aber immerhin das Erscheinen der Zeitung für die nächsten zwei

Tage als gesichert ansah. „Glaubst du, das wirft noch etwas ab, außer deiner angeblichen Mordgeschichte?“

„Hüttenberg? Ich nehme einmal an. Für nächsten Sonntag eine weitere Geschichte für das Magazin. Die Geschichte mit den Ärzten, und wenn alle Stricke reißen, dann kann ich immer noch eine Reportage darüber machen, dass man in Hüttenberg und Umgebung Millionen versenkt hat, ohne auch nur einen einzigen Arbeitsplatz zu schaffen. Und die Geschichte löst sicher einigen Wirbel aus.“

Auer kramte auf seinem Schreibtisch herum. „Damit dir die Arbeit nicht ausgeht, habe ich da noch etwas für dich“, sagte er.

„Wie nett.“ Ernesto verzog das Gesicht. „Soll ich auf einen Gemeinderat gehen oder auf ein Feuerwehrfest?“

„Das auch. Heute um sieben ist ein Gemeinderat in Diex. Das liegt doch auf deinem Heimweg. Da schaust du schnell einmal vorbei. Da ist die Tagesordnung.“

„Auf dem Heimweg ist gut“, sagte Ernesto. „Falls dir das nicht aufgefallen ist. Diex liegt auf niemandes Heimweg, außer man wohnt in Diex.“ Ernesto sah sich die Tagesordnung an. „Das ist nicht dein Ernst. Das Einzige, was da vielleicht unter Umständen interessant sein könnte, ist der Nachtragsvoranschlag für das Budget, aber sonst schon gar nichts.“

„Ha, du hast keine Ahnung. Vor ein paar Monaten hat ein Gemeinderat versucht, den Vizebürgermeister mit dem Traktor zu überfahren.“

„Und warum hat er es nicht geschafft?“

„Der Vizebürgermeister war schneller.“

„Was?“

„Ja. Der Traktor ist ein altes Steyr-Modell, eine Antiquität mit einer Höchstgeschwindigkeit von ungefähr 5 km/h. Der Vizebürgermeister ist dem Ding einfach davongelaufen. Ich habe aber noch eine Geschichte für dich. Du hast dich doch für diesen Boris Godunow interessiert?"

„Allerdings, der hat mit dem Tibet-Projekt zu tun."

„Wir haben über dieses Foto mit dem LH gesprochen. Das hat mich auf eine Idee gebracht", sagte Auer. „Ruf diesen Godunow an und finde heraus, was er so vorhat. Welche Projekte will er in Kärnten umsetzen? Was hat er mit dem Fußballclub vor? Ich habe hier ein paar Telefonnummern." Er gab Ernesto einen Notizzettel.

„Was genau willst du wissen?"

„Was auch immer er sagt. Aber pass auf, der Typ ist nicht ohne. Und wenn Franziska sich aufregt, dann schick sie zu mir. Ich kann zu Godunow keine Frau hinschicken."

„Franziska sieht das vermutlich anders", sagte Ernesto.

„Ganz sicher sogar, aber das wird nichts. Die zwei kannst du nicht aufeinander loslassen. Das gibt Krieg, Mord und Totschlag. Ich meine, was glaubst du, was passiert, wenn Godunow Franziska fragt, ob sie bei ihm als Domina arbeiten will. Und das fragt er sie garantiert ... Siehst du, und deswegen rufst du ihn an."

„Und? Worauf muss ich mich gefasst machen?"

„Lass dich überraschen."

Kapitel 17

51

Ernesto hatte keine Lust, diesen Russen anzurufen. Er konnte sich ungefähr vorstellen, was er da zu hören bekommen würde. Außerdem musste er aufbrechen, um den Termin mit Elisabeth Baumgartner nicht zu versäumen. Sie hatte ihn eingeladen, sie im Schloss ihres Exmannes zu besuchen, was Ernesto zunächst eigenartig fand, aber Baumgartner erklärte, sie wolle ihren Exmann als Zeugen bei dieser Unterredung dabei haben.

Die Zugbrücke von Schloss Ehrenburg rumpelte unter den Rädern des Wagens. Eine Dogge erhob sich im Innenhof und sah zu, wie Ernesto vor dem Eingang parkte. Sie umkreiste das Auto und blieb neben der Fahrertür stehen. Ernesto sah den Hund an und stieg aus. Die Dogge ließ sich streicheln, und er nahm den riesigen Schädel zwischen seine Hände und sah der Dogge in die Augen.

„Wie heißt du denn?“, fragte Ernesto und klopfte der Dogge auf den Hals.

In diesem Moment öffnete sich das Tor, und Primarius Thorwald Baumgartner trat in den Hof.

„Kommen Sie doch herein“, rief Baumgartner. Die Dogge geleitete Ernesto über den Hof und wich auch dann nicht von seiner Seite.

„Das ist Kastor“, sagte Baumgartner. „Sein Bruder Pollux ... Ah, da ist er schon.“ Eine zweite, ebenso mächtige Dogge kam die Treppe herunter und gesellte sich zu Ernesto. „Das ist ganz außergewöhnlich“, sagte Baumgartner. „Die Hunde lassen sich normalerweise nur von meiner Frau und mir angreifen.“

„Hunde mögen mich“, sagte Ernesto. „Das war schon immer so.“

„Ein Hundeflüsterer.“

„Nein, das nicht. Sie mögen mich, das heißt nicht, dass sie mir auch gehorchen.“

Baumgartner führte Ernesto durch die Halle und drückte neben der Tür auf einen Schalter, der den Motor der Zugbrücke anwarf. Auf der anderen Seite des Traktes öffnete sich eine Terrasse, von der aus man Richtung Süden sehen konnte. Die Karawanken in der Ferne wirkten wie mit Aquarellfarben gemalt.

Elisabeth Baumgartner trug gerade eine Flasche Mineralwasser und drei Gläser aus der Küche, als Ernesto auf der Terrasse ankam.

„Sie trinken doch bei dieser Hitze lieber etwas Antialkoholisches, habe ich mir gedacht“, sagte sie und stellte das Tablett auf den Tisch.

„Ich trinke überhaupt nie Alkohol“, sagte Ernesto.

„Das ist eine weise Entscheidung“, meinte Primarius Baumgartner. „Als Arzt sollte man es ja besser wissen, aber Wissen und Tun sind nicht dasselbe.“

„Aber irgendein Laster haben Sie schon“, sagte Elisabeth Baumgartner und setzte sich. „Thorwald, bist du so gut und siehst nach dem Fleisch?“

„Laster? Jede Menge“, sagte Ernesto. „Darf man hier rauchen?“

Elisabeth griff nach hinten und zog einen Aschenbecher aus einem Regal.

„Außerdem bin ich sehr neugierig. Berufskrankheit sozusagen. Meine Großmutter hat immer gesagt, neugierige Leute sterben früh. Zu ihrer Zeit war das wohl auch richtig.“

„Zu ihrer Zeit?“, fragte Elisabeth Baumgartner.

„Unter den Nazis.“

„Womit wir schon mitten im Thema wären“, sagte sie.

„Mehr oder weniger.“

„Das Fleisch braucht noch ein bisschen“, sagte Primarius Baumgartner und gesellte sich zu ihnen. „Sie bleiben doch zum Essen, nicht wahr?“

„Sehr gerne“, sagte Ernesto.

„Ich habe Ihren Artikel gelesen“, sagte Elisabeth Baumgartner. „Ganz schön mutig.“

„Finde ich eigentlich nicht. Der Wirbel ist zwar groß, aber es wird nicht viel passieren. Und helfen wird es auch nichts.“

„Sie haben etwas gegen die Tibeter?“, fragte Primarius Baumgartner.

„Nein.“ Ernesto schüttelte den Kopf. „Ich habe überhaupt nichts gegen die Tibeter. Wie käme ich dazu? Mir geht nur diese Verlogenheit auf die Nerven. Die Tibeter sind da in gewisser Weise auch nur Opfer. Die werden vorgeschoben, um zu verschleiern, was hinter den Kulissen vorgeht. Ich habe den Verdacht, dass es bei diesem ganzen Tibet-Projekt überhaupt nicht um die Tibeter geht.“

„Sondern?“, fragte Primarius Baumgartner.

„Um Geld. Darum, möglichst viel Geld in den Taschen der üblichen Verdächtigen verschwinden zu lassen. Im Einzelnen wird das noch zu beweisen sein, aber es ist offensichtlich, dass sich hier ein paar Politiker und ihre Freunde bereichern wollen. Aber deshalb bin ich nicht hier.“

„Die tibetische Medizin“, begann Elisabeth Baumgartner. „Was wollen Sie wissen?“

„Alles“, sagte Ernesto.

Baumgartner lachte. „Dazu wird ein Nachmittag nicht ausreichen“, sagte sie. „Aber ich kann Ihnen einen Überblick geben.“

„Eine Frage hätte ich vorab noch. Wie kommt es überhaupt, dass sich eine Onkologin so mit tibetischer Medizin auseinandersetzt?“

„Nicht nur mit tibetischer, mit allen alternativen Heilmethoden. Das bringt der Job mit sich.“

„Wieso?“

„Haben Sie eine Ahnung, wie viele meiner Patienten zu Wunderheilern laufen, zu Schamanen, zu tibetischen, chinesischen oder indischen sogenannten Ärzten? Es ist unglaublich, aber wenn man verzweifelt ist, dann greift man nach jedem Strohhalm. Homöopathische Behandlung von Brustkrebs. Heilsteintherapie für Leberkrebs, was weiß ich nicht, was alles. Da sind die Tibeter ja noch eher harmlos.“

„Aber gibt es nicht tatsächlich Kräuter oder andere natürliche Substanzen, die helfen können?“, fragte Ernesto.

„Kommt immer darauf an, was man unter helfen versteht. Die Anthroposophen zum Beispiel schwören auf die Misteltherapie. Dabei nehmen die Patienten ein Präparat von der Weißbeerigen Mistel ein. Das soll zumindest die Lebensqualität erhöhen. Erfunden hat das Rudolf Steiner, der Begründer der Anthroposophie. Er meinte, das parasitäre Wachstum der Mistel verhalte sich zum Baum so ähnlich wie das Wachstum der Krebszellen zum menschlichen Körper.“

„Magisches Denken“, sagte Ernesto. „Gleiches mit Gleichem bekämpfen.“

„Sie sagen es. Dabei habe ich nichts dagegen, wenn jemand glaubt, er müsse dieses Mistelpräparat nehmen. Es ist nur einfach so, dass die Wirksamkeit nicht erwiesen ist. Ich kriege allerdings ein Problem, wenn jemand meint, er könne mit Misteln Krebs heilen und brauche keine Chemotherapie oder Operation.“

„Was meine Frau damit sagen will …", begann Primarius Baumgartner.

„Exfrau, und sag mir nicht immer, was ich sagen will", fuhr ihn Elisabeth Baumgartner an. Es entstand ein Moment des Schweigens. Dann fuhr sie fort. „Diese alternativen Methoden stammen nicht alle aus der asiatischen Ecke. Das wollte ich sagen. Da gibt es zum Beispiel auch solchen Unfug wie die Öl-und-Topfen-Therapie."

„Man kann Krebs mit Öl und Topfen heilen?", fragt Ernesto.

„Behaupten jedenfalls einige. Die Idee geht auf eine gewisse Johanna Budwig zurück, eine Apothekerin, die glaubte, dieses Wundermittel gefunden zu haben. Leinöl und Topfen sind ganz essenziell in dieser Diät. Dafür darf man kein Fleisch und keine Butter essen, keine Nudeln, keinen Zucker und so weiter."

Ernesto schüttelte den Kopf.

„Ja, hilft gar nichts", sagte Elisabeth Baumgartner. „In der Regel führt so eine Diät sogar dazu, dass die Patienten schwächer werden und ihr Immunsystem geschädigt wird. Magst du einmal schauen, ob das Essen schon fertig ist?", sagte sie zu ihrem Mann.

Als sich Primarius Baumgartner erhob, standen auch die zwei Doggen auf und überlegten, ob sie ihm folgen sollten. Aber dann blieben sie doch und legten ihre Köpfe auf Ernestos Oberschenkel.

„Kaum zu glauben, die Hunde", sagte Elisabeth Baumgartner. „Normalerweise mögen sie Gäste nicht. Aber wo war ich. Ja, bei dieser Topfen-Leinöl-Geschichte. Sie haben ja keine Ahnung, was das für ein Theater ist, wenn ich versuche, das jemandem auszureden."

„Und die Tibeter?", fragte Ernesto. „Was haben die für Tricks drauf?"

„Das ist noch viel komplizierter“, sagte Elisabeth Baumgartner. „Bei Topfen und Leinöl kann man den Leuten noch erklären, dass da ja keine Wirkstoffe drin sind. Dass man mit gesunder Ernährung zwar viel für die Vorbeugung tun kann, aber dass der Krebs nicht verschwinden wird, nur weil man kein Fleisch mehr isst. Das verstehen die meisten. Aber bei diesem wirklich esoterischen Zeugs ist das schon wesentlich schwieriger.“

Primarius Baumgartner kam mit drei Tellern aus der Küche. Er hatte die Vorspeise angerichtet und servierte jetzt.

„Passen Sie auf, dass Ihnen die Hunde das Essen nicht vom Teller stehlen. Die kennen da nichts“, sagte er. „Ich glaube, das ist so, weil die Leute vor diesen asiatischen Heilern viel mehr Ehrfurcht haben als vor unseren Scharlatanen. Es wird einem doch dauernd erzählt, wie weise und erleuchtet diese Mönche und Yogis sind. Das Wissen von Jahrtausenden, geheime Schriftrollen, die in irgendwelchen Klöstern im Himalaya verborgen liegen. Wie bitte soll da ein Röntgengerät mithalten?“

„Ja, Jahrtausende altes Wissen, wenn ich das schon höre“, sagte Elisabeth Baumgartner. „Die haben eben schon seit mindestens einem Jahrtausend nichts mehr dazugelernt. Die verwenden tatsächlich immer noch die Viersäftelehre des Hippokrates. Wissen, das bei uns seit Jahrhunderten überholt ist.“

„Die meisten Menschen würden lieber sterben als nachzudenken. Und sie tun es ja auch. Würde George Bernard Shaw sagen.“

„Das ist wahr“, sagte Primarius Baumgartner und spießte die Melone mit der Gabel auf. „Aber es ist auch traurig. Elisabeth, erzähl doch die Geschichte von diesem Jungen in Deutschland. Das ist wirklich tragisch.“

„Das wird jetzt schon zehn Jahre her sein. Ich war damals Assistenzärztin und habe gerade begonnen, mich intensiv mit Alternativmedizin zu beschäftigen. Sie werden das nicht so beobachtet haben. Aber das war die Zeit, wo auch die offiziellen Stellen anfingen, diesen Unsinn zu fördern. Diplome für Akupunktur, Ayurveda und so weiter."

„Man muss eben daran glauben", sagte Primarius Baumgartner.

„Glauben ist gut und schön, aber als Naturwissenschaftlerin will ich Beweise."

„Du weißt so gut wie ich, dass die meisten unserer Kollegen keine Naturwissenschaftler sind. Die denken nicht so wie du. Sonst würden nicht so viele diese Zusatzdiplome machen. Ich habe einen Kollegen", sagte Primarius Baumgartner, „der bietet allen Ernstes Schwitzhüttenseminare an."

„Kann man dagegen nicht vorgehen?", fragte Ernesto.

„Das ist ungemein schwierig", sagte Primarius Baumgartner. „Da stellt sich die Naturwissenschaft quasi selber ein Bein. Sie müssten stringent nachweisen, dass die Methode des Kollegen wirkungslos oder gefährlich ist. So etwas artet in einen Rechtsstreit ohne Ende aus. Ich hole einmal die Hauptspeise."

„Sie wollten etwas von einem Jungen erzählen?", sagte Ernesto.

„Ja genau. Vor ungefähr zehn Jahren kam mir dieser Fall unter. Eine wirklich tragische Geschichte, weil der Junge wahrscheinlich überlebt hätte, wenn er die richtige Behandlung bekommen hätte. Der Vater des Jungen war Manager bei einem großen Chemiekonzern, und die Mutter arbeitete auch in diesem Bereich. Keine Leute, von denen man annimmt, dass sie für so etwas anfällig sind. Aber wenn das eigene Kind an Leukämie erkrankt ..."

„Wie haben Sie von dem Fall erfahren?"

„Es stand damals in allen Zeitungen. Wenn die Eltern den Jungen früher in die Klinik gebracht hätten, hätte er vielleicht überlebt. Wir heilen heute etwa achtzig Prozent der erkrankten Kinder. Und dieser Junge, ich bin mir ziemlich sicher, mit einer Knochenmarktransplantation hätte er überlebt."

„Womit haben die Tibeter den Jungen behandelt?", fragte Ernesto und hatte Mühe, seine Gabel außer Reichweite der Doggen zu bringen.

„Ich habe es Ihnen gesagt, passen Sie auf Ihr Essen auf", sagte Primarius Baumgartner.

„Ich teile gern", meinte Ernesto und fütterte die Hunde.

„Mit allem Möglichen haben die den Jungen behandelt", sagte Elisabeth Baumgartner. „Sie müssen wissen, die Tibeter und auch die Chinesen glauben, dass Krebs vor allem durch Energieblockaden im Körper ausgelöst wird. Wenn die Lebensenergie nicht ungehindert fließen kann, wenn sich Körper und Geist nicht in Harmonie miteinander befinden, dann entsteht Krebs. Übersetzt heißt das: Du bist selbst schuld, wenn du Krebs hast. Hättest du dich ausgewogener ernährt, hättest du meditiert, dann wärst du nicht krank. Ganz zu schweigen davon, dass Krebs wahrscheinlich eine karmische Strafe für die Sünden deines vorigen Lebens ist."

„Na bravo", sagte Ernesto. „So viel Aufmunterung auf einmal."

„Ich wollte wissen, was da genau vorging, und habe meine Kollegen in Hamburg angerufen. Die erzählten mir, dass die Eltern den Jungen zuerst noch regelmäßig ins Krankenhaus brachten. Aber gleichzeitig bekam der Junge Kräuterpillen, und einmal in der Woche brachten seine Eltern ihn in den Tempel, wo der Mönch ein Ritual abhielt, mit Räucherstäbchen und jeder Menge Hokuspokus. Der Junge erholte sich. Die Blutwerte wurden besser. Die Eltern schrieben das natürlich der Behandlung der Tibeter zu. Aber in Wirklichkeit schlug jetzt die Therapie an, die meine Kollegen schon seit Wochen und Monaten durchführten.

Die Eltern brachten den Jungen nicht mehr ins Krankenhaus. Den Ärzten in Hamburg war klar, dass der Zustand des Jungen sich ohne Behandlung bald verschlechtern würde, und zwar dramatisch. Sie zeigten die Eltern an. Sie wollten, dass man ihnen das Sorgerecht entzieht. Aber solche Verfahren dauern lange, und die Zeit hatte der Junge nicht. Als die Eltern mit dem Jungen endlich im Krankenhaus auftauchten, atmete er kaum noch.

Gegen die Tibeter konnte man gar nichts machen. Das war nicht einmal Kurpfuscherei. Denn dazu müsste jemand ja vorgeben, ärztliche Dienste zu verrichten, ohne Arzt zu sein. Das haben die aber nicht getan. Sie haben nie gesagt, sie seien Ärzte. Sie boten immer nur spirituelle Begleitung an, hieß es. Ein Witz. Und jetzt soll so etwas auch noch gefördert werden. Ich fasse es nicht."

„Wenn das so ist, und ich zweifle nicht daran", sagte Ernesto, „warum fördert die Ärztekammer diesen Unfug dann? Das ist doch Betrug, wenn ich den Menschen vormache, ich würde sie behandeln, und ihnen dann wirkungslose Präparate gebe."

„Geldmacherei", sagte Elisabeth Baumgartner. „Mit so einem Zusatzdiplom in traditioneller chinesischer

Medizin, Akupunktur oder Ayurveda kann man richtig absahnen. Die Kasse zahlt das nicht, und da kann man pro Einheit dann achtzig, hundert und mehr Euro verlangen. Für viele Ärzte, das muss man auch sagen, der einzige Weg, über die Runden zu kommen. Oder was glauben Sie, warum heutzutage niemand mehr eine Kassenstelle am Land haben will?“

52

Auf dem Weg nach Diex dachte Ernesto über das Gespräch nach. Konnte das wirklich sein? Das wäre schon eine böse Ironie des Schicksals, wenn Thorsten Schulz vor den Tibetern in das hinterste Eck Kärntens flüchtet und dann genau dort auf eine ganze Abordnung von tibetischen Mönchen trifft. Oder ist das sein Plan gewesen, hat er sich Hüttenberg ganz gezielt ausgesucht? Wollte er sich an den Mönchen für den Tod seines Sohnes rächen?

Heute würde Ernesto das nicht mehr herausfinden. Der Gemeinderat in Diex war so ziemlich das Letzte, was ihn jetzt interessierte. Außerdem war er müde, und diesen Boris Godunow hatte er auch noch nicht angerufen.

Er kam gegen halb sieben in Diex an, eine halbe Stunde zu früh. Also setzte sich Ernesto auf die Bank unter dem Lindenbaum, der neben dem Rathaus stand, und hatte immer noch keine Lust, mit diesem Russen zu reden. Aber es musste sein, und so tippte er die Handynummer in sein Telefon und rief an.

„Godunow.“

„Valenti hier, Kärntner Tagespost.“

„Woher haben Sie diese Nummer?“

„Von meinem Chef, Winfried Auer." Ernesto hörte den leichten russischen Akzent Godunows, und er hörte auch, dass Godunow nicht besonders erfreut über diesen Anruf war.

„Was wollen Sie?"

„Ich habe ein Foto von Ihnen gesehen", sagte Ernesto. „Auf diesem Foto stehen Sie auf einer Tribüne, und neben Ihnen steht der Landeshauptmann."

„Ja und? Meine Firma unterstützt den Fußballclub. Da ist es doch normal, dass ich mir die Spiele auch ansehe."

„Die Feldonia Bau?"

„Wenn Sie das schon wissen, warum fragen Sie?"

„Wir möchten eine große Geschichte mit Ihnen machen. Ihre Projekte, Ihre Pläne, was Sie so vorhaben, und vielleicht auch ein bisschen über Sie als Person."

„Ich brauche keine, wie sagt man? Publicity."

Dieses „Wie sagt man?" nahm ihm Ernesto nicht ab. Godunow musste in Wahrheit keine Sekunde überlegen, wie man etwas auf Deutsch sagte. Er spielte das, und Ernesto fragte sich, ob das Gewohnheit war oder ob Godunow glaubte, ihn mit solchen Mätzchen wirklich täuschen zu können.

„Das mag ja sein", sagte Ernesto. „Aber Sie sind mittlerweile ein wichtiger Geschäftsmann in Kärnten, und mit dem Fußballclub stehen Sie auch in der Öffentlichkeit. Sie haben auch einige große öffentliche Aufträge an Land gezogen, sind mit Politikern befreundet, und soweit ich das sehen kann, sitzen auch einige dieser Leute im Aufsichtsrat Ihrer Firma."

„Das hat weiter nichts zu bedeuten", sagte Godunow.

„Was mich aber am meisten interessiert, ist Ihr Engagement für die Tibeter. Ist es nicht recht ungewöhnlich, dass jemand aus Russland sich so für den tibetischen Buddhismus einsetzt?“

„Was wollen Sie damit andeuten?“

„Nichts. Ich finde das nur spannend, und ich glaube, auch unsere Leser könnten das sehr spannend finden. Wenn Sie wollen, kann ich Sie morgen Vormittag besuchen, und dann reden wir darüber.“

„Sie wissen, wo Sie mich finden?“

„Ich habe keine Ahnung“, sagte Ernesto.

„Sie fahren nach Velden, und dann sehen Sie es schon. Es ist das Haus mit der russischen Aufschrift. Sie können das gar nicht verfehlen. Also morgen um zehn.“

Ernesto steckte das Telefon ein und ging ins Rathaus. Mit der Aussicht, morgen einem Zuhälter gegenüberzusitzen, hatte er noch weniger Lust auf den Diexer Gemeinderat.

53

Die Luft war stickig, und es roch nach alten Männern. Ernesto setzte sich neben den Amtsleiter. Eingeklemmt zwischen einem Tisch und der hinteren Wand hatte er kaum Platz, seinen Notizblock auszupacken. Außer ihm waren noch an die fünfzehn Zuhörer gekommen. Die Sessel reichten gerade für die Gemeinderäte und den Bürgermeister. Ernesto wunderte sich, dass so viele gekommen waren, um sich eine Diskussion über die Umbenennung eines Weges, den Nachtragsvoranschlag und noch ein paar ähnlich spannende Themen anzuhören.

„Gibt’s irgendetwas gratis?“, fragte Ernesto den Amtsleiter.

„Wieso?“

„Bei dem Andrang.“

„Wirst schon sehen“, sagte der Amtsleiter. „Wirst schon sehen.“

Der Bürgermeister eröffnete die Sitzung, fragte, ob es Einwände gegen die Tagesordnung gebe und wies ein paar Anträge den zuständigen Ausschüssen zu. Nichts Ungewöhnliches. Der erste Tagesordnungspunkt betraf die Umwidmung eines Grundstückes in Bauland. Der Referent berichtete über die Beratungen und erklärte, das Grundstück liege am Rand einer Siedlung, sei 1.800 Quadratmeter groß, voll erschlossen mit Wasser, Strom, Abwasser und Zufahrt. Der Antrag sei ordnungsgemäß eingebracht worden, der Ausschuss habe beraten, und es lägen auch hinsichtlich des Bebauungsplanes keine Einwände vor.

Ernesto wollte schon den nächsten Tagesordnungspunkt notieren, als ein Gemeinderatsmitglied aufzeigte. Der Mann, vielleicht um die Vierzig, schlecht rasiert und hager, stand auf und räusperte sich.

„Ich werde das nicht länger mitansehen“, schrie er los. „Ihr glaubt, ihr könnt einfach machen, was ihr wollt. Aber nicht mit mir, mit mir nicht.“

„Hast du auch etwas zum Tagesordnungspunkt zu sagen?“, fragte ihn der Bürgermeister. „Sonst entziehe ich dir das Wort.“

„Das ist alles, was du kannst. Andere Leute schikanieren.“

„Jetzt hör aber auf“, sagte ein anderer.

„Der Vizebürgermeister“, flüsterte der Amtsleiter Ernesto zu.

„Der mit dem Traktor?“, fragte Ernesto.

„Genau.“

„Du sei ganz still“, kam es wieder von dem hageren Kerl. „Sonst hau ich dir in die Goschn, dass du drei Tage nicht mehr nach Hause findest.“

„Na, versuch's doch", brüllte der Vizebürgermeister.

„Beruhigt euch", fuhr der Bürgermeister dazwischen. „Können wir jetzt zur Abstimmung kommen? Oder gibt es noch eine Wortmeldung?"

Der hagere Kerl setzte sich, und sonst wollte niemand etwas zur Debatte beitragen.

„Dann kommen wir zur Abstimmung", sagte der Bürgermeister. „Wer dafür ist, dass die Baugenehmigung im Sinne des Antrags erteilt wird, hebt die Hand." Er sah in die Runde. „Einstimmig angenommen."

Ernesto hatte genau gesehen, dass der hagere Kerl seine Hand nicht gehoben hatte, und der sprang auch schon auf und schrie: „Einstimmig? Ich werd dir einstimmig geben", hechtete über den Tisch auf den Bürgermeister zu und wurde mitten im Sprung von einem Faustschlag niedergestreckt.

Niemand konnte oder wollte später sagen, wer den Angreifer gestoppt hatte. Ernesto war sich ziemlich sicher, dass es der Vizebürgermeister gewesen war, aber der Polizeibeamte wollte das nicht überprüfen. Ernesto bat ihn, Fotos von den Händen des Vizebürgermeisters zu machen, doch alles, was er zu hören bekam, war: „Kümmern Sie sich um ihre eigenen Angelegenheiten."

Kapitel 18

54

Die zwei Redakteure vom Nachtjournaldienst hatte Ernesto nach Hause geschickt, und sonst war um halb acht Uhr morgens niemand in der Redaktion. Er loggte sich in der Kulturredaktion ins System ein und schrieb den Artikel über den Gemeinderat von Diex in ein leeres Dokument.

Mit dem Angriff auf den Bürgermeister war die Gemeinderatssitzung geplatzt. Der Polizeibeamte brauchte zwei Stunden, um die Anwesenden zu befragen und dabei herauszufinden, dass niemand etwas gesehen hatte. Nicht einmal der Bürgermeister. Der hagere Kerl schrie immer noch herum, und als der Polizist ihn vor die Tür schickte, ließ sich Ernesto die Gelegenheit nicht entgehen und folgte dem Mann. Sie saßen dann draußen unter der Linde und rauchten. Nach und nach erfuhr Ernesto, was hinter der Aufregung steckte. Es ging gar nicht um die Umwidmung des Grundstücks. Das war Ferdinand Pototschnig herzlich egal. Das war nur eine Gelegenheit, dem Vizebürgermeister auf die Nerven zu gehen. Denn irgendwann musste doch sogar der Bürgermeister, dieser verbohrte Trottel, einsehen, dass es so nicht weiterging. Jetzt musste Pototschnig jedes Mal, wenn er zu oder von seinem Hof fuhr, quer über einen seiner Äcker. Er hatte einen Feldweg angelegt, aber das war kein Zustand, fand er. Es musste doch bitte möglich sein, dass er die alte Zufahrt, die Zufahrt, die er immer schon benutzt hatte, zurückbekam. Aber da parkte ein Bulldozer, weil der Vizebürgermeister der Meinung war, diese Zufahrt gehöre erstens gar nicht

Pototschnig, und zweitens sei dieser Weg gar nicht als Weg gewidmet.

„Und der Feldweg über den Acker?“, fragte Ernesto.

„Der ist natürlich auch nicht als Weg gewidmet. Deswegen hat er mich auch schon wieder angezeigt, der Vizebürgermeister. Weil ich einen illegalen Weg angelegt habe und den auch benutze. Aber ich kann ja nicht zu meinem Hof hin fliegen, oder was?“

Ernesto hackte die Geschichte in die Tasten und stellte das Dokument dann auf Fertig. So konnte jeder darauf zugreifen und den Text ins Layout kopieren. Damit war er diesen Unsinn los und konnte sich der Suche nach den Zeitungsartikeln aus Hamburg von vor ungefähr zehn Jahren widmen. Er hatte keine Ahnung, wie er das anstellen sollte. Bis jetzt wusste er noch nicht einmal, bei welcher Zeitung diese Artikel erschienen waren.

Eine der größten Tageszeitungen in Hamburg war die Hamburger Morgenpost, laut Internet eine Boulevardzeitung. Die hatten unter Garantie über den Fall berichtet. Er rief dort an und landete in der Vermittlung. Da Ernesto keine Ahnung vom Aufbau der Redaktion hatte, ließ er sich zum Chef vom Dienst vermitteln.

„Was kann ich für Sie tun?“, meldete sich eine kratzige, männliche Stimme.

„Ernesto Valenti von der Kärntner Tagespost. Ich bin auf der Suche nach Informationen zu einer sehr alten Geschichte“, sagte Ernesto und erklärte dem Mann am anderen Ende der Leitung, was er wusste und was er wissen wollte.

„Ich erinnere mich dunkel, sehr dunkel an die Geschichte“, sagte der Chef vom Dienst. „Unsere Chronikchefin kommt erst gegen elf, aber geben Sie mir Ihre Handynummer, die Kollegin ruft sie dann zurück.“

Auer war damit beschäftigt, die Termine für heute einzuteilen, und Ernesto sah nur kurz im Büro vorbei, um ihm zu sagen, dass er jetzt gleich nach Velden fahren würde, um Godunow zu treffen, und dass sein Artikel über den Diexer Gemeinderat schon fertig war. Dann ging Ernesto in die Kulturredaktion und fragte Čertov, ob es in Ordnung war, wenn er den Artikel für die Sonntagsausgabe erst morgen abgab.

„Diesmal lese ich mir den Artikel aber durch, bevor ich ihn freigebe", sagte Čertov.

„Hättest du den von letzter Woche nicht gedruckt?"

„Selbstverständlich hätte ich ihn gedruckt. Aber dann wäre ich darauf vorbereitet gewesen."

„Diesmal bist du darauf vorbereitet, ohne ihn gelesen zu haben. Fürchtest du dich?"

„Kein bisschen", sagte Čertov.

Ernesto sah auf die Uhr. Bis nach Velden brauchte er mindestens eine halbe Stunde, und er wollte zu seiner ersten Verabredung mit der Russenmafia nicht zu spät kommen.

„Ich muss los. Boris Godunow wartet auf mich in einem Bordell in Velden. Ist das zu fassen?"

55

Das Bordell war nicht zu übersehen. Auf der Fassade des „Venustempels" prangte das Relief einer nackten Frau, die eine Obstschale in der Hand hielt. Als Venusdarstellung fand Ernesto das vor allem wegen der Obstschale ziemlich gewagt. Aber was wusste ein russischer Zuhälter schon von antiker Ikonografie? Man musste dankbar sein, dass die Proportionen des Körpers einigermaßen stimmten und die Darstellung nur mäßig vulgär war.

Irgendwie erinnerte Ernesto diese verhunzte Venus an die tibetischen Götter in Hüttenberg. Er hatte den Eindruck, hier war der gleiche Dilettantismus am Werk.

Bevor Ernesto aus der wachsenden Hitze des Vormittags in die Dunkelheit des Bordells trat, atmete er tief durch und versicherte sich noch einmal seiner Strategie. Dann stieß er die Tür auf, und ein Schwall süßen Parfüms und abgestandener Luft umfing ihn. Der Eingangsbereich lag im Dunkeln, aber weiter hinten brannte Licht. Vorbei an Tischen und Sitzecken ging Ernesto vor an die Bar. Dort räumte ein Barmann hinter der Theke auf, und eine Frau in Strapsen und Mieder saß auf einem Barhocker. Sie rauchte eine Zigarette und beobachtete Ernesto.

„Valenti“, stellte sich Ernesto vor, als ihn der Barmann fragend ansah. Der Barmann zeigte auf eine Seitentür, und Ernesto ging weiter. Er gelangte in ein Separee, das mit rosa Samt ausgeschlagen war. Von hier aus führte eine Tür weiter in einen Gang, und am Ende des Ganges stand Ernesto vor einer weiteren Tür mit der Aufschrift Büro. Ernesto klopfte, wartete nicht auf eine Antwort und trat ein.

Hinter dem Schreibtisch saß ein Mann in einem dunklen Anzug. Boris Godunow. Die zwei Kerle neben ihm, seine Schläger, machten den Eindruck, als müssten sie ihren IQ zusammenlegen, wenn sie eine Wurstsemmel kaufen wollten.

„Danke, dass Sie Zeit für mich haben“, sagte Ernesto. „Vielleicht beginnen wir gleich mit dem Fußballclub. Wie sehen Ihre Pläne für diese und für die nächste Saison aus?“

„Weißt du, wenn man in einem Land so freundlich empfangen wird, dann soll man auch etwas zurückgeben“, begann Godunow.

Ah, jetzt sind wir schon beim Du, dachte Ernesto. Kann mich nicht erinnern, dass wir beide schon einmal eine Nacht durchgesoffen hätten.

„Wir wollen den Fußballclub in der nächsten Saison in die Bundesliga bringen“, fuhr Godunow fort. „Und wer kann das schon sagen? Vielleicht steigen wir in die Champions League auf. Alles nur eine Frage des Geldes, wie du sicher weißt.“

„Das heißt, Sie planen auch, neue Spieler einzukaufen?“

„Ohne neue Spieler wird es nicht gehen“, sagte Godunow. „Das haben wir aber noch nicht entschieden. Ich glaube, mit der Mannschaft, die wir jetzt haben, ist ein Aufstieg in die Bundesliga realistisch.“

„Sie sind Präsident des Vereins, soweit ich das verstanden habe. Und Sie sind bei jedem Spiel dabei, manchmal auch mit dem Landeshauptmann. Es gibt Gerüchte, dass Sie und der Landeshauptmann gute Freunde sind.“

„Das schmeichelt mir“, sagte Godunow. „Aber gute Freunde ist übertrieben. Wir kennen uns, und wir interessieren uns beide für Fußball. Das ist alles.“

„Aber Sie können nicht leugnen, dass der Name Ihrer Baufirma, der Feldonia Bau, überraschend oft im Zusammenhang mit öffentlichen Bauvorhaben auftaucht.“

„Was willst du damit andeuten?“

„Gar nichts“, sagte Ernesto. „Es ist mir nur aufgefallen.“

„Ich leite ein sehr erfolgreiches Unternehmen. Da ist es doch nur normal, wenn wir viele Aufträge bekommen.“

Ernesto kommentierte diesen Zirkelschluss nicht. Selbstredend ist ein Unternehmen mit vielen Aufträgen erfolgreich, genauso wie ein erfolgreiches Unternehmen viele Aufträge hat.

„Wenn ich mich nicht täusche, dann steckt die Baubranche seit einiger Zeit in einer gehörigen Krise. Große Baufirmen in Österreich bauen Stellen ab, von drohenden Pleiten ist die Rede. Das scheint bei der Feldonia Bau nicht der Fall zu sein. Gibt es da ein Geheimnis?“

„Ich weiß nicht“, sagte Godunow. „Es könnte doch sein, dass wir einfach besser sind. Das bessere Produkt zum besseren Preis anbieten. Das ist doch überall so, dass der gewinnt, der das bessere Angebot hat.“

In gewisser Weise mag das stimmen, dachte Ernesto, aber es ist schon sehr die Frage, wie man „bestes Angebot“ definiert. Ernesto entschied sich dagegen, Godunow damit zu konfrontieren, dass man mit den für das Tibet-Projekt veranschlagten 68 Millionen über siebenhundert Betten der Fünfsternekategorie bauen konnte. Im Moment wollte er Godunow nicht verärgern.

„Das mag sein“, sagte Ernesto. „Ich kann das schwer beurteilen. Aber bleiben wir noch ein wenig bei der Baugesellschaft, wenn Ihnen das recht ist. Welche Bauvorhaben stehen denn in nächster Zeit an? Oder anders gefragt, welche dieser Vorhaben sind Ihrer Meinung nach besonders wichtig?“

„Willst du etwas trinken?“, fragte Godunow. „Wein oder Bier?“

„Ein Kaffee wäre nett.“

Godunow sagte etwas auf Russisch zu einem seiner Schläger. „Kommt sofort. Ja, ich glaube, besonders spannend wird der Bau des Tibet-Hotels in Hüttenberg und die Universität für tibetische Medizin. Wenn alles gutgeht, dann werden wir schon im kommenden Jahr mit den Bauarbeiten beginnen.“

„Diese Geschichte beschäftigt mich gerade auch ein wenig", sagte Ernesto. „Und deshalb wundert es mich, dass Sie so zuversichtlich sind."

„Warum wundert dich das?"

Der Muskelprotz kam mit einem Tablett mit zwei Tassen und einer Kanne zurück. Recht geschickt stellte er die Tassen auf den Tisch und schenkte Kaffee ein. Ernesto nahm sich Zucker und Milch. Godunow trank seinen Kaffee schwarz.

„Da Dadul Gyaltsen gestorben ist, könnte es doch zu einer gewissen Verzögerung kommen. Im schlimmsten Fall, so habe ich mir sagen lassen, könnte der Dalai Lama nach dieser Geschichte die Mönche sogar ganz aus Hüttenberg abziehen."

„Das glaube ich nicht", sagte Godunow.

„Was macht Sie da so sicher?"

„Der Dalai Lama wird niemanden abziehen. Dazu ist das Projekt in Hüttenberg viel zu wichtig. Glaub mir, die Tibeter wollen dieses Projekt. Sie brauchen einen weiteren Stützpunkt in Europa."

„Das muss ja nicht gerade Hüttenberg sein", sagte Ernesto.

„Wenn du mich fragst, ist das aber eine gute Wahl."

„Warum das?"

„Hüttenberg. Wer interessiert sich schon für Hüttenberg? Hier kannst du einen Stützpunkt aufbauen, und kaum jemand wird es merken."

„Einen Stützpunkt wozu?"

„Die Tibeter wollen ihr Land zurück, oder? Dazu brauchen sie Verbündete, und die finden sie vor allem in Europa."

Ernesto nickte, auch wenn ihn die Argumentation nicht überzeugte. Die Tibeter hatten auch ein Zentrum in der Schweiz, und er sah keinen Grund, warum man sich nicht einen anderen Ort als Hüttenberg suchen konnte. Hüttenberg war aus einem einzigen Grund überhaupt in Betracht gezogen worden: Heinrich Harrer.

„Wenn du mich fragst, würde es mich nicht wundern, wenn einer dieser Tibeter den Mönch umgebracht hätte."

„Wie kommen Sie darauf?"

„Ah, das wundert dich jetzt."

„Allerdings", sagte Ernesto.

„Dann hat dir keiner erzählt, was da wirklich los ist in Hüttenberg? Dieser Mönch, wie hieß der gleich?"

„Dadul Gyaltsen", half Ernesto.

„Genau. Der wollte das ganze Projekt platzen lassen."

„Wieso?"

Godunow zuckte mit den Schultern. „Er wollte damit zum Dalai Lama gehen. Das hätte das Projekt vermutlich beendet. Das hast du nicht gewusst, oder?"

„Das höre ich zum ersten Mal", gab Ernesto zu.

Godunow nickte.

„Dann hatten aber nicht nur die Mönche ein Interesse am Tod von Dadul Gyaltsen. Die vielleicht am allerwenigsten. Wie viele Millionen entgehen Ihnen, wenn das Tibet-Projekt nicht verwirklicht wird?", fragte Ernesto und trank seinen Kaffee aus.

„Was willst du damit sagen? Dass du mich verdächtigst?" Godunow lachte.

„So wahnsinnig witzig ist das gar nicht", sagte Ernesto.

„Nein? Glaubst du, ich habe das notwendig? Dieses Hotel und diese Uni?"

„Ein paar Millionen sind das auch", sagte Ernesto. „Und wenn ich mich nicht täusche, dann haben Sie eine ganze Menge in das Projekt investiert."

„Keinen Cent habe ich investiert.“

Ernesto konnte seine Verwunderung nicht verbergen.

„Das überrascht dich schon wieder?“ Godunow lehnte sich vor und grinste Ernesto an. „Na, was verdienst du im Monat? Zweitausend Euro? Vielleicht ein bisschen mehr. Du bist nicht besonders schlau, sonst könntest du das Zehnfache, das Hundertfache verdienen.“

„Mag sein“, sagte Ernesto.

„Wenn du schlau bist, dann investierst du das Geld anderer Leute. Wenn es weg ist“, Godunow wischte mit der Hand über den Tisch, „was kümmert dich das?“

„Das Geld anderer Leute? Die finnischen Investoren?“

„Aber was“, widersprach Godunow. „Euer Geld.“

„Unser Geld?“

„Was glaubst du, wer das Geld für die Kärntner Zentralbank liefert? Sicher nicht die Russen.“

„Sie haben also einen Kredit bei der Zentralbank aufgenommen, um in das Tibet-Projekt zu investieren?“ Ernesto schüttelte den Kopf. Wenn er Godunow richtig einschätzte, dann hatte nicht er selbst die Kredite aufgenommen. Die Feldonia Bau war an der Tibet Medical Group beteiligt und an der Tibet Medical Investment Group und so weiter. Wenn man der Spur des Geldes folgte, stieß man auf die Feldonia Bau oder eines ihrer Subunternehmen. Ernesto brauchte einen Moment, aber dann hatte er es. Das Land und die Gemeinde hatten einen Kredit in der Höhe von 27,6 Millionen bei der Zentralbank aufgenommen. Fünf Millionen kamen vom Bund. Die restlichen 35,4 Millionen Euro, die auf die Gesamtsumme von 68 Millionen fehlten, steuerte die Feldonia Bau bei. Nur dass auch diese 35,4 Millionen von der Zentralbank kamen. Letztlich finanzierte man das Projekt auf diesem Weg vollständig durch Steuergelder und konnte in der Öffentlichkeit trotzdem den Eindruck erwecken, man habe internationale Investoren an Land gezogen. Ernesto sah Godunow in die Augen.

„Hast du jetzt verstanden, wie das funktioniert?", fragte Godunow.

„Allerdings, und wenn ich das schreibe, dann haben Sie ein Problem."

„Das wirst du nicht tun."

„Sie haben keine Ahnung", sagte Ernesto. „Sie wissen nicht, wozu ich fähig bin."

„Wenn du nicht ganz dumm bist, dann weißt du, was gut für dich ist", sagte Godunow.

Ernesto nickte.

„Außerdem kannst du nichts davon beweisen."

„Noch nicht, vielleicht", sagte Ernesto. „Aber Sie haben sich gerade zum Mordverdächtigen gemacht. Sie haben ein Motiv. Sie hatten ganz sicher die Gelegenheit, oder wenigstens einer ihrer Cornettos hier, und es wäre ziemlich sicher nicht der erste Mord, den Sie begehen oder in Auftrag geben."

Für einen Moment sah Godunow Ernesto an. Ernesto erwiderte den Blick. Du wirst mit mir keine Spielchen spielen, sagte Godunows Blick. Wage es nicht, dich mit mir anzulegen. Wage es bloß nicht.

Godunow sagte etwas zu seinen Schlägern. Sie packten Ernesto und zerrten ihn aus dem Büro. Ernesto leistete keinen Widerstand, und als er draußen in der Hitze angekommen war, zupfte er sein T-Shirt zurecht und ging zurück zum Wagen.

56

Es war schon nach elf, und die Chronikchefin der Hamburger Morgenpost hatte sich noch nicht gemeldet. Ernesto wollte dort jetzt noch nicht nachfragen, die Kollegen hatten sicher Besseres zu tun, als im Archiv nach einer zehn Jahre alten Geschichte zu suchen. Er fuhr auf der Uferstraße zurück nach Klagenfurt und überlegte, was er mit den Informationen anfangen konnte, die Godunow so unvorsichtig vor ihm ausgebreitet hatte. Godunow hatte in einem Punkt recht. Er würde nichts davon unmittelbar verwenden können. Godunow konnte alles abstreiten, und etwas anderes hatte Ernesto noch nicht. Die Wirtschaftsgeschichte und die Verwicklungen der Feldonia Bau mit der Kärntner Politik überließ Ernesto gerne Franziska.

Fast hätte er das Gespräch friedlich über die Bühne gebracht. Die letzten paar Minuten, da hatte er sich provozieren lassen. Das mit dem Motiv und dem Mord hätte er nicht sagen sollen. Aber er hatte es gesagt, und dann hatten ihn die Schläger an die frische Luft gesetzt. Eine besondere Glanzleistung war das nicht, aber vielleicht war noch nicht alles verloren. Solche Typen wie Godunow rasten zwar gleich aus, besonders nachtragend sind die meisten aber nicht. Mit ein wenig Glück war die Sache für Godunow mit dem Rauswurf erledigt, und sie konnten das nächste Mal wieder einigermaßen normal miteinander reden.

Es ärgerte Ernesto umso mehr, da er sich sicher war, dass Godunow mit dem Mord nichts zu tun hatte. Godunow verlor nicht so schnell die Nerven. Nur weil Dadul Gyaltsen damit drohte, das Projekt scheitern zu lassen, flippte Godunow noch lange nicht aus. So eine Drohung konnte man abwenden. Man konnte die Leute bestechen, ihnen drohen, ihre Strategie hintertreiben. Man konnte alles Mögliche tun, bevor man jemanden umbrachte und damit die Aufmerksamkeit eines ganzen Landes auf die Sache lenkte.

Selbst wenn all diese Versuche scheiterten, hätte Godunow nicht selbst gehandelt. Es gab genügend Leute, die die Drecksarbeit für den Russen erledigen konnten, man musste ihnen nur genug Angst machen. Noch wahrscheinlicher war, dass Godunow überhaupt nichts getan hatte. Er hatte gewartet, bis einer der anderen von selbst auf die Idee kam, Dadul Gyaltsen zu beseitigen. Angesichts der neuen Informationen kamen dafür eine ganze Menge Leute infrage. Bis jetzt hatte Ernesto Tschabuschnig, Pirolt und Krametter als Mörder ausgeschlossen. Sie hatten bei einem Scheitern des Projekts viel zu verlieren. Wenn aber Dadul Gyaltsen dem Projekt im Weg stand, dann hatte jeder der drei ein überzeugendes Motiv. Überaus überzeugend sogar. Bürgermeister Pirolt brauchte das Tibet-Projekt so dringend wie ein Verhungernder ein Stück Brot. Ohne dieses Hotel und die Tibet-Uni war Hüttenberg nur noch ein paar Jahre vom endgültigen Untergang entfernt. Tschabuschnig und Krametter hatten beide eine ganze Menge zu verlieren, wenn das Projekt platzte. Sie steckten bis zum Hals in der Sache drinnen, und im Moment war noch nicht klar, wen es härter treffen würde.

Es war kurz nach zwölf, als Ernesto in die Stadt zurückkam. Die Bundespolizeidirektion Klagenfurt lag auf seinem Weg, und er beschloss, Major Steinkellner einen Besuch abzustatten. Der ging nie auf Mittagspause, und so erwischte ihn Ernesto allein in seinem Büro.

„Sie riechen das, was Valenti?“, begrüßte ihn Steinkellner.

„Was rieche ich?“

„Dass der Bericht der Spurensicherung heute Morgen bei mir eingetroffen ist.“

„Und?“

„Nichts Aufregendes. Ich hab ihnen ja gesagt, es ist ein Unfall.“

„Dann schließt der Bericht Mord dezidiert aus?“, fragte Ernesto.

„Das natürlich nicht. Aber es gibt keine Hinweise auf ein Fremdeinwirken. Es war also richtig, nicht gleich so einen Wind zu machen. Sehen Sie, Valenti? So ist das alles ohne große Aufregung, ohne Skandal über die Bühne gegangen.“

„Darf ich?“, fragte Ernesto und griff nach dem Bericht.

„Sie werden da auch nichts finden. Aber meinetwegen, obwohl es Sie eigentlich nichts angeht.“

Ernesto schlug die Mappe auf. Es waren nur ein paar Seiten. Die Spurensicherung hatte in dem felsigen Gelände kaum Fußabdrücke gefunden, und wenn, dann waren es entweder eindeutig die des Mönchs oder alte. Dadul Gyaltsen war ohne Schuhe geklettert, deshalb waren seine Abdrücke leicht zu identifizieren.

Oben am Felsvorsprung, auf dem Dadul Gyaltsen meditiert hatte, und auf dem Gelände dahinter gab es jede Menge niedergetrampeltes Gras, geknickte Zweige und ähnliche Spuren, aber nichts deutete darauf hin, dass da außer Dadul Gyaltsen noch jemand gewesen war.

„Ich habe gehört, das war eine unglückliche Geschichte in Kroatien“, sagte Steinkellner.

„Das kann man so sagen“, antwortete Ernesto, ohne aufzusehen. „Man könnte aber auch sagen, Ihr Kollege hatte es auf mich abgesehen und versucht, mir einen Mord anzuhängen.“

Die Untersuchung der Leiche hatte auch kaum etwas gebracht. Aber unter den Fingernägeln hatte die Spurensicherung gelbe Fasern gefunden.

„Was ist damit?", fragte Ernesto und hielt Steinkellner die Seite unter die Nase. „Die gelben Fasern unter den Fingernägeln? Wie kommen die dahin?"

„Stammen vermutlich von seinem eigenen Umhang", sagte Steinkellner nach einem Moment.

„Ist das überprüft worden?"

„Ich glaube nicht. Müsste aber dastehen, falls doch."

Ernesto studierte die Seite noch einmal. „Nein, da steht nichts. Das ist ein Detail, gebe ich ja zu. Aber ..."

„Valenti, Sie können einem echt auf die Nerven gehen. Sie wollen wirklich, dass ich der Sache nachgehe."

„Schadet sicher nicht."

„Auf was hinauf, Valenti? Weil Sie ein Gefühl haben?"

„Weil die Stofffasern vom Mörder stammen könnten", sagte Ernesto.

„Es gibt keinen Mörder, weil es keinen Mord gab. Können Sie nicht lesen? Es gibt keine Hinweise auf ein Fremdeinwirken."

„Und die Fasern?"

„Nehmen wir einmal an, ich lasse die Fasern weiter untersuchen", sagte Steinkellner. „Was, wenn sich herausstellt, dass die Fasern von so einem gelben Umhang stammen?"

„Dann frage ich mich immer noch, wie die Fasern unter seine Fingernägel kommen."

„Gott im Himmel. Sie hören wohl nie auf. Ist es nicht vorstellbar, dass der Mönch sich an seinem eigenen Umhang festgehalten hat?"

Ernesto verzog das Gesicht.

„Oder er hat die Fasern beim Anziehen unter die Nägel bekommen. Das kann schon sein. Das finden wir immer wieder."

„Meinetwegen", sagte Ernesto. „Aber was, wenn die Fasern nicht von seinem Umhang stammen?"

„Was meinen Sie? Von einem anderen Umhang?"

Ernesto hob beide Augenbrauen.

„Dafür gibt es nicht die geringsten Hinweise. Die Fasern könnten sonst wie da hingekommen sein. Sie können hier reden, wie Sie wollen. Ich werde nichts unternehmen. Im Moment warte ich nur noch auf den Bericht der Gerichtsmedizin, und wenn der auch so ausfällt wie der Bericht der Spurensicherung, werden die Ermittlungen endgültig eingestellt."

„Steinkellner, Sie machen einen Fehler", sagte Ernesto.

„Schauen Sie, Valenti, ich sage ja nicht, dass Sie nie recht haben. Aber in diesem Fall haben Sie sich in etwas verrannt. Da ist kein Mörder, weil es keinen Mord gegeben hat."

„Ja, und genau das glaube ich nicht", sagte Ernesto und ging.

Kapitel 19

57

Oben in der Kulturredaktion öffnete Ernesto die Fenster und legte sich auf die Ledercouch. Seine Zigaretten und den Aschenbecher platzierte er auf einem Stapel Bücher. Von seinem Platz aus sah er eine Zeitlang auf die umliegenden Dächer. Er spürte den heißen Wind im Gesicht und nickte allmählich ein. Die letzten Tage waren mühsam gewesen, und immer noch waren viele Fragen offen. Da waren diese gelben Fasern unter den Fingernägeln des Mönchs. Wie waren die da hingekommen? Woher stammten sie? Und wann würde die Kollegin aus Hamburg endlich anrufen?

Ernesto dämmerte dahin. Eigentlich wollte er nicht schlafen. Er hatte noch jede Menge zu tun, aber es war hier so angenehm auf der Couch. Draußen gingen manchmal Leute vorbei. Sie waren auf dem Weg zur Dachterrasse oder kamen von dort. Niemand kümmerte sich um ihn, und ob er seine Artikel jetzt schrieb oder in ein paar Stunden, war völlig egal. Ernesto schloss die Augen und schlief ein. Erst das Telefon weckte ihn, und er griff nach seinem Mobiltelefon.

„Hamburger Morgenpost hier", sagte eine weibliche Stimme.

„Oh", machte Ernesto.

„Ich störe doch nicht?"

„Nein. Danke, dass Sie zurückrufen. Ich bin nur ..."

„Ich habe mich gleich an die Geschichte erinnert. Eine hässliche Sache. Haben Sie so einen ähnlichen Fall in Kärnten?"

„Ich weiß noch nicht", sagte Ernesto. „Ich mache eine Geschichte über tibetische Medizin und wie sich die Schulmedizin dazu verhält. Bei uns stellt die Ärztekammer Diplome für traditionelle chinesische Medizin aus, und ich frage mich, wie sich das eine mit dem anderen verträgt."

„Und da kommen Sie ausgerechnet auf einen Fall in Hamburg?"

„Sagen wir es einmal so. Es gibt gewisse Verbindungen nach Kärnten."

„Das ist aber interessant. Sagen Sie, war da nicht gerade etwas mit Tibet bei Ihnen? Ich glaube, ich habe da etwas gehört. Warten Sie, ist da nicht ein Mönch gestorben?"

„Allerdings", gab Ernesto zu. Er hatte befürchtet, dass das Gespräch diese Wendung nehmen würde.

„Und diese Geschichte mit dem toten Jungen, was hat die mit dem Mönch zu tun?"

„Das weiß ich noch nicht", sagte Ernesto.

„Wissen Sie es nicht, oder wollen Sie es mir nicht verraten?"

„Im Moment sammle ich Informationen."

„Ich will Ihnen keine Geschichte wegschnappen. Aber wenn Sie eine tolle Geschichte haben, dann hätten wir die natürlich auch gerne."

„Warum schicken Sie mir nicht zuerst Ihre Artikel", schlug Ernesto vor. „Dann habe ich Ihre E-Mail-Adresse, und sobald sich etwas ergibt, sind Sie die Erste, die davon erfährt."

Während des Telefonats war Ernesto aufgestanden und hatte sich in das Redaktionssystem eingeloggt. Er rief seine E-Mails ab und sah dem Fortschrittsbalken zu, wie er langsam weiterwanderte. Die Nachricht aus Hamburg enthielt mehrere PDFs. Ernesto öffnete sie und überflog die ersten Artikel. Sein Verdacht bestätigte sich. Beim Vater des Jungen handelte es sich um Thorsten Schulz.

Das war das Motiv, aber warum hatte es so lange gedauert? Warum hatte Thorsten Schulz zehn Jahre gewartet? War Thorsten Schulz den Mönchen nach Hüttenberg gefolgt, und wenn ja, warum?

Ernesto las weiter und suchte nach dem Namen des Mönches, der für die Behandlung des Jungen verantwortlich gewesen war. In den ersten Artikeln stand nur, dass es sich um alternative Heilmethoden gehandelt hatte. Dann wurden die Informationen präziser. Von einer Krebstherapie auf der Grundlage tibetischer Medizin war da die Rede. Ein Institut für tibetische Medizin in Hamburg war in die Angelegenheit verwickelt, und da war es: Der Leiter dieses Instituts, ein gewisser Dadul Gyaltsen, äußerte sich in einem langen Interview zu den Vorwürfen.

Ernesto las den Artikel. Dadul Gyaltsen leugnete nicht, die Behandlung vorgenommen zu haben. Er lobte die Heilkraft tibetischer Kräutermischungen und ging ziemlich ausführlich darauf ein, wie die traditionelle tibetische Medizin Gesundheit und Krankheit definiert. Seinen Ausführungen zufolge ging es vor allem darum, die Harmonie der verschiedenen Kräfte, die im menschlichen Körper wirken, zu bewahren oder im Fall einer Krankheit wiederherzustellen. Dazu, schlug er vor, müsse man sich vor allem gesund ernähren, und Atemübungen seien auch ein wichtiger Bestandteil der täglichen Hygiene. „Körper und Geist musst du rein halten, dann kann keine Krankheit Besitz von dir ergreifen“, sagte Dadul Gyaltsen. Natürlich, antwortete Ernesto in Gedanken. Du bist selbst schuld, wenn du krank wirst. Faschistoides Gefasel, denn wozu führt das, wenn man es weiter denkt? Wenn die Leute selbst daran schuld sind, dass sie Krebs bekommen oder sich ein Bein brechen, was folgt daraus? Dass ihnen schon recht geschieht? Und wenn das alles ohnehin eine Frage des Karmas und der eigenen Anstrengung ist, wie steht es dann mit Kriegsflüchtlingen und verhungernden Kindern? Stecken die bis zum Hals in der Scheiße, weil sie es nicht anders verdient haben?

Ob eine Behandlung mit traditioneller tibetischer Medizin eine Chemotherapie ersetzen könne, lautete eine der Fragen. „Das liegt immer im Ermessen des Patienten und seiner Angehörigen. Ich bin für die Zusammenarbeit von Ärzten und Heilern", sagte Dadul Gyaltsen. „Der Fall, auf den Sie anspielen, ist überaus tragisch. Aber wie ich schon gesagt habe, ich würde niemanden davon abhalten, den Rat und die Unterstützung der Schulmedizin zu suchen."

Ernesto schloss kurz die Augen. Was hier auf den ersten Blick wie ein unglaublicher Zufall aussah, musste bei näherer Betrachtung eine Geschichte ergeben. Thorsten Schulz war Dadul Gyaltsen gefolgt. Wie der tibetische Mönch hatte auch er sich in Hüttenberg niedergelassen und beobachtete den Mönch.

Am Anfang musste die Wut sehr groß gewesen sein, aber Schulz hatte den Mönch nicht getötet. Vielleicht versuchte er, ihm zu verzeihen. Verzeihung ist eine Übung der inneren Reinigung im Buddhismus. Dem anderen seine Schuld zu vergeben, bedeutet auch, sich frei zu machen von Zorn. Wenn ich dem anderen verzeihe, lasse ich los, und eine weitere schmerzhafte Bindung zur Welt verschwindet. Ich befreie mich, lösche mein Karma und helfe allen Wesen, ebenfalls frei zu werden.

Vielleicht hatte Thorsten Schulz genau das zehn Jahre lang versucht und war gescheitert. Zehn Jahre lang hatte er jeden Tag den Mann gesehen, den er für den Tod seines Sohnes verantwortlich machte. Von seinem Bauernhof aus beobachtete Schulz die Tibeter. Wie sie nach und nach ein neues Zentrum aufbauten, wie sie von der Politik hofiert wurden. Der Dalai Lama kam nach Hüttenberg und wurde mit dem goldenen Ehrenzeichen des Landes ausgezeichnet. Politiker bemühten sich um Dadul Gyaltsen. Sie scharwenzelten um ihn herum, und überall wurde er mit großen Ehren empfangen. Das Karma machte zehn Jahre lang keine Anstalten, Dadul Gyaltsen die Rechnung für den Tod des Jungen zu präsentieren. Dann überlegte es sich das Karma anders und schlüpfte in die Gestalt von Thorsten Schulz.

Aber passte das wirklich zusammen? Schulz hatte doch nicht zehn Jahre ruhig gewartet. Mit der Schrotflinte in der Hand hatte er die Mönche von seinem Grundstück verscheucht. Das sah nicht sehr nach einem Versuch aus, den Tibetern zu verzeihen und sich möglicherweise sogar mit ihnen zu versöhnen. Und wenn man schon eine Schrotflinte in der Hand hat, legt man die dann weg, um jemanden von einem Felsen zu werfen? Andererseits, warum nicht? Hätte Schulz den Mönch erschossen, säße er schon längst im Gefängnis. So aber standen die Chancen ganz gut, mit dem Mord davonzukommen.

58

Die Fasern, gelbe Fasern. Ernesto ging dieses Detail nicht aus dem Kopf. Während er sich den Schlaf aus den Augen wischte und sich an den Computer setzte, überlegte er. Es musste eine einfache und einleuchtende Erklärung für die gelben Fasern unter den Fingernägeln von Dadul Gyaltsen geben.

Ockhams Rasiermesser, dachte Ernesto, das ist ein klassischer Fall für Ockhams Rasiermesser. William Ockham hat dieses Instrument der Logik zum ersten Mal beschrieben. Wenn du etwas erklären willst, dann nimm nur so viele Elemente, wie unbedingt nötig. Die einfachste Erklärung ist meistens auch die beste.

Wenn Ernesto der Regel Ockhams folgte, dann musste er zuerst zu erklären versuchen, wie die gelben Fasern unter Dadul Gyaltsens Fingernägel gekommen waren, ohne dass eine zweite Person anwesend war.

Grundsätzlich hielt Ernesto das nicht für unmöglich, aber warum sollte Dadul Gyaltsen an seinem Umhang herumkratzen, während er meditierte? Das war doch eher unwahrscheinlich. Auch beim Sturz war das wohl nicht passiert. Dadul Gyaltsen hatte sich sicher nicht an seinem eigenen Umhang festgekrallt. Nun ja, vielleicht nicht an seinem eigenen, aber doch möglicherweise am Umhang eines anderen Mönches. Dieser Tenzing Dondrup hatte sicher ein Motiv, auch wenn Ernesto dieses Motiv noch nicht kannte.

Ein Mönch warf den anderen über den Felsen hinein in den Gebetspfad. Das hatte geradezu etwas Poetisches. Zugegebenermaßen mit einer makabren Note, aber doch irgendwie poetisch.

Bevor er dieser oder einer anderen Spur nachgehen konnte, hatte Ernesto aber noch ein paar Dinge zu erledigen. Er hämmerte den Artikel über Boris Godunow in die Tastatur. Russischer Millionär sponsert Kärntner Fußball und will in die Bundesliga. Auer konnte sich aussuchen, ob er die Geschichte in den Sport schob oder im Lokalteil brachte. Besonders aufregend war diese Neuigkeit ja nicht, zumindest für Ernesto.

Wenn es nach ihm ging, sollte man jedem Spieler am Feld einen Ball geben, dann mussten sie sich nicht die ganze Zeit um den einen streiten.

Dann war da noch der Artikel für die Sonntagsausgabe. Ernesto hatte Čertov eine kleine Serie von Artikeln über den tibetischen Buddhismus versprochen, und da der letzte Artikel so einen Wirbel ausgelöst hatte, wollte Čertov jetzt nachlegen. Eigentlich fühlte sich Ernesto zu müde, um sich damit auseinanderzusetzen, und es wäre auch besser gewesen, den Artikel zu Hause zu schreiben. Ernesto streckte sich und sah auf die Uhr. Es war nach drei Uhr. Zeit zu gehen.

Auer saß in seinem Büro und brütete über einem Stapel Unterlagen.

„Ich gehe dann“, sagte Ernesto.

„Was?“ Auer sah auf.

„Ich mache für heute Schluss“, sagte Ernesto. „Den Artikel für Čertov schreibe ich zu Hause.“

„Ja, ist gut.“

„Und es könnte sein, dass ich morgen später komme.“

„Wieso? Hast du in der Früh einen Termin?“

„Ich fahre nach Hüttenberg“, sagte Ernesto.

„Und wo genau soll das hinführen? Ich meine, ist da noch eine Geschichte drin?“

„Der Mörder.“

„Du bist dir doch nicht einmal sicher, dass es Mord war.“

„Mittlerweile schon.“

„Und was sagt Steinkellner dazu?“

„Was wird er schon sagen? Nichts Brauchbares jedenfalls.“

„Der LH droht mit Klage“, sagte Auer.

„Echt jetzt?“

„Die Kärntner Tagespost schädigt das Ansehen des Landes Kärnten und könnte auf Kreditschädigung und üble Nachrede geklagt werden, insbesondere was die Berichterstattung über das Tibet-Projekt anbelangt“, las Auer vor.

„Das ist nicht deren Ernst.“

„Schaut ganz so aus. Ich schicke dir das Schreiben als PDF. Ruf den Tschabuschnig an und frag ihn, was er damit bezwecken will. Aber bitte schrei ihn nicht an.“

„Haben wir da irgendetwas zu befürchten?“, fragte Ernesto.

„Nein.“ Auer schüttelte den Kopf. „Das Ganze ist total lächerlich. Das ist nur eine Einschüchterungstaktik. Aber wir lassen uns das nicht gefallen. Schreib einen Artikel, keinen Kommentar, nur ganz nüchtern, dass uns das Land mit Klage droht.“

„Wird gemacht“, sagte Ernesto.

„Noch haben wir so etwas wie eine Demokratie“, fuhr Auer fort. „Natürlich, klar, am liebsten würden sie uns wegsperren, weil wir Zeitungsschmierer sind ja Nestbeschmutzer. Aber so weit sind wir noch nicht. Noch lange nicht.“

59

Genau das brauchte er jetzt, ein Telefonat mit Tschabuschnig. Ernesto atmete ein paarmal tief durch, bevor er die Wahltaste drückte. Vielleicht ging Tschabuschnig ja nicht ans Telefon, es war immerhin schon nach 16 Uhr, Dienstschluss für Landesbedienstete. Aber da hatte Ernesto Pech.

„Tschabuschnig.“

„Valenti hier.“ Ernesto hatte den Brief ausgedruckt vor sich auf der Anrichte in seiner Küche liegen.

„Was kann ich für Sie tun?“

„Sie können mir erklären, was das mit der Klagsdrohung soll.“ Ernesto kritzelte mit dem Kugelschreiber auf dem Brief herum. Am liebsten wäre er auf Tschabuschnig losgegangen, aber das verkniff er sich.

„Das steht doch da, oder?“

„Es steht da, dass das Land Kärnten uns wegen Kreditschädigung und übler Nachrede klagen will.“

„Was ist daran nicht zu verstehen?“, fragte Tschabuschnig.

„Oh, ich verstehe das sehr gut. Es ist nur die Frage, warum Sie das tun wollen.“

„Wegen ihrer Berichterstattung. Gerade Sie, Valenti, schreiben einseitig und boshaft. Das schädigt den Wirtschaftsstandort Kärnten.“

„Ernsthaft?“

„Das ist kein Witz, Valenti. Da geht es um Millionenbeträge. Wenn das Tibet-Projekt platzt, dann sind Sie daran schuld.“

„Jetzt machen Sie sich nicht lächerlich, Tschabuschnig.“

„Was Sie über die Tibeter geschrieben haben, das ist doch ekelerregend.“

„Aber wahr“, sagte Ernesto. „Da kann doch ich nichts dafür.“

„Selbst wenn es wahr ist, können Sie das doch nicht schreiben. Überlegen Sie einmal, was das für eine Region wie Hüttenberg bedeutet.“

„Erklären Sie es mir.“

„Das kann die ganze Region in den Abgrund reißen. Das Tibet-Projekt ist wirklich die allerletzte Chance für die Gemeinde. Wir arbeiten seit Jahren daran, diese

Region zu retten. Und dann kommen Sie und machen alles kaputt."

„Etwas Besseres als dieser Tibetquatsch ist Ihnen da nicht eingefallen? Sie und Ihre Freunde haben eine bescheuerte Idee, und wenn es dann nicht funktioniert, schieben Sie es jemand anderes in die Schuhe und drohen auch noch mit einer Klage. Also Tschabuschnig ..."

„Das schreiben Sie nicht", brüllte Tschabuschnig.

„Was?", fragte Ernesto ruhig.

„Was Sie gerade gesagt haben."

„Ich werde Ihnen sagen, was ich schreibe. Ich schreibe, dass das Land Kärnten uns wegen unserer Berichterstattung verklagen will. Dass das Land Kärnten uns vorwirft, wir seien nicht objektiv. Und dass uns das Land Kärnten unterstellt, dass wir der Entwicklung des Landes und der Wirtschaft schaden wollen. Genau das werde ich schreiben."

„Das können Sie nicht machen", schrie Tschabuschnig.

„Ja, warum denn nicht? Das steht doch da, und das haben Sie auch gerade gesagt."

„Das ist Rufschädigung, das sieht so aus, als wollten wir die freie Presse bevormunden."

„Genau", sagte Ernesto. „Genau so sieht das aus."

„Aber das stimmt eben nicht. Wir wollen die freie Presse nicht bevormunden. Wir sind gegen Zensur. Aber was Sie da machen, übersteigt einfach alles. Sie ruinieren eines der wichtigsten Projekte seit über fünfzig Jahren."

„Irgendwie ..." Ernesto schüttelte den Kopf. „Ich meine, was wollen Sie?" Er zögerte kurz. „Nein, eigentlich interessiert es mich nicht, was Sie wollen", sagte er dann und legte auf. Er setzte sich mit dem Laptop zum Schreibtisch und schrieb eine Meldung über die

Klagsdrohung des Landes. Dreißig Zeilen, nicht mehr. Vermutlich löste diese Meldung eine Welle von Presseaussendungen aus. Die Opposition, der Presserat, die Journalistengewerkschaft und wer weiß, wer sonst noch, würden das als Kampfansage werten.

Dann machte Ernesto Kaffee, schob eine Tiefkühlpizza in den Ofen und überlegte sich, wie er den Artikel für die Sonntagsbeilage aufbauen wollte. Er blätterte in den Büchern, die immer noch am Wohnzimmertisch lagen, und sah sich seine Notizen an. Am besten, er setzte wieder dort an, wo er auch mit dem letzten Artikel begonnen hatte. Bei der Frage: Was um alles in der Welt haben die Tibeter in Hüttenberg verloren?

Das magische System der Lamas

Der Tod des tibetischen Mönchs Dadul Gyaltsen lenkt die Aufmerksamkeit auf Hüttenberg. Beinahe unbemerkt entstand dort eine Enklave tibetischer Kultur.
Von Ernesto Valenti

Kommt man heute nach Hüttenberg, bemerkt man nicht mehr viel von der Jahrhunderte währenden Tradition des Bergbaus. Man steht einem riesigen Gemälde gegenüber, das Padmasambhava, einen der Gründer des tibetischen Buddhismus, zeigt. Der letzte Zeuge des Bergbaus, ein Grubenhunt, der neben dem Harrer-Museum steht, fällt kaum jemandem auf.

Wo zum ersten Mal in der Geschichte Naturstahl hergestellt wurde, dreht sich heute alles um den tibetischen Gebetspfad und das Heinrich-Harrer-Museum. Die große Geschichte des Eisenabbaus, der Schmiede scheint vergessen. Niemand redet mehr davon, dass die Römer mit Schwertern aus dem Görtschitztal ein Weltreich gründeten.

Friedliche Tibeter. Das Gebet, das tibetische Mantra „Om mani padme hum“, hat das eiserne Zeitalter Hüttenbergs beendet. Als Heinrich Harrer nach Hüttenberg kam und den tibetischen Buddhismus mitbrachte, begann eine interessante Entwicklung. Der tibetische Buddhismus kam in den Westen und mit ihm der Dalai Lama, der gleichermaßen für den Weltfrieden wie auch für ein freies Tibet eintritt.

Nun, daran gibt es wohl kaum etwas auszusetzen. Aber ein Lokalaugenschein in Hüttenberg fördert ein etwas anderes Bild zutage. Der Bischof gibt sich besorgt. Die neue Religion muss natürlich geduldet werden, aber einer buddhistischen Mission steht er doch eher kritisch gegenüber.

Bürgermeister Hans Pirolt sieht die Sache weniger dramatisch: „Der Buddhismus ist eine friedliche Religion. Ich glaube, Hüttenberg kann mit seinen Aktivitäten tatsächlich zum Weltfrieden beitragen. Heinrich Harrer ist es zu verdanken, dass der Dalai Lama das Kalachakra-Tantra für den Weltfrieden in Österreich abhalten wird.“

Kalachakra-Tantra. Das Kalachakra-Tantra ist ein im Westen kaum bekannter Ritualtext des tibetischen Buddhismus. Historisch nachgewiesen ist er erstmals für das 10. Jahrhundert in Indien. In der ersten Hälfte des 11. Jahrhunderts gelangte er nach Tibet und wurde zum Herzstück des tibetischen Buddhismus.

Das Kalachakra-Tantra besteht aus einer komplizierten Anordnung von Ritualen und Einweihungen. Fünf Einweihungsgrade sind allgemein bekannt. Die anderen sind geheim, aber nicht so geheim, dass nicht doch das eine oder andere Detail nach außen dringt.

Krieg als Religion. Der Dalai Lama kündigt das Kalachakra-Tantra in Graz als spirituelle Großtat an, die den Weltfrieden entscheidend fördern soll. Dem aufmerksamen Beobachter stellen sich angesichts dieser Behauptung ein paar Fragen. Wenn das Kalachakra-Tantra den Frieden fördert, warum erbaten dann tibetische Aufständische 1957 den Kalachakra-Segen des 14. Dalai Lama? Wenn der Dalai Lama für Gewaltlosigkeit ist, warum erteilte er diesen Segen und unterstützte so den bewaffneten Widerstand gegen die Chinesen? Kann ein friedenbringendes Ritual auf einer kriegerischen Erzählung aufbauen?

Das Kalachakra besteht zu einem Teil aus einer Schilderung des Weltuntergangs. Ein König aus Shambala wird kommen und alle Ungläubigen von der Erde tilgen. Das wird in großer Detailtreue und Grausamkeit beschrieben. Vielen Kritikern zufolge dient das Kalachakra dazu, Krieger für diesen Endkampf zu rekrutieren.

Ergebnis dieses Vernichtungsfeldzuges soll, wenn man den westlichen Kritikern folgt, eine weltweite Buddhokratie unter der Führung des Dalai Lama sein.

Befürworter des tibetischen Buddhismus wollen in all diesen ekelerregenden Beschreibungen eine symbolische Darstellung des inneren Kampfes des Menschen gegen das Böse sehen. Diese Deutung wird auch von christlichen Theologen benutzt, wenn es um die Erklärung der Höllenqualen in Dantes Inferno geht.

Sexualmagie. In tantrischen Ritualen wird häufig sexuelle Energie verwendet, etwa um einen Fluch auszusprechen oder seine eigene geistige Entwicklung zu fördern. Das bei uns bekannteste Tantra ist das Kamasutra. Im Gegensatz zum Kamasutra geht es in tibetischen Tantras um die Ausbeutung der weiblichen Energie. Höhere Einweihungsgrade des Kalachakra-Tantra erfordern es unter anderem, eine Jungfrau zu vergewaltigen, Menschenfleisch zu essen und auch sonst jede vom Buddhismus vorgeschriebene Tugend zu brechen.

Das erinnert nicht von ungefähr an den Satanismus Aleister Crowleys. Beides, tibetischer Buddhismus und sexualmagischer Satanismus, übten auf die Nationalsozialisten eine unbeschreibliche Faszination aus. Sie fühlten sich von der Nekrophilie beider Ideologien angezogen, und viele Kulturwissenschaftler schließen heute nicht mehr aus, dass der Massenmord in den Konzentrationslagern auch ein okkultes Menschenopfer war.

60

Als Ernesto seinen Text noch einmal las, fragte er sich, ob das nicht alles ein bisschen hart formuliert war, vor allem der Vergleich mit Aleister Crowley, dem Obersatanisten. Noch einmal ging er den Text Argument für Argument durch. Besonders sanft ging er wirklich nicht mit den Tibetern um, aber vielleicht war das eine notwendige Korrektur zu der allgemein verbreiteten Vorstellung, die Tibeter seien allesamt Heilige. Bilden sich nicht viele ein, die Tibeter seien so etwas wie ein himmlisches Volk, weise und erleuchtet, friedlich und immer bereit, sich für andere einzusetzen? Diese Sanftheit, das Lächeln des Dalai Lama, ja, natürlich wünscht man sich, dass die Welt so sein könnte. Aber es ist eben nur eine Seite der Tibeter, und die andere verschwindet unter dieser Oberfläche des Heils.

Ernesto schickte den Text ab, packte seine Zigaretten und eine Tasse Kaffee und legte sich in die Hängematte. Noch war die Dämmerung ein paar Stunden entfernt, aber die große Hitze des Tages begann zu weichen. Ernesto streckte sich aus und sah durch die Zweige des Apfelbaums in den Himmel. In den letzten Wochen waren die Äpfel gewachsen. Aus kleinen, kaum fingernagelgroßen Knöpfen waren grüne, schimmernde Bälle geworden. Der Baum trug an jedem Ast eine andere Apfelsorte. Die Frühäpfel würden bald gelbe Wangen bekommen und dann saftig und weich werden.

Noch immer dachte Ernesto über seinen Artikel nach. Es war ihm etwas klar geworden. Jede Heilsgeschichte ist auch eine Unheilsgeschichte. Darin liegt die Erklärung für diesen Mord. Das bringt mich noch nicht zum Mörder, aber ich glaube, ich habe da etwas ganz Grundsätzliches verstanden. Jedes Mal, wenn ich frage, wer könnte etwas gegen den Mönch haben, frage ich doch danach, wer die Heilsgeschichte, die Dadul Gyaltsen erzählte, nicht ertragen konnte. Das ist eigentlich nur eine andere Art, danach zu fragen, wer einen Grund hatte, Dadul Gyaltsen zu ermorden.

Wahrscheinlich ist das eine viel zu philosophische und abstrakte Art, nach dem Mörder zu fragen. Doch wenn man von dieser Überlegung ausgeht und nicht bei ihr stehen bleibt, dann müsste man früher oder später unweigerlich auf den Täter stoßen. So überlegte Ernesto, und er überlegte immer noch, als der Himmel zu dunkeln begann und das Licht allmählich schwand. Davon merkte er kaum etwas, so tief war er in seinen Gedanken versunken.

Noch einmal ging Ernesto alle Verdächtigen durch, überlegte, ob er nicht jemanden übersehen hatte. Das musste gar nicht der ominöse Passant sein, der aus einer Laune heraus tötet. Den konnte Ernesto mit ziemlicher Sicherheit ausschließen. Dort oben am Felsen kam niemand zufällig vorbei. Aber hatte er vielleicht jemanden falsch eingeschätzt? Den Mostbauer vielleicht, oder den Wirt? Das war immerhin möglich, wenn auch nicht sehr wahrscheinlich. Die hatten beide kein brauchbares Motiv, die hatten noch nicht einmal eine besondere Verbindung zu Dadul Gyaltsen. Für sie war er ein Fremder geblieben.

Ernesto versuchte sich vorzustellen, wer den Mut oder die Verzweiflung aufgebracht haben könnte, in der Nacht da hinaufzuschleichen. Er wog die Motive nach ihrer Schwere und verglich die Verdächtigen. Darüber wurde es Nacht, und Ernestos Gedanken wurden träger, stolperten, rappelten sich noch einmal auf. Dann tauchten sie ab in den Schlaf und erwachten wieder in einem Traum.

Kapitel 20

61

Noch war die Kühle des Morgens nicht ganz verschwunden. Ernesto fröstelte ein wenig, als er aus dem Wagen stieg und über den Schotterplatz auf den Stall zuging. Der Bernhardiner hatte ihn schon entdeckt und kam wedelnd auf ihn zu.

„Na, du Großer“, sagte Ernesto und strich dem Hund über den Kopf. Der Bernhardiner lehnte sich an ihn und sah zu ihm auf. Über den Hof drangen die Geräusche von aneinanderklirrenden Ketten. Eine Kuh steckte ihren Kopf durch den Plastikvorhang und trat dann in einen Gang aus Weidegittern, der zu einer Kuhhalt ungefähr zwanzig Meter hinter dem Bauernhof führte.

Der Bernhardiner sah die Kuh an, befand, dass ihn das nicht interessierte, und ließ sich weiter von Ernesto streicheln.

„Ich hab heute noch etwas vor“, sagte Ernesto zu dem Hund. „Einen Mörder fangen. Das findest du ja wahrscheinlich nicht besonders spannend, aber das muss halt sein.“ Ernesto ging auf den Stall zu. Der Geruch von Kuhmist, Heu und verschütteter Milch schwappte ihm entgegen. Seine Augen mussten sich erst an die Düsternis gewöhnen, aber dann erkannte er Thorsten Schulz, der an der Seite einer Kuh hockte und ihr die Zitzenbecher anlegte. Die Kuh wischte mit dem Schweif hin und her.

Über der Stalltür befand sich eine Lichte mit einem gekippten Fenster. Ernesto sah dort hinauf, und gerade in diesem Moment schoss eine Rauchschwalbe durch die Öffnung und glitt dann lautlos durch den Stall. Noch während Ernesto der Schwalbe nachsah, kam eine Kuh im Retourgang aus ihrer Box, drehte sich und ging auf Ernesto zu. Er wich ihr aus, aber die Kuh blieb vor ihm stehen und sah ihn an. Ihre großen Augen glänzten im trüben Licht, und Ernesto streckte die Hand aus, strich der Kuh über die Schnauze und tätschelte sie.

„Das ist die Resi“, sagte Thorsten Schulz.

Ernesto nickte ihm zu. Die kräuselige Wolle zwischen den Hörnern der Kuh fühlte sich steif und zugleich zart an.

„Wie viele Kühe haben Sie?“, fragte Ernesto.

„Siebenundzwanzig.“

„Eine Menge Arbeit. Was bekommen Sie für den Liter?“

„49 Cent. Das ist Biomilch.“

„Kein Vermögen“, meinte Ernesto. „Aber immerhin. Was bekommt man bei konventioneller Produktion?“

„Acht Cent weniger“, sagte Schulz und zog die Zitzenbecher wieder ab. Er schmierte Melkfett auf das Euter und massierte es kurz ein.

Ernesto schüttelte den Kopf.

„Ich bin froh, dass ich nicht darauf angewiesen bin“, sagte Schulz.

„Wie lange machen Sie das jetzt schon?“

„Was meinen Sie?“

„Die Milchwirtschaft, hier in Hüttenberg.“

„Fast zehn Jahre bin ich jetzt da“, sagte Schulz und stand auf. Er hatte noch eine Kuh zu melken, und Ernesto folgte ihm. „Aber die Kühe habe ich noch nicht so lange. Acht Jahre, glaube ich, ja, ungefähr. Ich musste den Hof erst renovieren.“

„Sie sind also vor zehn Jahren aus Hamburg nach Hüttenberg gekommen. Warum eigentlich, wenn ich fragen darf?“

„Warum interessiert Sie das?“, fragte Schulz zurück.

„Ich könnte eine Geschichte über Sie machen. Das wäre doch interessant. Ein erfolgreicher Manager, ich nehme an, Sie waren erfolgreich, schmeißt seinen Job hin und wird Biobauer. Ein Klischee vielleicht, aber eine gute Geschichte.“

„Meinen Sie?“

„Ja, würde ich sagen.“

„Das war damals keine schöne Zeit“, sagte Schulz. „Meine Frau und ich, wir haben uns getrennt. Die Arbeit. Wissen Sie, irgendwann kommt man an den Punkt, wo man sich fragt, was das alles soll. Und da war ich vor zehn Jahren. Sie können arbeiten und arbeiten, aber was nützt ihnen das, wenn sonst nichts mehr übrig ist.“

„Verstehe“, sagte Ernesto. „Aber wie kommt man auf Hüttenberg? Ich meine, das ist auch nicht gerade der nächste Weg von Hamburg.“

„Eigenartig, nicht wahr?“, sagte Schulz und ließ auch die letzte Kuh aus ihrer Box. „Ich habe etwas gesucht, das möglichst weit weg ist. Einen möglichst unwahrscheinlichen Ort, an dem mich niemand vermutet.“

„Da ist Hüttenberg sicher keine schlechte Wahl. Aber dann stießen Sie hier wieder auf die tibetischen Mönche.“

Thorsten Schulz erstarrte. Die Melkmaschine glitt ihm aus der Hand und donnerte auf den Betonboden.

„Was wollen Sie?“, flüsterte er.

„Ich habe mich die ganze Zeit gefragt, welches Problem Sie wirklich mit den Tibetern haben. Diese intellektuelle Nummer, das habe ich Ihnen nicht geglaubt. Sie sind keiner, der wegen so etwas zur Schrotflinte greift.“

„Sie haben mir nachspioniert.“ Schulz fasste sich wieder ein wenig, aber er rührte sich immer noch nicht.

„Ihr Sohn starb im Alter von neun Jahren an Leukämie, nachdem Dadul Gyaltsen ihn mit traditioneller tibetischer Medizin behandelt hatte", sagte Ernesto. „Und das ist ein verdammt gutes Motiv, um den Mönch von einem Felsen zu stoßen."

Thorsten Schulz drehte sich um und ging. Er verließ den Stall durch eine Seitentür und lief über den Hof auf das Wohnhaus zu.

Für einen Moment war Ernesto überrascht, aber es dauerte nur einen Augenblick, und er setzte sich ebenfalls in Bewegung. Ernesto riss die Tür auf und erwartete, in den Lauf einer Schrotflinte zu blicken. Aber das Vorhaus war leer. Schulz wird sich doch nicht selbst ..., schoss es Ernesto durch den Kopf, und schon sah er vor seinem inneren Auge, wie Schulz sich die Waffe in den Mund steckte.

Ernesto lief durch das Vorhaus. Er stieß die Küchentür auf und blieb stehen. Schulz saß am Küchentisch, eine Flasche Schnaps und ein Glas vor sich.

„Setzen Sie sich", sagte er. „Und nehmen Sie sich ein Glas."

„Geht es Ihnen gut?", fragte Ernesto.

Schulz lachte.

„Ich meine ..."

„Wie sind Sie darauf gekommen?" Schulz prostete Ernesto zu.

„Auf Ihren Sohn? Zufall." Ernesto trank den Schnaps. „Ich wollte etwas über tibetische Medizin wissen."

„In Hamburg?" Schulz schenkte nach.

„Das hat sich so ergeben."

„Trinken Sie."

Ernesto nahm das Glas und trank auch den zweiten Schnaps. Wenn das in diesem Tempo weiterging, würde er bald zu betrunken sein, um hier wegzukommen. Allerdings wollte er Schulz jetzt auch nicht verärgern, und er hatte das Gefühl, er müsse noch bleiben. Schulz hatte sich zwar jetzt für den Schnaps und gegen das Gewehr entschieden, aber Ernesto schätzte, da war das letzte Wort noch nicht gesprochen.

„Was halten Sie davon, wenn ich den Not- und Krisendienst für Sie anrufe?", fragte Ernesto. „Ich glaube, Sie sollten mit jemandem sprechen, mit einem Psychiater."

„Mir geht's gut", sagte Schulz und schenkte nach. „Nur im ersten Moment ... Nach so vielen Jahren rechnet man nicht damit."

Ernesto rührte sein Schnapsglas nicht an.

„Trinken Sie."

„Ich muss noch fahren."

„Machen Sie sich nicht ins Hemd." Schulz schob ihm das Glas hin.

„Dann erzählen Sie", sagte Ernesto und trank das Glas aus.

„Es gibt nichts zu erzählen", sagte Schulz und schenkte nach.

„Es gibt immer eine Geschichte", sagte Ernesto. „In Wirklichkeit gibt es überhaupt nichts anderes als Geschichten."

„Sie kennen die Geschichte ja schon. Ich bin vor zehn Jahren aus Hamburg hierhergekommen", sagte Schulz.

„Und weiter?"

„Was glauben Sie? Mein Sohn war tot, meine Frau hat mich verlassen. Da gibt es kein Weiter." Er schenkte Ernesto noch einen Schnaps ein.

„Sind sie den Mönchen gefolgt, oder war das ein Zufall?"

„Glauben Sie mir, wenn ich sage, es war ein Zufall? Ein blöder Zufall, aber da hatte ich den Hof schon, und ich wollte dann auch nicht mehr weg."

„Aber Heinrich Harrer muss Ihnen doch aufgefallen sein, als Sie sich für Hüttenberg interessierten?"

„Natürlich. Aber ich habe mich nicht weiter darum gekümmert. Ich hätte mir doch nie gedacht, dass die diesen Gebetspfad bauen und dass die Mönche nach Hüttenberg kommen."

„Und dann ausgerechnet Dadul Gyaltsen."

„Dieser Arsch. Haben Sie das Interview gelesen? Das liegt doch in der Verantwortung des Patienten, da sind doch die Eltern selber schuld. Ich hatte große Lust, ihm in die Fresse zu hauen."

„Aber stattdessen haben Sie ihm aufgelauert und ihn vom Felsen geschubst."

„Sind Sie bescheuert?", schrie Schulz.

„Warum? Das wäre doch naheliegend. Sie flüchten vor Ihrer Vergangenheit, und dann tauchen diese Mönche auf. Allen voran Dadul Gyaltsen. Wenn das kein Motiv ist."

„Ja, vor sieben oder acht Jahren vielleicht. Sagen Sie mir, Sie oberschlauer Journalist, warum habe ich Dadul Gyaltsen nicht damals schon den Schädel weggeblasen?"

„Weil Sie ihm eigentlich vergeben wollten. Vergebung ist doch eine zentrale Tugend des Buddhismus."

„Ich scheiß auf den Buddhismus", sagte Schulz. „Ja, ich hab mich dafür interessiert, aber ehrlich, da war dann aber so was von Schluss damit. Aber so was."

„Aber geschossen haben Sie auf die Mönche?"

„Aber was, geschossen." Schulz trank noch einen Schnaps. „Gedroht habe ich Ihnen. Ich bin doch nicht total verblödet. Die hätten mich angezeigt, aber so ...

Ich habe ihnen gedroht. Bin ihnen nachgelaufen, und irgendwann haben sie es dann verstanden. Aber geschossen, ich bitte Sie, niemals."

Ernesto stand auf und hielt sich am Tisch fest. Der Schnaps wirkte schon, aber er fühlte sich noch einigermaßen sicher auf den Beinen. Einen Moment sah er Schulz an, versuchte abzuschätzen, ob er ihn alleine lassen konnte. So wie es aussah, hatte Schulz vor, sich haltlos zu betrinken. Besonders klug war das nicht, aber besser, als sich eine Schrotflinte in den Mund zu stecken. Ernesto nickte Schulz zu und ging.

62

Im Auto wurde Ernesto schwindlig. Er spürte, wie er allmählich die Übersicht verlor. Wenn er seinen Kopf drehte, dann drehte sich die Welt mit und noch ein Stück weiter. Die Arme schienen länger als gewöhnlich, und irgendwie machten sie nicht genau, was Ernesto von ihnen wollte.

Das wird sich legen, dachte Ernesto. Es waren nur ein paar Gläser, und wenn ich vorsichtig fahre, dann wird schon nichts passieren. Im Schritttempo fuhr er vom Hof, schaukelte über den Feldweg und bog auf die Gemeindestraße ein. Bis zur Heft waren es ein paar Kilometer, und auf dieser Strecke würde ihm kaum jemand entgegenkommen. Ein paarmal musste Ernesto bremsen und stehenbleiben, weil er es nicht schaffte, die Kurve in einem Zug auszufahren, doch er erreichte die erste Abzweigung ohne Unfall. Dort blieb er am Straßenrand stehen und stieg aus. Ihm war schlecht, und am liebsten hätte er sich übergeben. Er atmete tief ein und wieder aus. Das wiederholte er ein paarmal.

Er brauchte dringend etwas zu essen. Ein Brot oder eine Semmel und einen Orangensaft.

Unten in der Heft gab es ein Gasthaus. So weit musste er es schaffen. Das konnte kein Problem sein. Immerhin war er bis hierher gekommen, und die paar Kilometer ...

„Scheiße“, fluchte Ernesto und lehnte sich an den Wagen. Er zündete sich eine Zigarette an und wartete. Hier in der Nähe der Bäume am Straßenrand war es noch kühl. Doch Ernesto ahnte die Hitze. Im Tal brütete schon seit Stunden ein feister Sommertag über dem Land. Der Regen ließ auf sich warten.

Ernesto rauchte die Zigarette bis zum Filter, stieg wieder ein und fuhr weiter. Bis in die Heft waren es noch ungefähr drei Kilometer. Niemand kam ihm entgegen. Er parkte auf dem großen Schotterplatz neben dem rostigen Lastwagen und ging auf das Gasthaus zu. Von außen konnte man nicht feststellen, ob es geöffnet hatte. Bei den Tischen im Freien waren die Sonnenschirme geschlossen. Es gab keine Tischtücher, und einige Bänke lehnten quer an den Tischen.

Die Tür war nur angelehnt. Als Ernesto eintrat, fiel sein Blick auf eine Buddha-Statue. Aus dem Mund der Statue strömte Wasser, das in eine Schale fiel, die der Buddha auf seinem Schoß hielt. Am Grund der Wasserschale war eine grüne LED angebracht. Ernesto blieb stehen und starrte den Buddha an. Er berührte ein Knie der Statue, um sich zu versichern, dass er sich das nicht einbildete.

Im Schankraum sah es ganz anders aus. Die Theke war mit Holzbalken verkleidet, und hinter dem Stammtisch befand sich ein mächtiger Kachelofen. Die Leute am Stammtisch drehten sich, um den neuen Gast zu beobachten. Ernesto beachtete die Leute zuerst nicht, sondern stellte sich gleich an die Theke.

„Valenti, was machen Sie schon wieder hier?"

Ernesto sah zum Stammtisch. Da saß Jörg Tschabuschnig, und neben ihm erkannte Ernesto Ernst Krametter und Hans Pirolt, und dann war da noch dieser Mönch, wie hieß der doch gleich? Tenzei oder Tenzing irgendwas.

„Sie sind ja betrunken", sagte Tschabuschnig.

„Zu Ihnen komme ich schon noch", sagte Ernesto. „Aber zuerst krieg ich eine Brettljause und einen Orangensaft."

Der Wirt, der bei den anderen Gästen am Stammtisch gesessen hatte, wischte sich die Hände an seiner Schürze ab und kam hinter die Theke.

„Wollen Sie die Brettljause hier an der Theke essen, oder soll ich Ihnen einen Tisch herrichten?", fragte er Ernesto.

„Ich setz mich an den Stammtisch. Rücken Sie ein Stück, Tschabuschnig."

„Sie sind ja wirklich betrunken. Sie haben eine ganz schöne Fahne", sagte Tschabuschnig und machte Platz.

„Betrunken genug, um mit Ihnen an einem Tisch zu sitzen", sagte Ernesto. „Was macht ihr hier überhaupt? Schaut wie eine Geheimversammlung aus."

„Was, Geheimversammlung?", meinte Tschabuschnig. „Nur eine normale Besprechung. Es muss ja irgendwie weitergehen mit dem Tibet-Projekt."

Ernesto zog beide Augenbrauen hoch.

„Eine tragische Geschichte, das mit Dadul Gyaltsen", fuhr Tschabuschnig fort. „Aber davon darf man sich nicht aufhalten lassen."

Ernesto trank das Glas Orangensaft in einem Zug aus und bestellte gleich ein zweites.

„Der Orangensaft hilft nicht gegen den Rausch", sagte Tschabuschnig.

„Im Ernst?“, fragte Ernesto. „Umbringen wird er mich schon nicht. Und wenn doch, sind Sie vermutlich der Letzte, den das stört.“

„Sie sind es doch, der mich verfolgt. Sie haben die Jagd auf mich und den Landeshauptmann eröffnet.“

„Sie nehmen sich aber schon verdammt wichtig, Tschabuschnig.“

„Habe ich nicht recht? Seit Tagen sind Sie hinter mir her. Das ist ja schon krankhaft. Dabei habe ich Ihnen doch gar nichts getan.“

„Sie überschätzen sich, Tschabuschnig“, sagte Ernesto und nahm die Brettljause in Empfang. „Sie persönlich“, Ernesto schnitt ein Stück vom Schweinsbraten ab, „Sie gehen mir echt am Arsch vorbei. Aber Leute wie Sie, die kann ich ums Verrecken nicht ausstehen.“

Tschabuschnig sah ihn verwirrt an. Ernesto starrte für einen Moment zurück und wandte sich dann wieder seinem Essen zu.

„Und den anderen hier am Tisch“, sagte Ernesto, „denen hat es die Sprache verschlagen. Oder dürfen die nur reden, wenn es der Herr und Meister erlaubt?“

„Was bilden Sie sich eigentlich ein?“, brauste Tschabuschnig auf.

„Zu welchem Schluss sind Sie denn gekommen, was das Tibet-Projekt anbelangt?“, fragte Ernesto. „Herr Bürgermeister, weißt du eigentlich, dass die Chancen jetzt viel besser stehen? Jetzt, wo Dadul Gyaltsen tot ist.“

Erstaunen breitete sich im Gesicht des Bürgermeisters aus.

„Das ist doch völliger Unsinn“, sagte Tschabuschnig.

„Das verstehe ich nicht“, sagte der Bürgermeister.

„Du weißt das gar nicht?“, fragte Ernesto.

„Was soll ich nicht wissen?“

„Dass Dadul Gyaltsen drauf und dran war, das Projekt abzuwürgen."

„Red nicht so einen Blödsinn."

„Sagen Sie es ihm, Tschabuschnig", forderte Ernesto.

„Ach, das ist doch alles nicht so dramatisch", sagte Tschabuschnig. „Es gab da ein paar Meinungsverschiedenheiten."

„Die dazu führten, dass Dadul Gyaltsen einen Brief an den Dalai Lama schrieb, nicht wahr?" Ernesto wandte sich an Tenzing Dondrup.

„Das glaube ich nicht", sagte Tenzing Dondrup. „Das hätte er mit mir besprochen."

Aber ganz sicher war sich Tenzing Dondrup nicht, das spürte Ernesto, und auch Ernst Krametters Gesicht verlor rapide an Farbe.

Ernesto biss in sein Brot und schnitt dünne Scheiben vom Trockenwürstel ab. Da hatte er sie alle an einem Tisch, und gerade zum richtigen Zeitpunkt. Sein Rausch klang auch schon ab. So schlimm waren die paar Schnäpse nicht gewesen, und das Brot und das Fleisch beruhigten seinen Magen. Hans Pirolt, der Bürgermeister, hatte offensichtlich wirklich nichts von Dadul Gyaltsens Bedenken gewusst. Eine besondere Überraschung war das nicht. Tschabuschnig und Krametter benutzten Pirolt als Strohmann. Der Idiot durfte vorne stehen und Hände schütteln, sein Gesicht in die Zeitung tauchen, und wenn es brenzlig wurde, dann durfte Pirolt auch seinen Kopf hinhalten.

„Sie können nicht anders, oder?" Tschabuschnig wurde immer lauter. „Zuerst treten Sie eine Hetzjagd gegen mich und den Landeshauptmann los, und jetzt starten Sie auch noch eine Kampagne gegen die Tibeter. Sie müssen ein wirklich bemitleidenswerter Mensch sein. Man sollte Sie nicht auf die Leute loslassen, sondern in die Psychiatrie einliefern."

„Der LH und ich, heißt das", korrigierte Ernesto. „Der Esel kommt immer zuerst, oder so ähnlich, sagt man. Und Tschabuschnig, dass Sie ein Problem mit der Pressefreiheit haben, das wundert mich jetzt nicht wirklich. Wenn jemand die Wahrheit schreibt, dann empfinden Sie das als Angriff. Ich verstehe. Aber gewöhnen Sie sich besser daran."

Ernesto fühlte sich jetzt schon viel besser. Das Schwindelgefühl war verschwunden, und seine Aufmerksamkeit war wieder scharf und klar. Als er das letzte Stück Brot aß, sah er sich die Leute am Tisch der Reihe nach ganz genau an. Hans Pirolt, wie er dasaß in seinem billigen Anzug, die Krawatte leicht verrutscht, das Haar an die Stirn geklebt. Tschabuschnig zurückgelehnt, die Arme ausgebreitet, als ob ihm der Tisch und alle Leute hier untertan wären, und das stimmte im Wesentlichen ja auch. Tschabuschnig hatte Pirolt und Krametter in der Hand. Den Mönch, diesen Tenzing Dondrup, hatte Tschabuschnig vielleicht auch in der Hand, vielleicht waren die beiden sich aber auch nur einig. Tenzing Dondrup schien die Bedenken Dadul Gyaltsens nicht zu teilen.

„Tenzing", begann Ernesto. „Wie ist das mit Ihnen? Sie wussten doch sicher, dass Dadul Gyaltsen das Projekt stoppen wollte."

„Stoppen ist zu viel gesagt. Aber ihm gefiel das eine oder andere nicht."

„Dann wissen Sie also Bescheid. Sie wissen von der Baufirma, von den Russen." Ernesto beobachtete den Mönch. Er konnte keine Verwunderung, kein Erstaunen feststellen. „Sie sind also bereit, mit Leuten wie Boris Godunow zusammenzuarbeiten, nur weil Sie dieses Tibet-Zentrum haben wollen?"

„Soweit ich weiß, ist Boris Godunow ein ehrenwerter Geschäftsmann, und seine Firma arbeitet oft mit dem Land Kärnten zusammen", antwortete Tenzing Dondrup. „Ich weiß nicht, welche Probleme ich mit ihm haben sollte."

„Aha", sagte Ernesto. „Dass Godunow einige Bordelle betreibt, stört Sie also nicht?"

„Das ist jetzt aber unfair", fuhr Tschabuschnig dazwischen.

„Was sagen Sie dazu, Krametter? Sie haben doch auch mehr oder weniger eng mit Godunow zusammengearbeitet. Bekommen Sie Rabatt im Puff?"

„Sie kommen hier herein, völlig betrunken, und beleidigen einen nach dem anderen", schrie Krametter. „Was bilden Sie sich überhaupt ein? Sie glauben, Ihnen kann nichts passieren? Dann warten Sie einmal ab. Die Geschichte ist viel zu groß für Sie."

Ernesto sah kurz zu Tschabuschnig. Dem Pressesprecher war dieser Ausbruch Krametters nicht recht, er hatte die Arme vor der Brust verschränkt und rutschte auf seinem Sitz hin und her.

„Ob ich mit Godunow Geschäfte mache? Was fragen Sie so blöd, wenn Sie es ohnehin schon wissen? Und was ist daran schlimm?"

„Das müssen Sie nicht mich fragen. Tschabuschnig sitzt im Aufsichtsrat der Feldonia Bau", sagte Ernesto.

„Und? Es muss doch eine Kontrolle des Landes geben, wenn eine Firma so große Aufträge wie das Tibet-Projekt übernimmt", sagte Krametter.

„Interessante Sichtweise", sagte Ernesto. „Und Sie haben den Russen über die Zentralbank Kredite verschafft. Und damit Sie wissen, wohin das Geld dann fließt, muss natürlich eine Vertrauensperson im Aufsichtsrat sitzen. Wenn ich mich nicht täusche, sind Sie selbst über eine Firma an dem Geschäft beteiligt. Ist das nicht eine Unvereinbarkeit?“

„Ich sage ja, das ist eine politisch motivierte Hetzkampagne“, pfauchte Tschabuschnig. „Wer bezahlt Sie, Valenti? Wer steckt hinter diesen Zeitungsartikeln? Sagen Sie es.“ Er packte Ernesto an der Schulter und drückte zu.

„Lassen Sie das“, sagte Ernesto und befreite sich aus dem Griff. „Sie sollten lieber vorsichtig sein, Tschabuschnig.“

„Sonst was?“

„Krametter, wie ist das? Wie viel von Ihrem eigenen Geld hängt in diesem Tibet-Projekt mit drinnen? Oder soll ich lieber sagen, Geld, das Sie abgezweigt haben? Wie viele Millionen sind das?“ Ernesto hatte keine Ahnung, ob das stimmte. Krametter hatte die Kredite für das Land und für die Russen organisiert. Das war sicher. Aber dafür hatte er seinen gut bezahlten Posten bei der Kärntner Zentralbank nicht räumen müssen. Irgendetwas hatte Krametter angestellt, sonst würde er immer noch in seinem Büro in Klagenfurt sitzen und müsste sich nicht als Amtsleiter von Hüttenberg abstrampeln. Amtsleiter von Hüttenberg, das war nicht gerade ein Traumjob, aber man war aus der Schusslinie, und darum musste es bei diesem Arrangement gegangen sein. Der LH und Tschabuschnig wollten Krametter aus dem Weg haben. Die Öffentlichkeit und vor allem die Journalisten sollten keine Gelegenheit haben, ihn ins Visier zu nehmen. Gleichzeitig konnte man Krametter auch nicht einfach so kaltstellen. Dazu wusste er zu viel, und dazu war er zu tief in diese Geschichte verstrickt. Die Vermutung, Krametter hätte für sich selbst auch ein paar Millionen auf die Seite geschafft, fand Ernesto nicht allzu weit hergeholt, und wenn er damit falschlag, dann war das auch nicht weiter schlimm.

„Sie verdammter Zeitungsschmierer", schrie Krametter und sprang auf. Der schwere Stammtisch rutschte auf Ernesto zu. „Woher haben Sie das?" Krametter beugte sich vor, als wolle er über den Tisch auf Ernesto zuspringen.

„Wenn ich auch nur die Hälfte davon schreibe, sind Sie geliefert", sagte Ernesto.

„Das wagen Sie nicht", schrie Krametter.

„Und Sie auch, Tschabuschnig", sagte Ernesto.

„Sie können mir nichts nachweisen", sagte Tschabuschnig.

„Das ist ja schon so gut wie ein Geständnis", sagte Ernesto und sah Tschabuschnig an. In diesem Moment wurde er zu Boden gerissen. Krametter hatte sich auf ihn gestürzt. Er zerrte Ernesto hoch und schrie ihn an: „Das wirst du nicht schreiben, du Arschloch." Er holte aus, um Ernesto ins Gesicht zu schlagen. Da ging Tschabuschnig dazwischen.

„Bist du irr? Lass ihn los."

Krametter lockerte seinen Griff, und Ernesto stolperte. Er fiel mit dem Gesicht gegen Krametters Brust, stützte sich ab und rutschte weg. Seine Hände krallten sich an Krametters Trachtengilet fest, und dann wurde Ernesto weggerissen.

„Sie brauchen frische Luft", sagte Tschabuschnig und schleifte Ernesto am Kragen aus dem Gasthaus. „Verschwinden Sie, und legen Sie sich nicht mit mir an. Diesen Krieg können Sie nur verlieren."

Kapitel 21

63

Ernesto saß in seinem Wagen und lachte. Er sah auf seine Hände und konnte gar nicht mehr aufhören zu lachen. Mit dem Handrücken wischte er sich die Tränen aus den Augen und versuchte, ruhiger zu atmen. Er biss sich auf die Lippen und schniefte. Ganz vorsichtig streifte er seine Fingerkuppen an einem Taschentuch ab und faltete es dann zusammen. So legte er es ins Handschuhfach. Mit dem nächsten Taschentuch schnäuzte er sich und wischte sich die Tränen ab. Dann startete er den Wagen und fuhr los.

Noch immer spürte er den Schnaps, aber die Brettljause hatte geholfen und vor allem die Wut, die sich jetzt in ihm ausbreitete. Ernesto war noch nicht wieder nüchtern, aber er hatte das Auto jetzt besser unter Kontrolle. Er hatte sich erschreckt, als Krametter auf ihn losgegangen war. Für einen Moment war Ernesto erstarrt, alles Denken war aus ihm gewichen, und er hatte nur diesen Mann gesehen, der auf ihn zustürmte, um ihn zu verprügeln.

Hüttenberg tauchte vor ihm auf, und Ernesto bemerkte, dass selbst jetzt, an einem Donnerstagvormittag, niemand auf der Straße zu sehen war. Eigentlich sollte ihn das nicht wundern, bei allem, was er über den Ort herausgefunden hatte. Dann holperte der Wagen über den ersten stillgelegten Bahnübergang. Entlang der Görtschitz, die hier kaum mehr als ein breiter Bach war, fuhr Ernesto in Richtung Süden. Bei Mösel bog er Richtung Guttaring ab, und während der ganzen Zeit überlegte er, ob er gegen Krametter und Tschabuschnig eine Chance gehabt hätte. Wenn er Tschabuschnig den Ellbogen in den Magen gerammt hätte ... Er stellte sich vor, wie er sich befreite und dann auf Tschabuschnig losging, doch selbst wenn sich ihm die Gelegenheit geboten hätte, hätte Ernesto nicht zugeschlagen. Eine Wirtshausschlägerei zwischen einem Journalisten und dem Pressesprecher des LH? Nein, auf dieses Niveau begab sich Ernesto nicht. Sollten sie ihn verprügeln, ihn aus dem Gasthaus werfen, solche Idioten auch nur anzuspucken, das kam überhaupt nicht infrage.

Auf der Schnellstraße Richtung Klagenfurt läutete das Telefon. Auer rief an, aber Ernesto hob nicht ab. Jetzt nicht, jetzt will ich davon nichts hören. Wahrscheinlich hatte sich Tschabuschnig über ihn beschwert. Vielleicht hatte er Ernesto angezeigt, wegen tätlicher Beleidigung oder Körperverletzung oder was ihm gerade eingefallen war. Aber das interessierte Ernesto im Moment nicht.

Der Verkehr in der St. Veiter Straße stadteinwärts stockte. Ein Stadtbus quetschte sich aus der Haltestelle und rammte beinahe einen VW Golf. An der Heckscheibe des Golfs las Ernesto *Heiße Kisten – kurze Nächte – Wörthersee forever*. Der Golffahrer hupte, trat aufs Gas und schoss am Bus vorbei auf die andere Fahrbahnseite. Da ist jemand vom GTI-Treffen übrig geblieben, dachte Ernesto und bremste. Der Busfahrer hupte ebenfalls und fuhr dem Golf so nahe an die Stoßstange, dass er sie fast berührte. Die täglichen Freundlichkeiten des Klagenfurter Stadtverkehrs, die Ernesto sonst gelassen hinnahm, nervten ihn jetzt. Er hatte es eilig, er musste zum Landeskriminalamt, und einen Auffahrunfall konnte er jetzt wirklich nicht gebrauchen.

Am Ring lief der Verkehr ein wenig besser. Wieder schepperte das Mobiltelefon. Ernesto ignorierte es und suchte einen Parkplatz am Messegelände. Er stellte den Motor ab, schnappte sich das Taschentuch aus dem Handschuhfach und lief über die Straße zum Landeskriminalamt.

Durch die vergitterte Eingangstür kam er noch ohne Probleme, aber dann hielt ihn der Beamte vor der Sicherheitsschleuse auf.

„Können Sie sich ausweisen?", fragte der Beamte, und Ernesto hielt ihm den Führerschein hin.

„Zu wem wollen Sie denn?" Der Beamte studierte den Führerschein, sah Ernesto an. Das Foto im Führerschein war zehn Jahre alt, und das hätte genauso gut der Führerschein von jemand ganz anderem sein können.

„Ich muss zu Wolfgang Havlicek, Spurensicherung", sagte Ernesto.

„Und was wollen Sie von ihm?"

„Das werde ich ihm schon sagen."

„Ich kann Sie nicht in die Spurensicherung lassen."

„Was heißt das?"

„Sie dürfen da nicht hin. Da brauchen Sie eine Genehmigung."

„Dann seien Sie bitte so nett und holen Havlicek her", sagte Ernesto.

„Das kann ich nicht machen."

Ernesto fuhr sich mit der Hand übers Gesicht. Er wollte gar nicht wissen, warum ihn der Beamte nicht zu Havlicek ließ. Es war ihm egal, welche Vorschriften und Vorsichtsmaßnahmen dahintersteckten, und er hatte auch keine Lust, das zu diskutieren. Er rief Steinkellner an.

„Major Steinkellner?", fragte Ernesto.

„Ja, natürlich", kam die Antwort.

„Bitte holen Sie mich an der Sicherheitsschleuse ab. Ihr Beamter hier will mich nicht hineinlassen."

Ernesto verschränkte die Arme vor der Brust und wartete. Der Beamte sah ihn an und schwieg.

„Es ist schon gut", sagte Steinkellner, als er durch die Halle kam. „Lassen Sie ihn vorbei."

„Was ist denn los?", fragte Ernesto und schüttelte Steinkellner die Hand. „Ich wollte doch nur in die Spurensicherung."

„Sie können nicht so einfach in die Spurensicherung. Da brauchen Sie eine Genehmigung. Was wollen Sie denn dort?"

„Das hier." Ernesto hielt ihm das Taschentuch hin. „Das sind Fasern von Ernst Krametters Trachtengilet, von dem Blümchenmuster. Und ich wette, es sind die gleichen Fasern, die der Gerichtsmediziner unter den Fingernägeln des Toten gefunden hat."

Für ein oder zwei Sekunden sah Ernesto die Verblüffung auf Steinkellners Gesicht.

„Dann kommen Sie", sagte Steinkellner und nahm Ernesto am Unterarm. „Hier entlang."

64

Havlicek war gerade dabei, Kaffee aufzusetzen. Er maß das Pulver in einem tiefen Löffel ab und strich den kleinen Hügel Kaffee vorsichtig ab, sodass der Löffel nur bis zur Kante gefüllt war. Das wiederholte er viermal und gab dann eine Prise Salz in den Filter. Das Wasser hatte er in einer Glaskaraffe über dem Bunsenbrenner erhitzt und nahm es nun mit einer Zange vom Feuer.

„Ein richtiger Barista, unser Havlicek", sagte Steinkellner. „Hast du für uns auch eine Tasse?"

„Du und der Valenti?“ Havlicek sah die beiden über den Rand seiner Brille an. „Da muss ja etwas ganz Außergewöhnliches passiert sein.“

„Valenti hat da etwas. Vielleicht kannst du es dir anschauen.“

Ernesto gab Havlicek das Taschentuch und beobachtete ihn, wie er es mit Bedacht auseinanderfaltete und die Fäden mit einer Pinzette auf einen Objektträger legte.

„Das sind Fäden aus einem Trachtengilet mit Kärntner Blümchenmuster“, erklärte Ernesto. „Und ich frage mich, ob die Fäden mit denen übereinstimmen, die Sie am Tatort gefunden haben.“

„Der Mönch“, sagte Havlicek. „Ihr wollt jetzt, dass ich hier und auf der Stelle sage, ob die Proben übereinstimmen? Das ist nicht so einfach. Das muss ich zuerst testen. Wer weiß, was das für ein Material ist? Das könnte irgendein Faden sein. Vielleicht ist das ein Faden, der überall verwendet wird. Dann hätte eine Übereinstimmung wohl kaum eine besondere Beweiskraft.“

„Valenti“, sagte Steinkellner. „Wie lautet Ihre Theorie? Erzählen Sie.“

Havlicek reichte Ernesto eine Tasse Kaffee und lehnte sich an die Anrichte. Er sah Ernesto aufmerksam an. Dann berichtete Ernesto, was er bis jetzt herausgefunden hatte und warum er Ernst Krametter für den Mörder von Dadul Gyaltsen hielt.

„Wie sicher sind Sie sich?“, fragte Steinkellner, nachdem Ernesto bei der Rauferei im Gasthaus angekommen war.

„So sicher, wie man sein kann“, sagte Ernesto. „Ich meine, ich kann mich irren. Aber die Schlussfolgerungen aus den Tatsachen sind meiner Meinung nach korrekt.“

Steinkellner nickte, trank noch einen Schluck von seinem Kaffee. „Eine optische Übereinstimmung würde mir vorerst genügen“, sagte er.

„Okay“, antwortete Havlicek. „Schauen wir uns das einmal an.“

Aus einem Regal holte er eine Pappschachtel. Darin lag ein Beweisbeutel neben dem anderen. Jeder feinsäuberlich beschriftet und zugeklebt. Havlicek suchte nicht lange. Ein kleiner, durchsichtiger Beutel kam zum Vorschein. Havlicek schlitzte ihn auf und legte eine der Fasern auf einen neuen Objektträger. Dann legte er beide Objektträger unter das Auflichtmikroskop und schaltete den Bildschirm ein.

Ernesto sah die Fäden auf dem Bildschirm nebeneinander. Auf den ersten Blick sah er keinen Unterschied. Havlicek stellte eine andere Vergrößerung ein, und nun sah man die Fasern, aus denen der Faden gesponnen war.

„Hundertprozentig ist das natürlich nicht“, sagte Havlicek. „Aber soweit ich es hier sehe, handelt es sich um zwei gleiche Fäden. Die Anzahl der Stränge ist gleich, die Farbe. Die Art, wie die Fasern verzwirnt wurden. Das ist ganz sicher eine Naturfaser, eine Art Seide.“

„Du würdest also sagen, die beiden Fäden stammen aus derselben Quelle?“, fragte Steinkellner.

„Wenn das von einem Trachtengilet ist, könnte das natürlich von jedem beliebigen aus der gleichen Produktion sein“, antwortete Havlicek. „Mit dem, was ich hier habe, kann ich das unmöglich einem bestimmten Kleidungsstück zuordnen.“

Ernesto sah Steinkellner fragend an.

„Mir reicht das für eine Befragung“, sagte Steinkellner.

„Ich komme mit“, sagte Ernesto.

„Wohin?“

„Zur Befragung.“

„Valenti, das ist Polizeiarbeit. Sie können doch nicht einfach ...“

„Steinkellner“, unterbrach ihn Ernesto. „Wem verdanken Sie diesen Hinweis? Wer hat Sie auf Krametter gebracht? Ich sag auch kein Wort, und ich fahr mit dem eigenen Auto. Ich tauche dort sowieso auf. Sie können das nicht verhindern.“

Havlicek lachte.

„Sie sind eine Nervensäge, Valenti. Hat Ihnen das schon einmal jemand gesagt?“

65

Es war kurz nach halb zwei Uhr Nachmittag, als Ernesto, Steinkellner, Havlicek und zwei uniformierte Beamte das Rathaus in Hüttenberg betraten. Die Portierloge war nicht besetzt, aber Ernesto wusste, wo sich Krametters Büro befand. Schweigend gingen sie die Treppe hinauf. Steinkellner hielt sie mit einer Handbewegung vor der Tür des Büros an. Er beugte sich vor und lauschte. Dann nickte er und klopfte an.

Ernesto fand das ein bisschen sehr dramatisch. Er schüttelte den Kopf, schnaufte vernehmlich und öffnete die Tür.

Krametter saß hinter seinem Schreibtisch und hatte die Hände neben sich auf die Tischplatte gelegt. Er wirkte nicht besonders überrascht, fand Ernesto.

„Was kann ich für Sie tun? Setzen Sie sich doch“, sagte Krametter.

„Ich bin Major Horst Steinkellner von der Kriminalpolizei Klagenfurt“, stellte sich Steinkellner vor und hielt Krametter seinen Ausweis hin. „Das ist Doktor Havlicek von der Spurensicherung, und Herrn Valenti kennen Sie ja."

„Haben Sie mich angezeigt?", wandte sich Krametter an Ernesto.

Steinkellner sah zu Ernesto, und als Ernesto nichts sagte, fuhr Steinkellner fort: „Wo waren Sie am frühen Morgen des vergangenen Montags?"

„Was hat das jetzt damit zu tun?", fragte Krametter zurück.

„Können Sie bitte meine Frage beantworten?", insistierte Steinkellner.

„Es tut mir ja leid, dass ich Sie schlagen wollte", sagte Krametter.

„Krametter", sagte Ernesto. „Jetzt antworten Sie schon auf die Frage."

„Welche Frage?"

„Wo Sie vergangenen Montag waren", wiederholte Steinkellner. „Zu der Zeit, als der Mönch ..."

„Damit habe ich nichts zu tun", platzte Krametter heraus.

„Dann können Sie uns doch sagen, wo Sie während dieser Zeit waren."

„Ich war zu Hause."

„Kann das jemand bestätigen?", fragte Steinkellner.

„Meine Frau, nehme ich an."

„Nehmen Sie an?", sagte Steinkellner. „Aber sicher sind Sie sich nicht?"

„Wir haben beide geschlafen."

„Das ist ja ein hervorragendes Alibi", sagte Ernesto und erntete einen bösen Blick von Steinkellner.

„Na gut", meinte Steinkellner und setzte sich. Ernesto und Havlicek folgten seinem Beispiel. Die beiden Uniformierten blieben breitbeinig bei der Tür stehen.

„Sie sagen also, Sie waren vergangenen Montag nicht beim Gebetspfad, als Dadul Gyaltsen seine morgendliche Meditation abhielt?“, fuhr Steinkellner fort.

„War ich nicht. Ganz genau. Was sollte ich dort auch? Ich hatte doch gar keinen Grund, diesen Mönch zu töten“, sagte Krametter.

„Ha“, machte Ernesto. „Das ist ja echt der Witz des Tages.“

„Was wollen Sie mir unterstellen, Valenti?“

„Ich unterstelle Ihnen gar nichts“, sagte Ernesto. „Aber ehrlich gesagt, ist genau das der Knackpunkt. Ich dachte auch, warum sollte Krametter Dadul Gyaltsen ermorden? Er hat doch überhaupt kein Motiv. Ganz im Gegenteil. Krametter könnte doch nur verlieren. Wenn das Tibet-Projekt eingestellt wird, verlieren Sie, mein Lieber, nicht nur ihre kleinen Nebeneinkommen hier und da als Geschäftsführer und Aufsichtsrat, nein, da geht es dann so richtig zur Sache. Sie haben nicht nur die Kredite für das Land und die Gemeinde organisiert. Auch die Russen haben das Geld für das Tibet-Projekt über Sie von der Zentralbank bekommen.“

Krametters Gesicht verlor an Farbe, er öffnete den Mund, um etwas zu sagen, aber Ernesto kam ihm zuvor.

„Wegen dieser Wirtschaftsgeschichten sind wir nicht hier. Darum können sich andere kümmern, wenn Sie erst einmal im Knast sitzen.“

„Das ist doch alles vollkommen lächerlich“, sagte Krametter. „Sie sagen doch selbst, ich hatte überhaupt keinen Grund.“

„Hatten Sie schon. Denn Dadul Gyaltsen kam Ihnen und Ihren Freunden auf die Schliche. Wie mir unser gemeinsamer Freund Boris Godunow erzählte, hatte Dadul Gyaltsen vor, das Tibet-Projekt zu stoppen.“

„Das konnte er alleine doch gar nicht entscheiden“, sagte Krametter.

„Nein? Glauben Sie tatsächlich, der Dalai Lama hätte da mitgespielt? Wenn Dadul Gyaltsen dem Dalai Lama über diesen Irrsinn hier berichtet hätte, was denken Sie, wäre dann passiert?“ Ernesto wartete kurz, ob Krametter darauf antworten würde. „Als ich Sie und Ihre Freunde heute Vormittag da im Gasthaus in der Heft sah, da war ich mir dann schon ziemlich sicher. Tenzing Dondrup spielt bei Ihrem Spiel mit, nicht wahr? Dem ist egal, welche krummen Geschäfte da abgehen. Hauptsache, er bekommt seine Universität.“

„Das ist doch nur eine Geschichte. Sie können nichts davon beweisen“, sagte Krametter.

„Und der Bürgermeister?“, fragte Steinkellner. „Nach Ihrer Theorie müsste der doch genauso verdächtig sein.“

„Der weiß von nichts“, sagte Ernesto. „So unglaublich das klingt, aber der hat wirklich keine Ahnung, was Tschabuschnig und Krametter da veranstalten. Also bleiben noch zwei Verdächtige übrig.“

„Das haben Sie sich alles ausgedacht“, sagte Krametter und lachte.

„Logik, Krametter.“ Ernesto schüttelte den Kopf und zog die Augenbrauen zusammen. „Das ist ganz simpel. Wer auch immer Dadul Gyaltsen vom Felsen gestoßen hat, neigt zur Gewalt. Er ist aggressiv und hat sich selbst manchmal nicht unter Kontrolle. Tschabuschnig schreit herum, und vielleicht wird er auch ein bisschen grob, aber seine Gegner macht er auf andere Weise fertig. Aber Sie sind heute Vormittag ausgerastet, Krametter, nicht Tschabuschnig.“

„Deshalb wollen Sie mich verhaften?“, wandte sich Krametter an Steinkellner.

„Ich finde die Geschichte ganz plausibel“, antwortete Steinkellner. „Wissen Sie, Ihr Alibi sieht nicht gerade gut aus. Und wie kommen Fasern von Ihrem Trachtengilet unter die Fingernägel des Toten?“

Krametter sah Steinkellner an und sagte nichts. Ernesto konnte an seinen Gesichtszügen ablesen, wie er mit sich kämpfte, wie er versuchte, sich etwas zurechtzulegen, und wie er scheiterte. Krametter öffnete den Mund, als wolle er etwas sagen, schloss ihn dann wieder und schwieg. Sein Gesicht lief rot an.

Jetzt, dachte Ernesto, jetzt bricht er zusammen. Krametter atmete durch und schüttelte den Kopf. „Wovon reden Sie?“, fragte er Steinkellner und wirkte wieder gefasst.

„Wir haben unter den Nägeln des Toten Stofffasern gefunden. Diese Fasern stammen von einem Trachtengilet, wie Sie eines tragen.“

„Ja eben, irgendein Trachtengilet“, sagte Krametter.

„Wissen Sie, Krametter“, sagte Ernesto. „Als Sie mich heute Morgen angegriffen haben, da habe ich den Halt verloren und mich mit meinen Fingern an ihrem Trachtengilet festgekrallt. Später habe ich bemerkt, dass unter meinen Nägeln gelbe Fasern hängen geblieben sind.“

„Herr Valenti hat diese Fasern zu uns in die Spurensicherung gebracht“, sagte Steinkellner. „Doktor Havlicek hat die Fasern untersucht, und er hat eine Übereinstimmung gefunden.“

Krametter stand auf. Steif stand er hinter seinem Schreibtisch. Er atmete hörbar.

„Wir werden es beweisen, Krametter. Sie haben Dadul Gyaltsen umgebracht“, sagte Steinkellner.

Krametter nickte und senkte den Kopf. Er nickte noch einmal, und dann setzte er sich wieder nieder. Alle Spannung war aus seinem Körper gewichen. Steinkellner gab den beiden Beamten ein Zeichen, und sie halfen Krametter auf, legten ihm Handschellen an und führten ihn ab.

66

Ernesto stand noch eine Weile vor dem Rathaus und sah zu, wie Steinkellner in seinen Wagen stieg und wegfuhr. Mit seinem Mobiltelefon machte er ein paar Fotos, die Krametter am Rücksitz des Wagens zeigten. Im Hintergrund sah man die zwei uniformierten Polizisten. Dann schlenderte Ernesto zu seinem Wagen und fuhr los. Aus den Boxen dröhnte Kurt Ostbahn und die Chefpartie. Von einem Sonnenuntergang war da die Rede und von Kakteen und natürlich einem 57er Chevy. Ernesto sang laut mit, und draußen zog der Wald vorbei. Diesmal fuhr Ernesto weit hinauf, an allen Höfen und Weiden vorbei bis dorthin, wo die Bäume allmählich den Almen wichen.

Vor einem Gatter stellte er das Auto ab, zog die Bergschuhe an, die er im Kofferraum hatte, und machte sich auf den Weg. Er stieg schnell die steile Wiese hinauf. Das Gras federte unter seinen Sohlen. Es roch nach von der Sonne ausgedorrtem Moos, nach Almrausch und Speik.

Weiter oben auf der Kuppe blieb Ernesto stehen. Von hier aus blickte er weit über die Almwiesen. Einige hundert Meter entfernt graste eine Kuhherde. Ernesto wählte den Weg hinauf auf die nächste Kuppe, vorbei an einigen kleineren Felsen und weiter auf den Grat. Dort erhob sich eine Steinformation, ein sogenannter Ofen. Die alten Leute wissen, dass hier die Saligen wohnen, Feenwesen, geheimnisvolle weiße Frauen, die sich hierher zurückgezogen haben, weil die Menschen zu laut und zu bösartig geworden sind.

Oben angekommen setzte sich Ernesto, lehnte sich mit dem Rücken an einen Felsen und schaute hinunter ins Tal. Von hier aus konnte er nur ein paar Häuser sehen, sie waren weit entfernt und verschwanden beinahe im Dunst. So schlief Ernesto im Schatten der Feenfelsen ein und erwachte erst, als die Kühle des Abends in seine Kleider kroch. Die Dämmerung senkte sich schon über das Land, und der Himmel begann am Horizont zu dunkeln. Ein Rudel Gämsen zog über den Grat und verschwand in einer Mulde. Ernesto rappelte sich auf und gähnte. Der Abend dämmerte schon, und Ernesto wanderte gemächlich bergab. Ab und zu hörte er ein Murmeltier pfeifen. Seine Anwesenheit auf der Alm blieb nicht unbemerkt, und die Tiere warnten einander. Hier ist ein Mensch, seid vorsichtig. Die Finsternis holte Ernesto erst ein, als er schon wieder bei seinem Wagen war. Es war Zeit. Ernesto musste zurück in die Welt der Menschen, um von einem Mord zu berichten.

Die Handlung dieses Romans ist selbstverständlich frei erfunden, und auch die darin vorkommenden Personen haben keine realen Vorbilder. Allerdings will ich nicht leugnen, dass der real existierende Irrsinn, der sich in Kärnten nun einmal täglich abspielt, eine unersetzbare Quelle der Inspiration für die Atmosphäre dieser Geschichte war.

Ausgangspunkt dieses Romans war ein Artikel von Marion Bacher in der deutschen Wochenzeitung „Die Zeit“. Der Artikel beginnt mit dem wunderschönen Bild einer Kuh, die über einen Felshang in den Lingkor in Hüttenberg stürzt. Noch während der Lektüre ersetzte meine Fantasie die fallende Kuh durch einen tibetischen Mönch. Im Grunde ergab sich daraus alles Weitere.

Mit Hüttenberg habe ich mich in meiner Zeit als Journalist ausführlich beschäftigt. Die Landesausstellung „Grubenhunt und Ofensau“ 1995 und die damit einhergehende Euphorie kann als einer der Höhepunkte der Kärntner Showpolitik gelten. Die Folgen solcher Projekte sind von niederschmetternder Gleichförmigkeit. Weder in Hüttenberg noch sonst wo in Kärnten hat das die Wirtschaft belebt, Arbeitsplätze geschaffen oder den Tourismus angekurbelt. Außer einem riesigen Finanzloch ist nichts geblieben.

Die eine oder der andere werden sich vielleicht fragen, wie es sich mit Heinrich Harrer und dem tibetischen Buddhismus verhält. Stimmen die Fakten? Wie sieht es mit dem Kalachakra-Tantra und dem tibetischen Totenbuch aus?

Was Heinrich Harrer und seine Verstrickung in den Nationalsozialismus anbelangt, so möchte ich auf das

Buch „Zwischen Hitler und Himalaya“ von Gerald Lehner hinweisen. Hier wird sehr kompakt und kenntnisreich geschildert, wie sich Harrer zu den Nazis stellte und wie ihm das eher genützt als geschadet hat.

Wenn man Harrer in Bezug auf den Nationalsozialismus und seine eigene Vergangenheit durchaus den Hang zum Verschweigen und Beschönigen nachsagen kann, Tibet und die Zustände in Lhasa zur Zeit des Zweiten Weltkrieges schildert er in seinem Buch „Sieben Jahre in Tibet“ mit einem Blick für die Grausamkeit der Herrschaft der Lamas, und so beschreibt er ein rückständiges Land, in dem eine Klasse privilegierter Adeliger über den Rest der Bevölkerung herrschte.

Das Bild, das heute im Westen vom tibetischen Buddhismus gezeichnet wird, führt uns ein Land der Verheißung vor Augen, ein Land, in dem spirituelle Entwicklung, Freude und Glück den höchsten Stellenwert einnehmen. Der tibetische Buddhismus und sein Heilsversprechen werden in Büchern, Videos, Kinofilmen und Vorträgen verbreitet und beworben. Es gibt aber auch eine Gegenbewegung, kritische Stimmen, die einen genauen Blick auf Rituale, Texte und politische Entwicklungen werfen. Im deutschsprachigen Raum zählt das Ehepaar Victor und Victoria Trimondi zu den profiliertesten Kritikern. Ihre Bücher „Hitler, Buddha, Krishna“ und „Der Schatten des Dalai Lama“ decken Zusammenhänge auf und untersuchen vor allem die Wurzeln des Kalachakra-Tantra. Ich habe aber auch Texte, die vom derzeitigen Dalai Lama autorisiert wurden, zu Rate gezogen und darüber hinaus eine Reihe von kultur- und religionswissenschaftlichen Büchern und Aufsätzen konsultiert. Eine vollständige Liste würde zu weit gehen. Wer sich in diese Richtung informieren möchte, findet mit dem Webauftritt von Alexander Berzin einen guten Ausgangspunkt.

Die Passagen aus dem tibetischen Totenbuch folgen einer Übersetzung von Robert F. Thurman. Thurman gilt als einer der wichtigsten Übersetzer tibetischer Texte, ist Professor für Indo-Tibetische Buddhistische Studien an der Columbia University und ein enger Freund des Dalai Lama.

Das erste Gedicht in Kapitel 11 stammt von Friedrich Rückert. Der Verfasser des zweiten Gedichts ist Felix Dahn. Beide Dichter sind wohl eher für andere Werke bekannt, Rückert für die von Gustav Mahler vertonten Kindertotenlieder und Dahn für seinen Roman „Ein Kampf um Rom".

Dank

Mein Dank gilt zuallererst wie immer meiner Frau Ingrid. Ohne sie gäbe es dieses Buch nicht. Ihre Ermutigung und ihre kritische Lektüre haben dieses Buch besser gemacht. Danke auch an meine Tochter Anna, die nicht nur viele Kilo Bücher zwischen Universitätsbibliothek und meinem Büro hin- und hergeschleppt, sondern auch sonst immer da ist, wenn man sie braucht.

Reinhard Kleindl
Gezeichnet
Kriminalroman
288 Seiten, € 12.95
HAYMON taschenbuch 157
ISBN 978-3-85218-957-4

Mitreißend, fesselnd und mysteriös: Chefinspektor Franz Baumgartner, Leiter der Mordgruppe in Graz, rechnet noch in Schilling und glaubt unbeirrbar an das Gute – bis am Mathematikinstitut der Universität eine Reinigungskraft grausam ermordet wird. Neben ihr findet sich eine rätselhafte Botschaft.

Eine Verschwörung? Ein wahnsinniger Einzeltäter? Gemeinsam mit der Profilerin Vera Königshofer versucht Baumgartner, in die Psyche des Mörders einzudringen. Was dabei zum Vorschein kommt, droht den idealistischen Ermittler aus der Bahn zu werfen.
Ein fulminant-rasantes Krimidebüt – Gänsehaut garantiert!

„Die Bänder, die Reinhard Kleindl beim Slacklinen über Bergschluchten spannt, um darüber zu balancieren und so auf spektakuläre Art sein Geld zu verdienen, sind so kunstvoll gewoben wie der rote Faden, den er durch seinen ersten Krimi zieht. Und der Abgrund darunter ist ähnlich tief – und potenziell tödlich.“
Steirerkrone, Christoph Hartner

Joe Fischler
Veilchens Winter
Valerie Mausers erster Fall. Alpenkrimi
288 Seiten, € 9.95
HAYMON taschenbuch 167
ISBN 978-3-85218-967-3

Valerie „Veilchen“ Mauser, hochverdienter Star bei der Wiener Kripo, wird ans LKA in ihrer Tiroler Heimat berufen. Vom Neuanfang im „Heiligen Land“ erhofft sie sich ein einfacheres, ruhigeres Leben. Da hat sich Valerie aber böse geschnitten. Gleich am ersten Arbeitstag überträgt ihr der Landesvater höchstpersönlich einen äußerst delikaten Fall. In kürzester Zeit wird Valerie zum Spielball von Politik, Hochfinanz und ausländischem Kapital – in Gestalt eines vor kurzem eingebügerten Oligarchen und Tiroler Neo-Hoteliers. Ein ungeklärter Todesfall und ein entführtes Kind bringen Valerie gehörig ins Schwitzen – ein mörderisch spannender Fall im gar nicht heiligen Land Tirol!